결

북스토리 재팬 클래식 플러스 002

걸

오쿠다 히데오

임희선 옮김

북스토리

차례

띠동갑

고사카 요코가 영업3과로 새롭게 발령 난 신입사원의 지도사원으로 임명된 것은 햇살에서 여름을 느끼기 시작한 5월 말의 일이었다.

요코가 일하는 전통 있는 문구 제조업체에서는 입사 10년 이상 된 사원이 신입사원의 개인지도를 맡아서 하는 '지도사원제도'가 옛날부터 있었다. 2차대전 전에는 '상관제'라고 불렸는데 미군이 통치할 때 아무래도 그 호칭은 좀 곤란하다 싶었는지 지금의 호칭으로 바뀐 모양이다. 창업 100년이 넘는 회사인 만큼 최신식 본사 빌딩을 가지고 있으면서도 내부는 상당히 고풍스럽다. 창업자 일가는 왕실 사람들처럼 대접받고, 직장은 가족의식이 강하다. 생일엔 사장이 직접 선물을 주기도 한다.

"할 수 없잖아, 그것도 다 전통인데."

과장인 오노는 언제나 그런 말을 하지만 사내행사가 있으면 언제든 기꺼이 참가하는 충신 타입이다. 이번에도 신입사원이 배치된다는 사실을 안 시점에서 열심히 지도사원을 고르기 시작했는데 아직 경험이 없는 요코를 콕 찍은 것이다.

"입사 10년 이상인 사람 중에서 의무를 수행하지 않은 사람은 고사카밖에 없어."

"의무라니 너무 거창한 것 아니에요? 그건 그냥 관례잖아요."

"평등하게 경험을 시켜주는 것도 관리직이 해야 할 일이야."

저항한 보람도 없이 억지로 맡게 되었다. 요코는 입사 13년 차로 올해 서른네 살이 된다. 말하자면 신입사원하고는 거의 띠동갑이 되는 것이다.

"뭐 어때. 열심히 부려먹어."

동기인 사토미는 그렇게 말하며 웃었다. 사토미는 작년에 지도사원으로 임명되어 순진한 신입사원을 혹독하게 훈련한 바 있다.

"게다가 선배 소리를 듣는 것도 꽤 기분이 좋아."

하기야 그도 그렇다.

"남자라며? 얼마나 귀여운데. 스물두 살 남자애들이. 킹카면 유혹해버릴 수도 있잖아. 아하하."

여자 나이 서른이 넘으면 나름대로 얼굴이 두꺼워진다. 둘 다

독신이기 때문에 사토미는 사내에서 얼마 안 되는 동지였다.

신입사원이 배치되는 6월 1일. 3과에 나타난 신입사원을 보고 요코의 마음은 크게 흔들렸다. 그 남자는 키도 크고, 잘생기고, 요코가 좋아하는 타입 그 자체였다.

아이고야~. 요코는 마음속으로 소리를 질렀다. 어떡하지? 앞으로 매일 얼굴을 보면서 제정신을 가지고 지낼 수 있을까……. 서른넷이나 된 여자가 얼굴이 달아오르는 걸 감추느라 혼났다.

"와다 신타로라고 합니다. 공장과 점포에서 하는 연수를 마치고 오늘부로 영업3과에 발령을 받았습니다. 열심히 배우면서 일할 각오입니다. 아무쪼록 잘 부탁드립니다."

신타로는 딱딱하게 긴장해 있어서 필요 이상으로 큰 목소리를 냈다. 깊숙하게 고개를 숙이는 동작도 어딘지 어색해 보였다. 전원이 박수를 치자 어떤 반응을 보여야 할지 몰랐는지 쑥스러워서 어쩔 줄 몰라 했다. 그런 신선함에 다들 얼굴에서 미소를 감추지 못했다.

오노 과장이 과원을 소개하자 신타로는 한 사람 한 사람에게 인사를 했다.

"이분은 고사카 요코 여사야. 들어서 알고 있겠지만 앞으로 1년 동안 자네 지도사원을 맡아주실 선배님이지. 술 취하면 무서우니까 조심하도록 해."

요코를 가리키며 진지한 얼굴로 말했다.

"과장님, 그런 걸 권력을 이용한 언어폭력이라고 하는 거예요." 조용한 눈으로 반박했더니 "거봐, 무섭지?" 하며 장난스럽게 혀를 내밀고는 다음 사람 소개로 넘어가버렸다.

"이쪽은 하타야마 미키. 전문대를 졸업하고 입사한 지 3년째니까 와다하고는 동갑이겠군. 자네들 둘이 우리 과의 평균 연령을 끌어내려 주고 있는 셈이지. 안 그런가, 고사카?"

"왜 저에게 물어보시는 건데요?" 코에 주름을 잡으며 항의했다. 농담을 좋아하는 오노 과장은 언제나 요코를 놀리면서 좋아하곤 했다.

"잘 부탁드려요."

미키가 최대한 예쁜 표정으로 웃으면서 고개를 숙였다. 목소리도 평소보다 한 옥타브 높았다. 분명히 호감을 느낀 여자의 태도였다.

아저씨가 이동해왔을 때하고는 천지차이로군 하는 생각에 요코는 어이가 없었다. 하기야 나라도 그렇게 하겠다. 이 정도로 잘생긴 남자는 회사 어디를 봐도 찾아보기 힘들 테니까. 분명히 미키는 지금 마음속으로 "야호!" 하고 쾌재를 부르고 있을 것이다.

신타로의 자리는 지도하기 편리하다는 이유로 요코 옆으로 정해졌다. 미키의 자리는 정면이다. 얼굴 작은 것이 자랑인 스물두 살 여자가 당장 시선을 의식하기 시작했다. 목을 쭉 위로 빼고 턱을 안으로 들이민 자세는 어제까지 볼 수 없었던 것이다.

흐음, 이게 킹카가 가진 효과군 그래. 그리고 보니 주변 부서에서도 젊은 여자들이 이쪽을 힐끔거리는 기색이 있었다. 다들 말은 없어도 내심 흥분한 상태다.

"그럼 사내 LAN을 쓰는 법부터 알아봅시다."

"예, 부탁드립니다."

신타로의 딱딱한 말투는 변하지 않았다.

컴퓨터 화면을 써서 메일이니 전표를 주고받는 방법을 지도했다. 몸 가까이 다가가자 헤어토닉 냄새가 났다. 너무 진하지 않은 자연스러운 향기였다. 은근한 체취도 코끝을 간지럽혔다. 아저씨들과는 아예 종류 자체가 다른 푸르른 나무와도 같은 체취였다. 자꾸만 옆얼굴로 시선이 갔다. 코가 오똑하고, 볼은 매끄럽고 탱탱하다. 여드름 자국도 없어 곱게 자란 소년 같은 느낌을 남기고 있다. 이런 게 젊음이구나. 나도 모르게 한숨이 나오려고 했다.

"저, 왜 그러세요?"

신타로가 돌아보며 물었다. 요코가 정신없이 바라보고 있었기 때문이다.

"아니, 아무것도 아니에요." 얼굴이 붉어졌다.

"그럼 시험 삼아 동기에게 메일 하나 보내봐요."

간신히 얼버무렸다.

신타로가 키보드를 두드리고 있었다. 셔츠는 새하얗고, 다림질이 잘되어 있었다. 다림질을 해주는 사람이 있는 것일까? 설마. 요즘 같으면 우리 엄마도 와이셔츠를 다림질하지는 않는다. 보나 마나 세탁소에 맡겼을 것이다.

그런 생각을 했더니 자꾸만 알고 싶은 것들이 생겼다. 부모님이랑 같이 살고 있나? 도대체 어디 출신인가? 그리고 애인은 있는 걸까……?

"이봐, 와다. 자네 프로야구는 어디 팬이야?"

오노 과장이 자기 자리에서 물었다.

"쿄진*입니다."

"뭐? 쿄진이라고?" 허풍스러울 정도로 잔뜩 얼굴을 찌푸렸다. 오노 과장은 알아주는 한신**팬이다.

이봐요, 과장님. 다른 질문도 많잖아요. 요코가 텔레파시를 보냈지만 통한 것 같지 않았다. 할 수 없지 뭐. 오늘 처음 만났는데.

책상에서 해야 할 일을 알려준 다음에 신타로를 데리고 관

---

* 자이언츠 구단. 도쿄가 본거지이고 팬들도 많아 일본에서 으뜸으로 꼽히는 프로야구 구단.
** 타이거즈 구단. 오사카가 본거지이고 쿄진과는 앙숙인 구단.

련 부서를 돌았다. 가는 곳마다 여사원들의 체온이 올라가는 것을 알 수 있었다. 노골적으로 눈을 반짝이는 사람이 있는 가 하면 무관심한 척하면서도 마음속으로는 흥분되어서 어쩔 줄 모르는 사람도 있었다. 기를 왕창 뿜어내고 있기 때문에 알 수 있었다.

예상하고 있었다고는 하지만 회사 사람들의 반응에 요코는 놀랐다. 신타로가 모습을 드러내기만 해도 그 층에 있는 사원들이 하나같이 '엇!' 하는 시선을 던졌다. 외모가 잘생기면 여러모로 참 좋겠다는 생각이 들었다.

"와다 신타로입니다. 잘 부탁드립니다."

신타로는 허리를 쭉 펴고 만나는 사람마다 씩씩하게 인사했다. 유행을 타는 스타일의 양복을 입고 있지만 자세가 겸손하기 때문에 거만하다는 느낌은 들지 않았다. 약간 짧은 듯한 헤어스타일도 언뜻 보면 엉성하지만 무스로 나름대로 모양을 내고 있었다. 무엇보다 부드럽게 생긴 얼굴이 좋았다. 전체적으로 성실해 보이고 호남형 인상이다. 요코는 자기까지 자랑스러운 기분이 들었다.

업무관계는 없는데도 무역사업부에 있는 사토미에게까지 일부러 보여주러 갔다.

"이 사람이 내 동기인 모리야마 사토미예요. 최근에 자기 아파트까지 장만한 아주 잘나가는 사람" 하고 요코가 말했다.

"너, 송년회에서 부장님 신발에 토한 얘기, 이 신입사원에게 해줄까?" 하고 사토미가 협박했다.

"얘가 그게 무슨 소리야. 그건 10년도 더 된 옛날 얘기잖아."

신타로는 여자들끼리 하는 말에 망연자실하고 있었다.

사토미에게서는 당장 메일이 들어왔다.

'너 봉 잡았다. 곱상한 얼굴의 킹카잖아. 좋겠다~. 하지만 열 올리지 마. 어차피 우리랑은 띠동갑이야. 열두 살이나 어리잖아'라는 글이었다.

요코는 '헛소리 마라' 하고 답신했다.

그런 건 알고 있다. 스무 살 먹은 어린애도 아닌데 열 올리게 생겼는가. 그냥 잘생긴 신입사원이 옆에 와서 가슴이 조금 설레었을 뿐이다. 여자는 다 그런 것 아닌가.

그날 저녁 회사 근처에 있는 초밥집에서 신타로 환영회가 열렸다. 방에 있는 테이블을 3과 사람들이 모두 둘러싸고 앉았다. 신타로는 주인공이라서 오노 과장 옆에 앉게 되었다.

"그래서, 자네는 앞으로도 계속 쿄진 팬을 할 생각인 건가?"

초장부터 따지고 들었다. 오노는 오노대로 신선하고 패기 있는 신입사원이 자기 과에 들어온 것이 좋아서 어쩔 줄 모르는 모양이었다.

"죄송합니다. 어렸을 때부터 응원하던 팀이라서……." 신타로가 송구스러워했다.

"쿄진 팬이었다는 건 도쿄 출신이라는 뜻인가?"

요코가 물었다.

"아니요, 삿포로입니다. 홋카이도에는 쿄진 팬이 많거든요."

"그럼 자네는 남에게 물들기 쉬운 타입인 모양이군."

오노가 아직도 따지고 있었다.

"아니, 그게……."

신타로는 귀엽게 머리를 긁적거렸다.

기회를 잡은 김에 질문을 퍼부었다. 신타로는 와세다대학 상학부 출신이고, 차남이며, 회사 독신자 기숙사에서 살고 있다고 하였다.

좋아 좋아, 차남이란 말이지. 요코는 마음속으로 고개를 끄덕였다. 기숙사에 있다는 점도 이상한 여자가 달라붙지 않을 테니 좋다. 하지만 자기 마음과는 반대되는 말을 했다.

"독신자 기숙사 같은 덴 들어가지 않아도 되었을 텐데. 지바千葉 공장에서 오려면 너무 멀잖아."

"식사 포함해서 한 달에 4만 엔이면 되는 조건이 매력적이어서……."

"좋은 일이야." 오노가 헛기침을 하더니 말했다.

"요즘 본사에 있는 사원들은 기숙사를 싫어하지만 제조현장 사람들에게 호감을 얻는다는 건 아주 소중한 일이야. 지금부터 안면을 익혀두도록 해."

"네, 알겠습니다."

신타로는 순진하기 짝이 없다.

다른 사람들도 질문을 해서 여러 가지 일들을 알 수 있었다. 중학교와 고등학교 때는 배구부였고, 대학교 때는 스키 동호회에 있었다고 한다. 어쩐지 몸매가 탄탄하다 했다.

"어머~, 스키요? 잘 타세요?"

미키가 반갑다는 듯이 물었다.

"당연하지. 홋카이도 출신이잖아" 하고 오노 과장이 대신 대답했다.

"회사 안에 스키 동호회가 있는데 들어오지 않을래요?"

"그런 얘기는 겨울이 된 다음에 해."

"여름에도 합숙이 있단 말이에요. 테니스지만."

"뭐야, 그럼 놀자는 모임이잖아."

"과장님도 낚시 클럽 모임에 가서 만날 술만 드시잖아요."

신타로가 웃으며 듣고 있었다. 미키가 다시 한 번 물어보자 "알겠습니다. 저도 가입시켜주세요" 하고 고개를 끄덕였다.

흐응, 들어간다고. 왠지 기분이 나빴다.

신타로는 젊은이답게 잘 먹었다. 큰 접시에 죽 놓여 있는 초밥을 쉬지 않고 입에 넣고 있었다. 많이 먹는 젊은이의 모습은 보고만 있어도 즐겁다.

"이쪽에 있는 것도, 마르기 전에 빨리 먹어버려."

눈치 보지 않고 먹을 수 있도록 요코가 권했다.

"알겠습니다." 씩씩하게 대답하고는 손을 뻗었다.

"이건 뭐지요?"

"가리비. 몰라?"

"초밥으로 먹는 건 처음이라서."

귀여운 것. 아저씨들도 그렇게 생각했는지 표정들이 부드럽다.

"그런데 와다. 자네 이건 있어?"

그때 오노가 새끼손가락을 세우며 놀리는 말투로 물었다. 요코는 자기도 모르게 몸이 굳어졌다.

"아니, 없습니다" 하고 신타로가 초밥을 우물거리면서 대답했다.

잘했어, 과장. 좋은 질문이었어. 그렇구나, 애인은 없단 말이지.

"여태까지 뭐한 거야? 여자들이 줄줄 따라다녔을 텐데……."

"아닙니다, 따라다니긴요."

신타로는 얼굴이 빨개졌다.

요코 안에서 따뜻한 무언가가 솟아났다. 그래, 그래, 아직 혼자란 말이지.

문득 미키와 눈길이 마주쳐서 허겁지겁 딴 곳으로 시선을 돌렸다. 같은 생각을 하고 있다는 사실을 알아버린 것이다.

"와다 씨, 미팅 자리라도 마련해줄까?"

변명하듯이 물었다.

"설마 사내에 있는 무서운 여사님들을 불러모을 참인가?"
오노 과장이 벌그스레한 얼굴로 농담을 했다.

"하는 김에 고사카까지 끼려고?"

"아니에요. 거래처 백화점에서 일하는 예쁜 아가씨들을 데
리고 와야죠."

요코는 술 취한 상사를 째려보았다.

11시 반까지 마시고 일어섰다. 신타로가 "이렇게 맛있는 초
밥은 처음 먹어봤습니다" 하고 기특한 말을 하자 오노 과장이
"나중에 또 먹여줄게" 하며 기분 좋은 얼굴로 가슴을 두드렸다.

다른 아저씨들도 완전히 신타로에게 호감을 가진 모양이었
다. 이 젊은이에게는 까진 구석이 없었다. 성격이 곧은 것이다.

집으로 돌아가는 전철에서 도중까지 방향이 같은 오노 과장
이 "와다는 잘 키워야겠어. 2년만 지나면 좋은 일꾼이 될 거
야" 하고 약간 진지한 표정으로 말했다.

물론 요코도 그럴 생각이다. 좋은 신입사원이어서 다행이
다. 이 정도면 지도사원도 할 만하다. 그리고 잘생겼다. 내일
이 기다려질 정도로.

혼자 사는 아파트로 돌아와 요코는 미지근한 물로 목욕을

하면서 정성 들여 피부 마사지를 했다. 특히 목덜미에서 볼까지는 평소의 두 배나 시간을 들여서 했다. 젊어져라, 젊어져라. 주문을 외듯이 마음속으로 읊었다.

눈을 감으면 신타로의 모습이 떠올랐다. 연극배우처럼 생긴 단정한 얼굴, 늘씬하게 뻗은 긴 팔다리……

깊은 한숨을 쉬었다. 이러면 안 되는데. 겨우 하루 만에 마음을 빼앗겨버렸잖아.

이어서 내일 어떤 옷을 입고 갈까 생각했다. 오늘은 바지였으니까 내일은 치마를 입고 싶다. 물론 미니다. 위에는 하얀 캐미솔에 연분홍 카디건을 걸치고……

아니지, 미키가 눈여겨볼 거야. 보나 마나지. 그러면 휴게실에서 다른 여사원들이 얼마나 흉을 보겠어. 사무직은 유니폼이어서 요코와 같은 종합직 여사원의 복장에 대해 얼마나 떠들어대는지 모른다.

하아. 욕조 가장자리에 머리를 대고 다시 한 번 한숨을 쉬었다.

남자를 보고 설레다니 정말 오랫동안 없었던 일이다. 전에는 어떻게 했는지 잊어버렸을 정도다.

*

예상했던 대로 신타로는 가는 곳마다 고객들의 환심을 샀다. 백화점이나 전문 문구매장은 태반이 젊은 여자들로 구성되었기 때문에 잘생긴 남자가 나타나면 마치 여고에 부임한 총각 선생 같은 상태가 되는 것이다.

요코에게는 그 여자들이 넋을 잃는 것이 훤하게 다 보였다. 볼을 발그스레하게 물들이기도 하고, 열심히 감정을 숨기기도 했다. 갑자기 나타난 핸섬 보이 앞에서 다들 동요하고 있었다. 그렇게 되자 첫 대면 때 그 여자들이 보이는 반응을 살피는 것이 재미있어졌다.

일단 구매부에 인사한 다음 매장으로 직접 가본다. 젊은 점원을 붙잡고 신타로를 소개한다.

"이번에 이 지역을 담당하게 된 신입사원 와다라고 합니다."

점원이 얼굴을 든다. 그때 상대방의 마음속을 읽을 수가 있는 것이다.

'어머나, 멋있다. 어휴~, 나 어떡해~!'

'엄마, 엄마야. 혹시 이게 운명의 만남 아닐까?'

그때마다 요코는 자랑스러운 기분이 들었다. 흥, 너 같은 애는 언감생심 꿈도 꾸지 마라. 그런 오만한 생각까지 들곤 했다.

거래처 중 한 곳에 오사카에서 전근해온 30대 여자 주임이 있는데 "니, 끝내주게 생겼데이. 앞으로 하루도 빠짐없이 오그래이" 하며 신타로의 팔을 붙잡았을 때, 요코는 그 솔직한 언동에 그만 웃음을 터뜨리고 말았다.

그렇다. 숨기지 않고 표현한다면 누구나 다 그 여자처럼 말했을 것이다.

그런데 막상 신타로 쪽은 긴장한 표정으로 인사만 되풀이할 뿐이었다. 자기가 얼마나 여자들의 뜨거운 시선을 받고 있는지 전혀 자각하고 있지 않은 모양이었다. 그 점이 또 요코로서는 너무 귀여웠다. 자기가 멋있다고 착각하고 사는 못생긴 남자들에게 신타로의 손톱의 때라도 달여서 먹으라고 해주고 싶을 정도였다.

그날, 미키의 동기라고 하는 총무부 여사원이 3과에 찾아왔다. 화장도 머리모양도 화려해서 밤마다 나이트에 놀러 다닐 것처럼 생긴 여자였다. 둘이서 뭔가 소곤소곤 비밀 얘기를 한다음 미키가 책상에서 일하고 있는 신타로에게 말을 걸었다.

"저기, 와다 씨. 이쪽은 총무에서 사보를 담당하고 있는 노지마 가호리 씨예요. 이번 호에서 신입사원 인터뷰를 하고 싶대요."

"우후후." 가호리라는 여자가 그럴듯하게 미소를 지으며 "부탁할 수 있을까요?"하며 머리를 숙였다. 블라우스 단추를 두 개나 풀어놓고 있어서 속살이 살짝 보였다.

우와, 노리고 있군. 요코는 순간적으로 얼굴이 뜨거워졌다.

"아, 네. 저 같은 사람이라도 괜찮으시다면."

신타로는 힘차게 일어서서 인사를 했다.

"오늘 일 끝난 다음이라도 괜찮으니까 근처 찻집에서 30분 정도만 시간을 내주실 수 있어요?" 하고 가호리가 물었다. 그러자 곧바로 미키가 "회의실에서 하지? 그럼 돈 들일 필요 없잖아" 하고 참견을 했다.

"괜찮아. 그 정도는 우리 부서에서 나와. 자판기 커피를 대접하기는 미안하잖아."

"그럼 배달시키지? 길모퉁이에 있는 르프랑. 거긴 정말 빠른데."

"르프랑 커피는 맛이 영 아니야. 탄내 같은 게 난단 말이야."

"그럼 스타벅스에서 테이크아웃 해오면 되잖아."

"그러느니 차라리 역 앞에 있는 카페에 가는 게 빠르겠다."

신타로를 옆에 제쳐놓고 자기들끼리 옥신각신하고 있었다.

요코에게는 두 여자의 공방이 손에 잡힐 것처럼 훤히 보였다. 가호리는 회사 밖에서 신타로를 만나고 싶어한다. 그것은 자신의 사복 차림을 보여주고 싶은 마음과 혹시라도 식사까지 같이할 수 있지 않을까 하는 기대 때문이다. 한편 미키는 가호리를 신타로와 둘이서만 같이 있게 하고 싶지 않다. 남자 유혹하는 게 특기인 동기에게 신타로가 넘어가지 않을까 걱정하고 있는 것이다.

사실 요코도 걱정된다. 신타로를 가호리처럼 화려한 여자에게 가까이 가게 하고 싶지 않다. 더구나 오늘은 금요일이다.

"저, 그런데 이런 인터뷰를 제가 해도 됩니까?"

신타로가 요코에게 물어보았다.

"좋아. 오늘 오후 6시부터 30분만 시간을 줄게. 하지만 돌아와야 해. 일이 산더미처럼 쌓여 있으니까."

"알겠습니다."

가호리가 허겁지겁 손을 내저었다.

"그럼 다른 날이라도 괜찮아요. 바쁘실 때 빠져나오게 하는 건 너무 죄송하니까."

"와다 씨는 계속 바쁠 거야. 오늘 끝내도록 해요."

요코가 서류에 눈길을 떨어뜨린 채 말했다. 스스로도 뜻밖일 정도로 날카로운 어조였다.

"……그럼 제가 6시에 아래층 로비에서 기다리고 있을게요."

가호리가 입을 뾰족 내밀면서 인사하고는 나가버렸다. 미키는 안도하는 모습이었다.

흥. 욕심 많은 계집애들 같으니라고. 나의 신타로를 꼬시려고 하다니, 주제를 알아야지.

아니, 잠깐, 나의 신타로라고? 마음속으로 생각한 말이었는데도 요코는 당황스러웠다. 안 돼, 안 돼, 나는 열두 살이나 나이가 많은 지도사원이란 말이야.

"알겠습니다."

봉투를 손에 들고 신타로가 부서 안을 걸어간다. 그 경쾌하고 멋있는 모습을 몇 명의 여사원들이 흘깃흘깃 훔쳐보고 있었다.

마음속에 먹구름이 몰려들었다.

하긴 그렇다. 300명에 달하는 본사 여사원 모두가 이 젊은이에게 마음이 있다고까지는 할 수 없어도 아주 많은 관심을 가지고 있는 것이다. 소문은 벌써 충분히 퍼져 있다.

하지만 가호리만은 싫다. 겉과 속이 다른 여자 같고, 화려한 화장도 마음에 들지 않는다. 물론 미키라면 괜찮다는 뜻은 아니지만.

"고사카, 뭘 멍하니 보고 있는 거야?"

오노 과장이 말을 걸었다.

"아, 아뇨. 보긴 뭘요."

부자연스러운 기침을 했다.

"다음주 수요일은 분쿄도文久堂 쪽 접대야. 와다도 데리고 가려고 하는데 자네도 올 텐가?"

"갈게요."

즉시 대답했다. 남자들만 있으면 어디로 갈지 알 수 없다.

"와다는 인기가 좋은 모양이더구먼. 서니플라자의 매장 주임이 다음에 와다를 불러서 식사라도 하고 싶다고 그러던데."

"예에~? 그 마담이요? 와다 씨하고는 엄마랑 아들 같은 연배잖아요."

"그러니까 아들처럼 귀엽다는 뜻 아니겠나?"

"아아, 그야…… 그럴 수도 있겠네요."

이상한 상상을 하는 바람에 우물쭈물 이상한 대꾸를 하게 되었다.

다들 신타로를 좋아한다. 정말이지 설상가상이다.

오후 6시가 되어 신타로는 자리에서 일어섰다. 문득 생각나는 바가 있어 요코도 같이 로비에 내려가기로 했다. "쇼룸에 볼일이 있어서" 하고 거짓말을 둘러댔다.

엘리베이터에서 내려 현관으로 갔더니 노지마 가호리가 기다리고 있었다. 반짝이는 돌들이 박힌 연한 노란색 상의에 비칠 듯 말 듯한 느낌의 꽃무늬 치마, 발에는 굽까지 디자인이 된 구두에 당연히 스타킹은 신고 있지 않았다.

틀림없이 계획을 짜고 온 여자의 복장이었다. 가호리는 어제 저녁부터 이 순간을 생각하고 있었던 것이다.

"와다 씨. 좋은 선배들이 많아서 행복하다고 말해야 돼."

가호리에게 들리도록 말을 걸었다. 웃고 있는 가호리를 시선으로 견제해두기도 했다.

물론 그렇게 한다고 어떻게 되는 것은 아니다. 가호리가 살짝 눈을 치켜뜨며 "다음에 저랑 술 한잔 하러 가요" 하며 달콤한 목소리로 말하면 신타로도 싫다고 말하지는 않을 것이다.

하아~. 한숨을 쉬었다. 어째서 이 나이에 질투를 해야 한단 말인가.

신타로는 30분에서 15분가량 늦게 돌아왔다. "늦어서 죄송합니다" 하고 미안해하는 신타로에게 요코는 "어땠어?" 하고 묻지 않았다. 신경 쓰고 있었다는 것을 알게 하고 싶지 않기 때문이다.

웬일로 미키가 야근을 하고 있었다. 조용히 자기 책상에 앉아 있다. 별로 바쁘지도 않을 텐데. 그렇게 생각하면서 같은 층을 둘러보았더니 평소에는 칼같이 퇴근하던 여자들이 몇 명 남아 있었다. 금쪽같은 금요일 저녁에.

다들 신타로가 돌아가는 시간에 맞춰서 나가려고 하는 것일까? 엘리베이터에 우연히 같이 탄 척하면서 밥 먹으러 가자고 한다……. 말도 안 된다고 생각하면서도 그런 의심이 머리를 떠나지 않았다.

선수를 쳐서 배달을 시키기로 했다.

"와다 씨, 업무가 늦어질 것 같은데 우리 저녁 시켜서 먹을까?"

"네. 뭘 시킬까요?"

"와다 씨가 먹고 싶은 것으로 골라. 돈가스? 아니면 중국 집?"

"그럼 돈가스로 하겠습니다."

"오케이. 오늘 저녁은 내가 살게. 와다 씨는 큰 걸로 시켜줄게."

"고맙습니다. 잘 먹겠습니다."

신타로가 기쁜 표정으로 눈초리를 내리며 말했다.

요코가 전화를 잡았다. 주위 사람들에게 들리도록 큰 목소리로 주문했다. 거봐라, 이제 신타로의 퇴근은 늦어질 텐데. 몰래 여자들의 반응을 살펴보았다. 당연한 일이지만 눈에 띄는 변화는 없었다.

나도 참 바보 같아. 알고는 있어도 그만둘 수가 없다.

다음 주 초에 해도 되는 일까지 미리 해두었다. 결국 전철 막차시간 직전까지 신타로를 붙잡아두었다.

주말에 요코는 요코하마에 있는 집에 얼굴을 내밀었다. 부모님이 굳이 보고 싶어서가 아니라 "가까이 있으니까 한 달에 한 번씩은 얼굴을 보여라" 하고 어머니가 말씀하셔서 할 수 없이 따르기로 한 것이다. 토요일에 가면 자고 가라고 하기 때문에 대개는 일요일에 그 의무를 수행하곤 한다. 저녁을 같이 먹은 다음에는 일찌감치 도망치듯이 돌아온다.

그날은 언니랑 형부가 아이들을 데리고 놀러 와서 떠들썩한 저녁시간이 되었다. 두 살 위인 언니는 10년 전에 결혼해서 지금 초등학교와 유치원에 다니는 두 아이가 있다. 언니가 보통 여자답게 인생을 살고 있다는 사실이 요코에게는 매우 다행이었다. 딸 둘이 다 서른이 넘어서도 독신으로 있었다면 부모님은 심각하게 고민했을 것이다.

"요코 이모, 스누피 색연필 갖고 싶어."

유치원생인 여자 조카가 졸졸 따라다니며 졸랐다.

"우리 회사에는 그런 거 없는데." 무릎 위에 앉혀주었다. "지난번에 36가지 색이 있는 거 이모가 줬잖아." 아이들에게는 기회가 될 때마다 회사에서 취급하는 문구를 선물한다.

"스누피가 더 귀엽단 말이야."

"이모가 준 건 독일에서 만든 아주 비싼 거란 말이야." 볼을 꼬집어서 흔들었다.

"아이들에게는 브랜드가 통하지 않는다는 뜻이다."

아버지가 맥주를 가지고 왔다.

"너도 한잔 할래?"

"응. 한 잔만."

잔에 따라준 맥주를 단숨에 마셨다.

"장사는 잘되니?"

"그럭저럭."

그렇게 의미도 없는 대화를 주고받았다.

아버지는 5년 전에 시청에서 정년퇴직한 뒤 토목회사에 재취직했다. 내년에는 일 자체를 그만둘 모양이다. 정초에 어머니가 "그래도 앞으로 1년은 더 일하게 해준댄다" 하고 말했다.

그 말을 들었을 때 요코는 가벼운 충격을 받았다. 좋건 싫건 세월은 흐르는 것이다.

식탁에 요리가 놓였다. 어머니와 언니가 만든 음식들이다.

"요코는 집에서 음식을 만들어 먹는 거냐?" 아버지가 물었다. 매번 똑같은 질문을 하니까 짜증이 난다.

"그 정도는 하고 있어요."

"뭘 만드는데?"

"내가 먹는 건데 무슨 상관이에요?"

서른넷이나 되었는데 고등학생들이 하는 대화 같다.

"혼자 사는 거니까 간단한 요기나 하고 있겠지."

어머니가 옆에서 말했다. 요코는 대답하지 않았다. 흥. 죄송하게 되었네요. 먹어줄 사람이 있으면 열심히 음식을 하게 된다고 하고 싶으신 거다.

먹어줄 사람이라. 순간적으로 신타로의 얼굴이 떠올랐다. 지금 제일 음식을 대접하고 싶은 사람은 신타로다. 젊으니까 많이 먹어줄 것 같다. 스테이크라도 굽는다면 정말 좋아할 것이다. 소스까지 만들어서 음식 솜씨를 자랑하고 싶다.

이 식탁에 신타로가 끼는 상상을 해보았다. 언니와는 열네 살 차이고 형부하고는 열여덟 살 차이고⋯⋯. 어휴. 18년이나 차이가 난단 말이야? 대화가 될 리가 없겠네. 조카들 쪽이 오히려 나이가 가깝겠다.

아버지하고는 마흔두 살 차이고, 어머니하고는⋯⋯. 그만두자. 게다가 이 모임에 신타로를 끼게 하고 싶지도 않다. 아버지를 상대하게 하면 불쌍해서 못 봐줄 것이다.

물론 신타로의 부모님 집에서도 사정은 마찬가지겠지. 그 사람 어머니랑 요코는 열 몇 살 정도밖에 차이가 나지 않을 테니까. 만약에 약혼자라고 자기를 소개하면 그쪽 어머니의 얼굴은 틀림없이 새파래질 것이다.

약혼자? 세상에. 내가 무슨 생각을 하고 있는 거야?

"처제, 시간 되면 다음에 나랑 골프 치러 같이 가지 않을래?" 식사를 하면서 형부가 물었다. "지바에 좋은 코스가 있거든. 회사 후배랑 가기로 했는데 남자들끼리만 가면 재미가 없잖아."

"요코, 같이 가봐. 잘 치게 되면 나중에 나도 가르쳐주면 되잖아."

언니가 곧바로 옆에서 끼어들었다. 요코는 무슨 일인지 감이 잡혔다. 서른이 넘도록 결혼할 생각도 하지 않고 있는 동생에게 남자를 소개해주려고 하는 것이다. 전에도 그런 적이 있었다. 놀러 오라는 소리를 듣고 언니네 집에 가보았더니 진돗개처럼 생긴 서른다섯 살짜리 남자가 와 있었다. 이런 사람이랑 자기가 어울린다고 생각한단 말인가 싶어 속으로 얼마나 화가 났는지 모른다.

"피부가 까매지니까 그만둘래. 골프채를 잡아본 지도 벌써 몇 년 전이었는지 까마득하고."

요코가 거절하자 형부는 억지로 권하지는 않았다.

골프라고. 신타로는 골프를 쳐본 적이 있을까? 남자이고 영업 쪽에 있으니까 조만간 시작하기는 해야 한다. 우선은 같이 연습장에 가자고 해볼까? 영업부에 있는 골프광 아저씨에게 부탁하면 얼마든지 가르쳐주겠다고 나설 것이다. 운동은 잘할 것 같으니까 분명히 신타로 쪽이 빨리 늘겠지. 그러면 둘이서 코스에 나가 조금은 가냘픈 모습을 보여주고 싶다. 남자를 이겨먹는 여자처럼 보이고 싶지는 않다.

한숨을 쉬었다. 조카랑 눈길이 마주쳤다. 신기하다는 듯이 요코를 보고 있었다.

"켄, 학교 재밌니?"

당황해서 화제를 바꿨다.

"재밌어."

"반 여자애들에게 인기 많아?"

"에헤헤."

얼굴이 빨개지면서 쑥스러워했다.

식사를 마치고 후식으로 수박을 먹고 있으려니까 어머니가 옛날 앨범을 들고 나왔다.

"요전에 창고를 정리했더니 옛날 사진들이 나오더라."

앨범을 펼치고 다 함께 사진을 보았다. 어린 시절 사진인 줄 알았더니 언니나 요코의 학생 시절 사진이 대부분이었다.

"이 나이 무렵에 찍은 사진이 의외로 얼마 없더라. 가족이 다 같이 놀러 가는 일이 없으니까."

그러고 보니 그렇다. 사진을 찍는 일이 있어도 대개는 자기가 가지고 있다.

"정말 어리다." 언니가 웃는 얼굴로 말했다. "이 탱탱한 피부 좀 봐."

"이게 요코의 입사식 날 아침 사진이다."

어머니가 가리켰다.

집 앞에서 감청색 정장 차림으로 선 자신이 찍혀 있었다. 생각났다. 서둘러야 하는데 어머니가 사진을 찍는다고 굳이 우겼던 것이다. 12년 전의 자기는 세상에 겁나는 일이 없는 사람처럼 자신만만한 얼굴을 하고 있었다. 세상이 주는 축복을 당연하다고 생각하고 있는 여자의 모습이었다.

신타로랑 같은 나이면 이렇구나. 새삼스레 그가 얼마나 젊은지 실감났다. 이런 여자들이 제일 예쁜 모습을 만들어 번갈아가면서 신타로 앞을 왔다 갔다 하는 것이다. 그 사이에 지금의 요코가 끼어들 여지는 없다.

순식간에 마음이 어두워졌다. 무슨 기적이라도 일어나주지 않을까?

"이 무렵이었지. 야마노테에 사는 서른 살짜리 치과의사랑 혼담이 오간 게. 요코, 넌 그런 다 늙은 아저씨하고는 선보기도 싫다면서 사진도 보지 않았잖니."

아버지가 농담하는 투로 말했다.

"당신도, 그런 옛날 얘기를 왜 들춰서……."

어머니가 옆에서 뭐라고 했다.

요코는 신경질이 났다. 하지만 조카들 앞이어서 모르는 척했다.

그런 일도 있었다. 그 무렵은 서른 살의 독신을 무슨 외계인처럼 생각하고 있었다. 스물두 살이 인정하는 젊은이란 기껏해야 네 살 위 정도까지다. 신타로도 분명 그럴 것이다. 그 사람 눈에 비친 서른 이상의 여자는 상상할 수도 없는 존재들이다.

"지금이라도 한다고 하면 안 될까?"

아버지가 걸고 넘어졌다. 이번에는 정말 속에서 불이 났다.

"마흔이 넘었더라도 지금이라면 어울릴 텐데."

관자놀이 근처가 움찔움찔 경련을 일으켰다.

"나 이제 슬슬 갈게." 요코가 일어섰다.

"미안하다. 너무 섭섭하게 생각하지 마라."

어머니가 다독이려고 했다.

"아니야. 섭섭한 것 없어."

눈길도 마주치지 않고 조용히 말했다. 언니 부부랑 아이들은 딱딱한 표정을 짓고 있었다. 가방을 손에 들고 현관으로 걸어갔다. 어머니가 뒤따라왔다.

"아버지가 네 속을 건드리는 말만 계속 해서⋯⋯."

"그런 건 신경 안 쓴다니까."

감정을 죽이면서 말했다. 여기서 꾹 참지 않으면 히스테리를 부릴 것 같았다.

현관을 나와서 역을 향해 빠른 걸음으로 걸었다. 속에서 부글부글 화가 끓어올랐다. 피가 온몸을 돌아다니는 데 30초도 걸리지 않는 것 같았다. 지금 여기서 속옷 도둑이라도 발견한다면 아주 잘 걸렸다고 하면서 박살을 내버릴 것 같았다.

빌어먹을. 평소 같으면 어른스럽게 슬쩍 넘어갔을 텐데 오늘따라 감정적이 되어버렸다. 앞으로 부모님은 지금보다 더 눈치를 보게 될 것이다. 아아, 싫다 싫어. 올드미스는 눈치를 봐야 하는 건가? 그런 점이 제일 화가 났다.

신타로는 이런 기분을 모를 것이다. 그 사람은 젊은이들의 혹성에서 살고 있다. 지금쯤 기숙사에서 마작이라도 하면서 또래 친구들과 재미있게 놀고 있을 것이다.

그런데 어째서 신타로에 대한 생각만 자꾸 머릿속에 떠오르는 것일까? 아무래도 이걸 짝사랑이라고 불러야 하나?

이 바보야~! 요코는 마음속으로 외쳤다. 누구에게 욕을 하는지도 모르는 채 몇 번씩이나 외치고 있었다.

*

배치된 지 겨우 보름밖에 안 되었는데도 신타로는 하루가 다르게 영업사원다워져 갔다. 일을 배울 때마다 표정이 점점 더 샤프해져 갔다. 그렇게 성장하는 모습이 마치 해바라기 같아서 보고 있으면 눈이 부실 듯했다.

여사원들로부터 오는 유형무형의 유혹은 여전했다. 미키는 '현모양처 작전'으로, "일요일에 쿠키를 구워봤어요~" 하면서 3과 사람들에게 나누어주기도 했다. 물론 노리는 사람은 신타로일 것이 뻔했다. 요코는 쿠키를 먹으면서 "밥하는 건 엄마에게 다 시켜도 과자는 잘 만드네" 하고 자기도 모르게 짓궂은 말을 해버렸다.

가호리는 '페로몬 살포 작전'이었다. 살이 노출된 사복으로 일부러 갈아입은 다음 퇴근시간에 사보 교정원고를 들고 오기도 했다. 몸을 숙여서 다가가기에 요코가 "어디 보자" 하고 끼어들어 선배로서 체크해주었다.

그 밖에도 파견사원인 안내양이 추파를 던지고 있다고 한다. 그 정보는 휴게실에서 흘려들었다. 신타로와 같은 대학 서클의 누군가를 알고 있다면서 말을 걸더니 사원식당에서 한참 이야기꽃을 피운 모양이었다.

이 안내양은 가슴이 큰 여자여서 좀 당황했다. 더구나 입술이 두껍다. 육감적이라는 점은 무조건적으로 남자를 끌어들이는 힘이 있다. 미안하다고 생각하면서도 점심시간에 밖에서 거래처를 돌도록 시간표를 짰다.

물론 퇴근시간 이후에는 요코도 손을 쓸 방법이 없다. 아무리 그래도 매일 야근을 시킬 수는 없는 노릇이고, 회사 외의 장소에서 무엇을 하건 신타로 마음이다.

유일한 희망은 지금까지 신타로가 연애에 목말라 있지 않다는 점 정도였다. 퇴근길에 들른 선술집에서 오노 과장이 노골적으로 물어봐준 덕분에 그 사실을 알게 되었다.

"이봐, 바람둥이. 너 애인 없이 지낸 게 도대체 얼마 동안이야?"

"한 달 정도인데요."

신타로가 입을 오므리면서 대답했다.

"뭐야. 얼마 안 되었잖아, 헤어진 지."

38

"입사한 다음에 연수니 뭐니 바쁘게 지내다 보니까 금세 깨져버렸어요. 전 여자가 속박하려고 달려들면 도망쳐버리거든요. 당분간 자유롭게 지내고 싶어요."

"좋아 좋아. 지금은 일이 제일 중요하지. 마음껏 자유롭게 일하도록 해."

이쪽도 '좋아 좋아'다. 그날 밤은 얼굴이 자꾸 헤벌쭉해지는 것을 참을 수가 없었다.

그러는 중에 새로운 저격수가 나타났다. 정말이지 저격수로 보이는 것이다. 여자는 상품기획부의 이노우에 나오코라고 자기 이름을 말했다.

"미리 들으셨을 줄 압니다만 이번에 젊은 층을 겨냥한 오피스 문구의 새 시리즈를 만들게 되었는데, 그것을 위해 각 부서의 의견을 들어보려고 합니다. 와다 씨도 협조 부탁드려요."

그렇게 말하며 정중하게 인사했다. 웃는 얼굴이 같은 여자의 눈에도 매력적이다.

"저어……." 신타로가 당혹스러워했다.

"아참, 내가 말하는 걸 깜박했네."

오노 과장이 말했다.

"20대 사원들만으로 팀을 짜서 새로운 상품을 만든다고 하더군. 영업에서는 신입사원을 한 명 추가하라고 하셔서 내가 와다를 추천해두었어."

"그런 걸 마음대로 정하시면 어떡해요." 요코가 항의했다.
"거래처하고의 약속도 있는데."

"죄송해요. 여러 부서에서 사람들이 모이는 것이라 회의는
밤에 할 거예요. 그 대신 회사에서 호텔 레스토랑 도시락을 배
달시켜주겠다고 하네요."

나오코가 미소를 지으며 말했다. 시원스런 눈매가 흔들리고
있었다.

"호텔 레스토랑 도시락이요?"

신타로가 신 나는 목소리로 되물었다.

"먹는 데에만 눈이 멀어서……." 요코가 째려보았다.

"우후후."

나오코는 어린 소녀처럼 입을 손으로 가리며 웃었다.

나오코는 검은 머리를 뒤로 묶었고, 화장도 연한 편이다. 언
뜻 보면 청순한 느낌이어서 융자전문회사 광고에라도 나올 법
한 얼굴이다. 체구도 아담해서 보는 사람을 안심하게 한다. 분
명 아저씨들에게 인기가 많을 것이다. 남자가 말하는 소위 '지
켜주고 싶은 타입' '아내로 삼고 싶은 타입'이라고 할 수 있다.

하지만 같은 여자니까 알 수 있다. 이런 여자들은 상당히 계
산적으로 행동한다. 내숭 뒤에 있는 본성이 어떤 것인지 알 수
없다. 무엇보다 아양을 떨듯이 살짝 위로 치켜뜨는 눈초리가

마음에 들지 않았다.

위험하네, 이 여자. 요코는 가슴이 울렁거렸다. 미키도 같은 느낌인지 표정을 흐리고 있다. 남자는 이상하게 이런 여자에게 홀딱 넘어가버린다.

"그러면 날짜가 정해지는 대로 문자로 연락드릴게요. 괜찮으시면 휴대전화 번호를 가르쳐주시겠어요? 영업부에 계시는 분들은 외출할 일도 많을 테니까" 하고 나오코가 말했다.

"네, 알겠습니다."

둘이서 휴대전화를 손에 들고 번호를 교환했다. 공연한 생각인지 신타로가 입을 헤벌리고 있는 것처럼 보였다. 귀엽다고 하는 게 정말 얼마나 큰 장점인지 모르겠다. 남자는 마음속으로 여자에게서 약한 부분을 찾고 있다. 강한 여자를 좋아하지 않는 것이다.

분명히 나오코는 금세 문자를 보낼 것이다. '아까는 갑작스럽게 찾아가서 실례가 많았어요. 앞으로 잘 부탁드립니다' 식의 내용이겠지. 그냥 보면 사무적이지만 마지막에는 눈웃음치는 이모티콘이 들어 있을 것이다. 보나 마나 뻔하다.

잠시 후에 책상 위에 놓인 신타로의 휴대전화에 파란 불이 깜박거렸다. 거봐, 벌써 왔지. 신타로가 확인했다. 읽기만 하고 답신은 보내지 않았다. 요코가 자리를 비웠을 때 답신할 생각인 것이다.

요코는 서류를 가지고 일어섰다. 다른 부서로 갈 일이 있어서 복도로 나갔다. "아차" 하고 입속으로 중얼거리고는 잊어버린 물건이라도 생각난 사람처럼 돌아보았다. 역시 신타로는 휴대전화를 손에 들고 있었다.

젠장. 신타로도 그 여자에게 마음이 있는 것일까? 미키도 걱정스러운 표정으로 훔쳐보고 있었다.

복도를 걸어가면서 거친 콧김을 뿜어댔다. 남자는 여자 보는 눈이 없다. 특히 인생경험이 적은 신타로에게는 여자의 '진짜 얼굴'이 보이지 않는 것이다.

자기가 어떻게 할 수 없는 일이어서 짜증이 났다. 아예 내가 여자 보는 법까지 가르쳐줄까?

아니지, 이상한 사람으로 보이겠지. 사실 요코의 진심은 신타로가 다른 모든 여자들을 가까이하지 않았으면 하는 것이다.

흡연 코너에 있던 오노 과장이 요코에게 말을 걸려고 하다가 망설였다. 아무래도 상당히 험악한 표정을 짓고 있는 모양이다.

아무려면 어때. 요코는 성큼성큼 걸어갔다.

사원식당에서 점심을 먹고 있었더니 앞자리에 사토미가 와서 앉았다.

"있잖아, 이번 금요일에 30대끼리 하는 미팅이 있는데 요코도 가지 않을래? 매스컴 쪽에서 잘나가고 월급도 빵빵한 사람들이 나온대. 이히히."

일부러 아저씨 같은 목소리를 내며 천박하게 웃었다.

"미팅이라고……."

요코는 한숨 섞인 목소리로 대답하고는 포크로 파스타를 둘둘 말았다.

"뭐야, 흥미 없어? 혹시 그 사이에 남자 하나라도 물은 거야?"

"이것 보세요, 말 좀 가려가면서 합시다, 응? 그렇게 재미있는 일은 없었어. 다 알고 있으면서."

"뭐야, 그럼?"

"그냥 지금은 별로 그런 걸 할 기분이 아니야."

"그래."

사토미가 재미없다는 듯이 입을 뾰족 내밀고는 튀김에 소스를 뿌렸다.

"그나저나 자기네 킹카 신입사원은 느낌이 어때?"

"느낌이 어떠냐니?"

"잘나가고 있는 모양이던데. 우리 부서 젊은 애들 몇 명도 열을 올리고 있더라고. 영업부가 있는 층으로 갈 일이라도 생기면 서로 그 일을 맡겠다고 싸울 지경이라니까."

"흥." 요코는 코웃음을 쳤다.

"아무튼 젊은 애들은 속편해서 참 좋겠다."

사토미가 밥을 입에 넣으면서 의미심장한 눈길로 요코를 쳐다보았다.

"뭐야, 그 눈은?"

"참고로 좀 묘한 소문도 있던데."

뭔가 찝찝하게 걸려 있는 말투였다.

"어떤 소문?"

"화내지 마."

요코가 대답을 못했다. 자기에 대한 소문인가?

"와다 신타로 군의 앞을 가로막고 서 있는 무서운 지도사원이 있다는데……."

"뭐야." 소리를 낮추며 몸을 앞으로 내밀었다. 얼굴이 뜨거워졌다. "말도 안 돼."

"그러니까 화내지 말라고. 내가 그런 말을 한 게 아니니까."

"그럼 누구야?"

"젊은 애들. 가까이 가려고 하면 교묘하게 방해한다고……."

"헛소리야. 내가 그런 짓을 왜 하겠어?"

자기 자신을 설득하듯이 말했다. 게다가 사토미 앞에서는 자존심 때문에라도 인정하고 싶지 않았다.

"나도 그렇게 생각하지만 그래도 혹시나 싶어서. 잘생긴 남자가 옆에 있으면 공연히 넘겨짚는 사람들이 많은 법이잖아."

"열 받네."

포크를 접시에 놓았다. 갑자기 식욕이 떨어졌다.

"하지만, 사실 나 같아도 그렇게 잘생긴 남자애가 옆에 오면 매일 넋을 잃고 쳐다보고 있을지도 몰라."

사토미가 눈길을 떨어뜨리며 미소 지었다.

"그게 무슨 소리야? 내가 매일 넋을 잃고 쳐다보고 있다는 뜻이야?"

"너무 그렇게 민감하게 반응하지 마. 신경이 안 쓰이는 건 아닐 거 아냐?"

"난 안 쓰여."

요코는 다시 포크를 잡았다.

"하기야 열 살도 더 차이가 나는 띠동갑이니. 보고 있을 수밖에 없지."

사토미가 혼잣말처럼 중얼거렸다. 그 말에 욱하고 화가 치밀었다.

"있잖아, 이건 어디까지나 객관적인 사실을 말해주는 건데 여자 나이가 훨씬 많은 연상연하 커플도 요즘에는 정말 많아. 야구 선수 이치로도 그렇지, 스모 선수 다카노하나도 그렇지."

"그 사람들도 띠동갑까지는 아니잖아. 게다가 그런 커플들은 다 남자 쪽에서 먼저 다가갔고, 여자 쪽이 '나 같은 여자라

도 괜찮아요?' 하고 망설였는데 그래도 남자의 끈질긴 프러포
즈를 받아서 결혼한 사람들이잖아. 여자 쪽은 끝까지 수동적
이었단 말이야."

요코는 말없이 파스타를 먹었다. 분명히 그 말이 맞지만 지
금 그 지적을 받고 싶지는 않았다.

"게다가 어지간히 괴짜가 아니면 자기보다 열 살 이상 많은
여자를 좋아하는 남자는 없을 거야."

다시 포크를 놓았다. 접시에 부딪쳐서 쨍그랑 소리가 났다.

"우리 왜 이런 얘기를 하고 있는 건데?"

"그야 요코가 먼저 꺼냈으니까 그렇지. 이치로가 어쩌구 하
면서."

"네가 먼저 했지. 와다 씨하고 어떤 관계냐는 식으로 캐물었
으니까."

"내가 언제?"

"했잖아."

"목소리 좀 줄여. 우리 더 이상 이런 얘기로 제발 싸우지 말
자."

사토미가 소리를 낮추면서 말했다.

"나도 싸우고 싶지 않아."

어색한 침묵이 흘렀다. 요코는 남아 있는 파스타를 서둘러
먹었다. 식후에 커피나 한잔 마실 생각이었는데 그럴 마음도

싹 없어졌다. 쟁반을 손에 들고 일어선 다음 "먼저 갈게" 하고 사토미와 눈길도 마주치지 않고 말한 후 테이블에서 떨어졌다. 사토미가 어깨를 으쓱하는 것이 보였다.

뭐야. 기분 나쁜 소리만 죽 늘어놓고 말이야. 어지간히 괴짜가 아니면…… 이라고? 띠동갑이면 꿈도 꾸지 말라는 소리야 뭐야?

부글부글 화가 끓어올랐다. 요즘 들어 자꾸만 이렇다. 이어서 우울해졌다. 신타로 앞을 가로막고 서 있는 무서운 지도사원이라고. 누군가를 좋아하게 되면 시소 한가운데 서 있는 것처럼 매일이 불안정하다.

20대 사원들만 모여서 신상품을 개발하는 팀에 '프로젝트 Y'라는 이름이 붙여졌다. Y는 'Youth'의 이니셜이라고 한다.

"와다, 넌 아직 초보니까 생각한 것을 그대로 발언하고 와. 상무님이 원하시는 건 젊은 감성이니까."

오노 과장이 신타로에게 조언해주었다. 신타로는 진지한 표정으로 듣고 있었다. 요코에게도 과장이 한마디 했다.

"고사카. 이번 건에 관해서는 자네도 이러쿵저러쿵 참견하지 마. 어디까지나 유스의 프로젝트니까."

"알고 있어요."

요코는 건방지게 대답했다. 흥, 난 젊은이가 아니라서 미안하군 그래. 마음속으로 중얼거렸다. 이상하게 요즘 들어 자꾸 자격지심이 생기는 것 같다.

그 미팅이 오늘 밤 열린다고 하면서 나오코가 3과로 찾아왔다.

"사전에 토의할 항목을 알려드릴게요."

밝게 말하며 신타로에게 서류를 건네주었다. 세상에, 그렇게 하는 손짓마저도 귀엽다. 약간 몸을 뒤로 뺀 부분까지도 아주 순진하고 남자들에게 익숙하지 않은 소녀 같은 인상을 주었다.

"도시락은 뭐예요?" 신타로가 농담조로 물었다.

"전 모르죠~."

나오코가 깔깔대며 웃었다. 전처럼 손으로 입을 가리면서.

그런데 요코는 언제부터인지 웃을 때 손뼉을 치곤 한다. 심할 때는 발까지 구른다.

"그럼 6시에 7층 회의실에서 기다리고 있을게요."

나오코가 고개를 꾸벅 숙인 다음 뒤로 돌았다. 살짝 안짱다리여서 둥근 엉덩이를 흔들면서 종종걸음으로 사라졌다. 신타로가 그 뒷모습을 바라보고 있었다.

신타로야, 이노우에 나오코의 몸짓은 전부 연출된 거란다. 무의식적으로 계산해서 자기가 귀엽게 보일 수 있도록 행동하는 거야. 집으로 돌아가면 거울 앞에서 웃는 연습까지 하고 있을 거란 말이다.

요코는 마음속으로 호소했다.

게다가 말이야, 저런 여자는 이때다 싶으면 거짓 눈물까지 흘릴 수 있어. 자기 연기에 취할 수 있는 타입이니까 얼마든지 눈물이 나오거든. 진짜로 받아들이면 안 돼.

저 여잔 분명히 취미도 변변히 없을 거야. 고등학교 때는 운동부 매니저 같은 걸 했겠지. 내기해도 좋아. 모든 사람들의 귀여움을 받고 싶다는 게 제일 큰 욕망이니까.

그런 걸 넌 전혀 모르겠지? 아직 22년밖에 안 살았으니까. 어휴, 답답해. 머릿속으로 들어가서 거기다 직접 입력해주고 싶다.

문득 미키와 눈길이 마주쳤다. 둘 다 심하게 당황했다. 같은 생각을 하고 있다는 사실을 서로 감 잡을 수 있었기 때문이다.

허겁지겁 컴퓨터를 마주 보았다. 진땀이 났다.

도대체 뭘 어떻게 하고 싶은 것일까? 서른도 넘은 여자가 하는 짓이 꼭 여고생 같다.

남의 마음도 모르는 신타로는 콧노래를 흥얼거리면서 외출할 준비를 하고 있었다. 자리에서 일어서서 윗도리에 팔을 넣었다. 그런 동작이 또 얼마나 멋있는지 모른다. 팔다리가 기니까 영화의 한 장면처럼 보였다.

분명히 밖에서도 인기가 많을 것이다. 거래처에도 나오코

같은 여자가 있어서 차가운 물수건 같은 걸 내놓으면서 "수고가 많으시네요" 하고 미소를 뿌릴 것이다. 여우 같은 계집애들······.

안 되지, 안 돼. 왜 자꾸 그런 쪽으로만 생각하게 되는 거지? 요코는 혼자서 고개를 흔들었다.

"다녀오겠습니다~!"

씩씩한 신타로의 목소리가 사무실에 울렸다.

*

사토미와 함께 미팅에 나가기로 했다. 기분도 풀고 싶었고, 새로운 만남에 대한 기대도 있었다. 몇 년 만에 제대로 된 애인이라도 생기면 마음에 여유가 생겨서 신타로도 아무렇지 않게 대할 수 있을지 모른다. 결혼이야 어쨌건 자기 신상에도 어디 한구석 정도는 탄탄한 기반을 만들고 싶었다.

너무 기대하고 있는 사람처럼 보이기가 싫어서 복장은 갈색계통의 차분한 색으로 통일했다. 하지만 원피스는 미니였고, 민소매의 어깨에는 카디건을 걸쳤다.

화장실에서 화장을 고치고 액세서리를 달고 나자 신타로에게 자기 모습을 보여주고 싶어졌다. 잊어버린 물건을 찾으러

간 시늉을 하며 자리로 돌아갔다.

"어라. 고사카 선배. 오랜만에 정시퇴근을 하신다 했더니 오늘 데이트하시나 봐요?"

신타로가 하얀 이를 보이게 웃으며 물었다.

"아, 아는 카메라맨이 개인전을 여는데, 그 뒤풀이가 있어."

그런 거짓말을 했다. 신타로가 자기 모습을 머리끝에서 발끝까지 봐주어서 요코는 만족스러웠다.

"아닐걸. 내 짐작에는, 미팅 나가는 거지?"

오노 과장이 재미있다는 듯이 끼어들었다.

"과거의 데이터를 분석해보면 고사카는 추석 연휴랑 크리스마스가 다가오면 미팅을 한단 말이야. 그렇지?"

요코는 대답도 하지 않고 고개를 돌렸다. 아무튼 이런 일은 귀신같이 알아맞히는 상사란 말이야. 화가 나서 어쩔 줄 몰랐다.

사토미랑 둘이서 새로 생긴 고층 호텔의 이탈리안 레스토랑으로 갔다. 자리가 따로 예약되어 있었고, 커다란 창문으로는 도쿄의 야경이 한눈에 들어왔다.

"와아, 멋지네."

요코는 들어서자마자 감탄의 소리를 질렀다.

"나 말이야?" 하고 사토미가 물었다.

"착각은 자유니까."

남자들이 껄껄대고 웃고 있었다. 왠지 개그맨이 된 기분이었다.

여자들은 사토미가 참가하고 있는 모임의 회원으로, 자신의 커리어를 키우기 위해 노력하는 다른 업종에 종사하는 회사원들이었다. 요코와 사토미 외에 세 명이 더 있었는데 다들 아주 유능해 보였다.

남자들은 방송국과 큰 광고회사 사원들이 인원수를 맞춰서 참가했다. 전원 노타이였고, 약속이라도 한 듯이 셔츠의 단추를 세 개씩 풀어놓고 있었다. 판에 박아놓은 듯한 업계 스타일이어서 요코는 속으로 웃어버렸다.

남자들은 30대라고는 해도 대부분 후반에 속한 나이로 보였다. 불만스럽기는 했지만 이해는 되었다. 30대 초반의 남자라면 상대로 20대 여성을 원할 것이다. 지금까지 여러모로 재미를 봐온 요코 연배의 여자들도 이제는 그런 이점을 어린 여자들에게 빼앗겼다는 사실을 절실하게 느끼고 있었다. 화장품 샘플들이 공짜로 들어오지 않게 되었다. 남자들이 괜히 말을 거는 일도 없어졌다. 분명 앞으로도 그런 일은 없을 것이다.

참가자들을 재빨리 둘러보았다. 눈길을 빼앗을 만큼 잘생긴 남자는 없지만 다들 그럭저럭 깔끔하니 괜찮았다. 돈도 꽤 있을 것 같았다.

모임을 주도하는 남자가 자리를 정해주었다. 요코는 형사 드라마에 나오는 터프한 형사 다테 히로시를 닮은 남자와 부드러운 형사 간다 마사키를 닮은 남자 사이에 앉게 되었다. 요코는 자기도 그 형사 드라마에 나오는 사람이 된 것 같았다.

우선 자기소개부터 시작되었다.

"혹시, 농담 같은 것도 필요한가?"

터프하게 생긴 쪽이 말하자 다들 낄낄거리고 웃었다.

"나, 그런 거 안 가지고 왔는데."

"저도요."

"그럼 회사랑 업무내용만 말하기로 하지."

그 대화로 참가자 전원의 긴장이 풀렸다. 역시 어른들의 모임은 다르다. 신타로 또래의 남자들이었다면 억지로 신 나는 척을 해서라도 여자들을 웃기지 않으면 안 될 것이다. 여자들도 될 수 있는 대로 명랑하게 행동하지 않으면 안 된다.

"일단은 마실 것부터. 와인, 누가 고를래요?"

"기무라 씨가 까다롭지 않았던가?"

"그건 헛소문입니다. 난 나온 것을 조용히 마시는 타입이에요."

"그럼 웨이터를 불러야지."

남자들의 대화에 여자들이 킥킥거리며 웃었다. 요코는 오길 잘했다고 생각했다. 어른들끼리 노는 즐거움이 어떤 것인지 오랜만에 느낄 수 있었다. 다들 나름대로의 인생 경험을 쌓았기 때문에 겉치레를 하려고 무리하지 않아도 된다.

요리는 일품요리로 주문하여 파스타와 고기 요리를 맛있게 먹었다. 모두 맛있었고, 그것만으로도 대화가 즐겁게 되었다. 이런 레스토랑에 출입할 수 있다는 것도 이 정도 나이가 되어야 누릴 수 있는 특권이다.

"고사카 씨, 이런 미팅은 올해 들어서 몇 번째예요?" 옆에 있는 부드러운 쪽의 남자가 물었다. 이름이 야마모토라고 했다.

"처음이에요. 사실 미팅 같은 건 2년 만에 하는 것 같은데요."

"저흰 매달 하거든요. 주위 사람들이 '그 나이에 그러는 건 좀 이상하지 않냐'고 하는데 어떻게 생각하세요?"

"글쎄요, 문제될 건 없지 않을까요?" 요코는 당혹스러워하면서 대답했다. "개인의 자유인데."

"고등학교 친구가 정신과 의사인데 그놈이 말하기를 미팅의 존중이라고 하더라고요."

테이블에 팔꿈치를 올려 턱을 괴고는 뭔가 호소하는 듯한 눈빛으로 말했다.

"또 그 얘기야?" 터프한 남자 쪽이 옆에서 말했다.

"이거 죄송하네요. 이놈이 지금 좀 슬럼프에 빠졌거든요. 여자를 어떻게 꼬셔야 될지 잊어버렸다고 하네요."

농담이 끼어드는 바람에 화제가 다른 것으로 바뀌었다. 미팅의존증이라……. 요코는 혼자서 쓴웃음을 지었다. 그런 사람이라면 우리 회사 30대 중에도 많이 있다. 사토미도 그중 하나다. 설레는 만남보다는 자기랑 비슷한 동족이 아직도 많다는 사실에 안심하고 싶은 것이다.

2차는 한 층 위에 있는 바 라운지로 자리를 옮겼다. 테이블과 창가의 카운터 자리를 오가면서 여러 남자들과 이야기했다.

일류기업에서 일하고 있는 만큼 다들 각각 대화에 능숙했다. 화제가 풍부하고 어른다운 유머감각도 있다. 여자를 대하는 법도 잘 알고 있었다. 이런 정도인데도 어째서 지금까지 독신으로 있는지 궁금했지만 그것은 요코도 마찬가지니까 물어보지 않기로 했다.

요코 자신의 마음을 털어놓자면 결혼으로 생활을 바꾸고 싶지 않았기 때문이다. 일과 자유와 연애, 그중 하나라도 잃고 싶지 않았다. 서른넷이 된 지금은 이 나이가 되어서 타협하고 싶지 않다는 것과 슬슬 결혼하지 않으면 평생 독신으로 남아 있을지도 모른다는 불안감이 반반이다. 하지만 결단을 내리지 못해서 그냥 일상생활에 묻혀 살고 있다.

진짜로 바라는 것은 시간이 멈춰주는 것이다.

"혼자서 야경만 넋을 잃고 보고 있으면 어떡해?"

칵테일 잔을 손에 든 사토미가 붉은 얼굴로 옆에 다가왔다.

"마음에 드는 사람 있어?"

"노골적이긴. 굶주린 늑대 같다."

요코가 째려보자 사토미는 "고상한 척할 것 없어. 너나 나나 벼랑에 서 있긴 마찬가지니까" 하며 스스럼없이 웃었다.

"사토미, 마음에 드는 사람이 있으면 결혼할 생각 있어?" 목소리를 낮춰서 물었다.

"당연하지. 이참에 아예 데리고 가서 식장예약까지 해버리지 뭐."

"너 취했지?"

그때 야마모토가 다가왔다.

"아까 그 얘기 말인데요, 30대의 미팅의존증이라는 거요. 어떻게 생각해요? 그 정신과 의사 말로는 모라토리엄•의 일종이라고 하던데요."

"모라토리엄이요……."

요코는 입을 뾰족 내밀었다. 듣고 보니 그럴지도 모르겠다.

"자기는 분명히 파트너를 찾고 있다는 구실과 지금 이 상태로도 별로 불편하지 않다는 마음이 우리를 미팅 자리로 내몰고 있다고 하더라고요."

"흐응……."

요코는 대답하기 곤란해서 그냥 적당히 웃고 말았다.

• moratorium, 지불불능상태. 사회적인 책임을 지지 않으려고 하는 것.

"무슨 얘기야?" 사토미가 물어서 설명해주었다. 그러자 사토미는 "짜증 나는 의사네" 하며 얼굴을 찌푸렸다.

"있잖아요, 솔직히 말하자면 혼자서 10년 이상 살다보면 결혼 같은 것은 생각만 해도 귀찮아요. 특히 아파트를 사고 난 다음에는 이사하는 것도 귀찮을 정도예요. 하지만……." 여기서 사토미는 칵테일을 단숨에 마셔버렸다. "이대로 혼자 있으면 훨씬 더 귀찮은 일이 생길 것 같단 말이에요." 어조가 강해졌다.

"너 너무 마신 것 아냐?"

"그나저나 그 의사는 독신인가?"

"아뇨, 결혼했어요" 하고 야마모토가 대답했다.

"그럼 용서 못 하지. 길 잃은 양들을 분석하면서 자기 혼자 즐거워한다니, 용서 못 하지."

"사토미, 목소리 좀 죽여."

요코가 말했다. 다른 손님들이 이쪽을 보고 있었다.

"당신도 그래. 남자 노릇하기 힘들다는 건 알지만 그래도 좋으면 좋다고 제대로 얘기를 하란 말이야. 자기가 먼저 얘기하기는 뭐하니까 여자 쪽에서 그냥 알아서 쳐들어와 줬으면 하고 바라고만 있으면 안 된단 말이지. 나이도 먹을 만큼 먹었잖아."

이번에는 야마모토를 붙잡고 설교하기 시작했다.

"밖에 나가자."

요코는 사토미의 팔을 붙잡고 로비로 끌고나갔다. 사토미는 제대로 걷지도 못하고 휘청거렸다. 소파에 앉힌 다음 볼을 가볍게 두들겼다.

"괜찮아? 물 좀 갖다 줄까?"

사토미는 말없이 고개를 젓고는 발을 앞으로 쭉 뻗었다. 눈을 감고 나지막하게 신음하고 있었다. 5분가량 그대로 있었다.

"나 아까 상당히 심한 소리를 한 것 같은데."

사토미가 불쑥 입을 열었다.

"아니. 그렇지 않아."

"그렇지 않은 게 아냐. 아마 내일쯤 자기혐오를 느낄 것 같아."

"괜찮다니까. 다들 생각만 하고 있던 걸 말했을 뿐이니까."

요코는 부드러운 마음으로 말했다. 옆에서 사토미의 어깨를 안아주었다. 둘이서 머리를 대고 사람 인人자처럼 기댔다. 어쩐지 살피러 왔던 야마모토가 쓴웃음을 지으며 그 자리에 우뚝 서 있었다.

호텔 앞에서 일단 해산하기로 했다. 술 취한 사토미를 먼저 택시에 태운 다음 "3차 갈까?" 하고 의논하고 있는 남자들의 대화를 요코는 멍하니 듣고 있었다. 그때 택시 한 대가 다가왔다. 문이 열리고 내린 젊은 남녀를 본 요코의 얼굴에서 핏기가 사라졌다. 신타로와 가호리였다.

허둥지둥 뒤로 돌아 남자들 중 한 사람의 등 뒤로 숨었다. 세상에. 내숭쟁이 나오코에게 정신이 팔려서 깜박 잊고 있었다. 섹시한 가호리도 포기하지는 않았던 것이다.

"이야, 이런 델 알고 있었어?" 하는 신타로의 목소리가 들렸다.

"아니, 그냥 잡지에서 본 거야. 제일 위층의 바가 좋다던데."

친근하게 대화를 나누고 있었다. 보아하니 가호리가 오자고 한 모양이었다. 젠장. 허점을 찔렸군. 아무튼 조금만 눈을 떼면 이렇다니까.

요코는 그 순간 침착함을 잃었다. 시계를 보았더니 11시가 넘은 시간이었다. 큰일이다. 조금 있으면 막차시간이 지난다. 게다가 여기는 호텔이고 내일은 휴일이다.

"고사카 씨, 이 근처에 마시던 술병을 맡겨놓은 술집이 있는데 같이 가실래요?" 남자 중 한 사람이 물었다.

"네, 갈게요." 자기도 모르게 대답했다. 이대로 집에 돌아가봤자 아무것도 못 할 것이 뻔했다.

다 함께 걸어서 번화가에 있는 바로 들어갔다. 남은 사람들끼리 테이블 하나에 앉았다.

"고사카 씨도 연하게 물 타서 드실래요?"

"아, 네." 건성으로 대답했다. 머릿속은 아까 본 두 사람의 일로 꽉 차 있었다.

어쩌면 세상에, 어느새 꼬셨지? 가호리는 무슨 구실을 대면서 술을 마시러 가자고 했을까? 사보취재에 응해줘서 고맙다는 이유로……? 아니, 무슨 말인들 못 했을까. 오늘 날씨가 더웠는데 시원한 맥주라도 한잔하러 가지 않을래요? 그 정도면 충분하다. 젊은 사람들에게는 밤의 수만큼 기회가 있으니까.

가호리는 적극적으로 보인다. 자기가 노린 목표물은 반드시 손에 넣을 것 같은 느낌이다. 깔깔대고 웃을 때 남자의 팔에 살을 댄다. 자세를 고치면서 치마 틈새로 다리를 보인다. 그렇게 한 다음 막차가 끊겼을 무렵에 눈을 살짝 떨구면서 말이 없어진다.

분명히 할 거야, 저 여자는. 요코는 어렵지 않게 상상할 수 있었다. 젊은 시절에 자기가 수도 없이 써먹은 수법이니까. 이렇게 하는데 도망칠 수 있는 남자는 없다.

"……그게 재미있다니까. 내가 티켓을 구할 수 있는데 고사카 씨도 같이 가실래요?"

누군가가 물었다.

"네, 좋지요. 같이 가요."

뭔지 모르지만 같이 가게 되었다. 술을 마셨다.

신타로는 그렇게 넘어가게 될까? 하기야 워낙 순진하니까 여자를 부끄럽게 해서는 안 된다면서 얼토당토않은 기사도정신을 발휘할 것 같다.

이것 봐, 신타로. 그런 여자는 내버려둬도 하나도 부끄러워하지 않아. 약삭빠르니까 금세 다른 남자를 잡을 거라고.

그렇지. 휴대전화로 불러낼까? 일이 남았으니까 회사로 돌아오라고…….

말도 안 된다. 이런 시간에 무슨 일이 있단 말인가? 게다가 나도 술 취해 있는데.

아예 그 호텔 바로 돌아가 볼까? 자기 모습을 두 사람에게 보이기만 해도 된다. "어머, 분위기 좋네" 하면서 명랑하게 말하고 가호리에게 여자들만 알 수 있는 눈길을 슬쩍 주기만 하면 된다. 그러면 통한다. 남자들은 몰라도 여자는 알 수 있으니까.

"저, 아까 그 바에 잃어버린 게 있는데요."

요코는 자기도 모르게 일어서면서 말했다. 다들 무슨 일인가 싶어 쳐다보았다.

"뭘 잃어버렸어요?"

"저기, 귀걸이요." 그냥 생각나는 대로 말했다.

"귀걸이는 제자리에 있는데."

남자들 중 하나가 요코의 귀를 가리키며 말했다.

"예비로 가지고 온 걸 핸드백에서 꺼내고는 그대로 두고 왔어요." 요코는 어렵게 거짓말을 둘러댔다.

"전화해서 물어봐 줄까요?"

"아니, 됐어요. 바로 저기니까 제가 그냥 잠깐 갔다 올게요."

카디건을 걸칠 때 야마모토와 눈길이 마주쳤다. 어안이 벙벙한 표정으로 요코를 바라보고 있었다.

"야마모토 씨, 미안하지만 같이 가주실래요?"

혼자보다는 둘이 가는 편이 자연스럽다. 그런 계산을 머릿속으로 했다.

"저야 괜찮지만……."

당혹스러워하는 야마모토를 앞세워서 바를 나왔다. 다들 멍하니 보고만 있었다.

호텔을 향해 네온이 반짝이는 거리를 종종걸음으로 걸었다. 아직도 거기 있어야 할 텐데. 오늘 밤의 가호리는 특공대다. 자살테러범이다. 신타로는 젊으니까 성욕만으로도 그냥 격침될 것이다.

"고사카 씨, 왜 그렇게 서둘러요?" 하고 야마모토가 물었다.

"잔말 말고 빨리 와요."

요코는 자기도 모르게 명령조로 말했다.

호텔에 도착해서 엘리베이터로 꼭대기층에 올라갔다. 바의 입구에서 "두 분이세요?" 하고 웨이터가 물었다. "잃어버린 게 있어서 그런데 좀 찾아볼게요" 하고 말하며 안내를 거절했다.

심호흡을 한 번 했다. 야마모토를 데리고 안쪽으로 걸어 들어갔다.

신타로의 웃음소리가 들렸다. 다행이다. 아직 있었네.

칸막이 건너편으로 갔더니 거기에는 회사의 젊은 사원들 몇 명이 테이블에 앉아 있었다. 그중에 신타로와 가호리도 섞여 있었다.

에? 그 자리에서 발이 멈췄다. 신타로가 돌아보았다.

"어? 고사카 선배네. 여긴 웬일이세요?"

밝은 목소리가 울려 퍼졌다. 일제히 모두 요코를 쳐다보았다.

그게……. 요코는 말이 나오지 않았다. 입을 반쯤 벌린 채 그 자리에 서 있었다.

"금요일이어서 다 같이 한잔하자는 얘기가 나왔어요. 롯폰기에서 뷔페를 먹고, 2차로 여기 온 거예요."

"아, 그래."

요코는 얼빠진 대답을 했다. 그랬구나. 그냥 젊은 사원들끼리 마신 거구나. 둘이서 온 건 택시를 나눠서 타느라고 그랬구나.

신타로가 뒤에 서 있는 야마모토에게 시선을 옮겼다. 흥미진진하게 바라보고는 "괜찮으시면 같이 드실래요?" 하고 머뭇거리며 물었다.

"바보야. 데이트하는데 방해하면 어떡해."

다른 남자 사원이 작은 소리로 속삭였다. 다들 요코와 야마모토를 번갈아 보고 있었다.

순식간에 마음이 식었다. 취기가 날아가 버렸다. 난 바보다. 서른넷이나 먹고 지금 여기서 뭐 하고 있는 것인가.

"사람이 많은 것 같으니까 다른 데로 가야겠어."

그렇게 말하고 뒤로 돌았다. 젊은 사원들이 신기해하는 표정으로 인사했다. 다시 야마모토를 데리고 밖으로 나왔다.

"귀걸이는?" 하고 야마모토가 물었다.

"착각했어요." 눈을 보지 않고 대답했다.

야마모토는 더 이상 묻지 않았다.

둘이서 엘리베이터를 타고 도쿄의 야경을 보면서 내려왔다.

그렇구나. 신타로는 나의 현실도피처였구나……. 차분한 기분으로 생각했다. 현실을 마주 보는 게 싫어서 나보다 훨씬 나이가 어린 남자를 짝사랑하며 시간을 잊어버리고 싶었던 것이다. 결국 이게 모라토리엄이다.

도쿄타워의 조명이 꺼졌다. 자정이 넘은 것이다. 또 하루가 지났다. 요코는 한숨을 쉴 수밖에 없었다.

그 주말이 지나자 거짓말처럼 예전으로 돌아와 있었다. 신타로를 봐도 마음이 괴로워지지 않았다. 물론 여전히 멋있고, 밉지 않게 생각하고는 있지만 마음에 여유가 생긴 것이다.

실제로 나오코가 여전히 그 내숭이 가득한 스타일로 나타나도 안절부절못하는 일은 없었다.

"이번 주 회의 때는요, 상무님이 아카사카 한텐의 도시락을 주문해주시겠대요." 나오코가 계산된 미소를 띠우며 신타로에게 말을 걸었다. "와다 씨가 도시락을 기대하고 있다고 제가 상무님에게 말씀드렸더니 그럼 중국 요리를 시켜주시겠다면서……."

"아니, 그런 말을 하면 어떡해요."

신타로는 내심 좋으면서도 쑥스러워하고 있었다.

나오코가 안짱다리로 종종거리며 사라진 다음 요코는 말해주었다.

"와다 씨는 저런 타입을 좋아해?"

"무슨 말씀이세요, 갑자기?" 얼굴이 벌게졌다.

"아니면 노지마 가호리 같은 타입? 섹시한 언니 스타일 말이야."

"아니에요." 열심히 손을 내저었다.

"인생 선배로서 조언해주는 건데 난 미키 같은 여자를 추천하고 싶어."

미키가 튕겨진 것처럼 얼굴을 들었다.

"고사카 씨, 무슨 말씀을 하시는 거예요?"

귀까지 새빨개졌다. 요 최근에 본 것 중에 최고로 귀여운 얼굴이었다.

"좋겠다, 젊은 사람들은."

요코가 놀리는 말투로 말했다.

신타로, 좋은 사람을 찾아야 돼. 물론 나도 괜찮고. 하지만 나랑 결혼하려면 어머니를 잘 설득해줘야 돼.

"고사카도 이제야 겨우 영맨 그룹을 졸업했군."

오노 과장이 한마디 했다.

"영맨? 전 그 말, 한 20년 만에 들은 것 같은데요?"

"맞아요. 읽은 적은 있어도 직접 들어본 건 처음이에요."

"미안해. 나도 모르게 그런 단어가 나왔어. 말하는 순간 나도 후회했다고."

오노 과장이 얼굴을 일그러뜨렸다.

다 함께 웃었다. 회사는 즐거워서 좋다. 젊은 사람도 있고 아저씨도 있다. 그리고 자기들처럼 미묘한 나이의 여자들도……

"고사카 씨, 전화 왔어요. 야마모토 씨라는 분인데요." 미키가 요코에게 말했다.

야마모토? 누구지? 생각이 나지 않은 상태에서 전화를 받았더니 금요일 미팅에서 만난 부드러운 스타일의 그 야마모토였다.

주말에 오페라 콘서트가 있고, 자기가 티켓을 두 장 가지고 있는데 같이 가지 않겠느냐는 용건이었다. 말하자면 데이트 신청이었다.

요코는 가주기로 했다.

히로

다케다 세이코에게 개발국 제2영업부 3과 과장이라는 직위가 붙은 것은 장마가 한창이던 7월 1일이었다.

4년제 대학을 졸업하고 큰 부동산 회사에 입사한 지 14년째를 맞이한 해였다. 그동안 계속 개발분야의 업무를 맡아왔기 때문에 개발국 안에서 중견사원이라고 할 만한 위치였다. 세이코가 다니는 회사에서는 몇 년 전에 연차적으로 승진시키는 제도를 폐지했기 때문에 30대 젊은 나이에 과장 자리에 오르는 경우는 드물지 않았다. 그중에는 외국 기업에서 옮겨와 스물아홉 살이라는 새파란 나이에 과장이 된 사람도 있었다. 하지만 종합직 여사원*으로서는 이례적이라고 할 수 있는 파격적인 인사였다. 개발국 안을 살펴봐도 여자 관리직으로는 40대 차장이 딱 한 명 있을 뿐이었다.

처음에 직속상사인 기하라 부장이 그 얘기를 귀뜸해주었을 때만 해도 세이코는 자기 귀를 의심했다. "이봐, 다케다. 혹시 출산할 예정은 있나?" 하며 농담조로 말하는 기하라에게 "아~이, 세이코는 너무 어려서 무슨 말인지 모르겠어요" 하고 가볍게 응수했다. 그러자 기하라는 씨익 웃으면서 "자네에게 3과 과장을 맡길 테니까 잘해봐" 하며 세이코의 어깨를 툭툭 쳤다. 3과는 대규모 프로젝트를 담당하는 핵심부서라고 할 수는 없지만 은행이나 기업, 자치단체와 연대해서 지방의 유휴지를 개발하는 중요한 업무를 다루는 부서다.

"과를 좀 젊게 하려고 해. 사원들도 몇 명 바꿀 예정이야. 하기야 자네까지 해봐야 고작 여섯 명밖에 안 되는 작은 살림이지만. 신규개척을 기대하고 있어. 오래된 거래처들이야 다른 과에게 맡겨버리면 되니까. 난 간섭하지 않을 테니 마음껏 해봐."

기하라의 말을 듣고 세이코는 당황했다. 마음의 준비가 전혀 되어 있지 않았기 때문이다. 승진 같은 것은 생각해본 적도 없었다.

"저, 국장님이나 임원들 같은 윗분들하고도 얘기가 다 된 겁

● 일본 기업에서 일하는 여사원들은 일반적으로 OL이라고 불리는데, 차 시중, 복사, 입력 등 잡일을 맡는 고졸 여사원과 종합직이라고 불리며 남자 사원들과 똑같이 다양한 일을 맡아 승진도 바라볼 수 있는 대졸 여사원으로 나뉜다.

니까?"

"당연하지. 이런 일을 나 혼자서 결정할 수 있을 것 같아?"

기하라는 웃었다.

"지금 우리 회사에는 여성의 감수성이 꼭 필요합니다, 라고 윗사람들에게 말하기는 했지만 사실 그것과는 상관이 없어. 난 자네가 할 수 있다고 판단했기 때문에 맡길 생각을 한 것뿐이니까."

그렇게 띄워주는 말을 들어도 한동안 실감이 나지 않았다. 부하가 생긴다는 게 도대체 어떤 느낌일까? 지휘권이 있다는 건 도대체 어떤 느낌일까?

그래도 총무부에서 미리 보내준 명함을 보았을 때는 꽤나 마음이 부풀었다. 그 느낌은 신용카드 등급이 골드카드로 바뀌었을 때의 우월감과 비슷했다. 다른 사람에게 내밀 때 뿌듯한 자존심을 느끼는 것이다. 여자라는 사실 때문에 남들이 가볍게 여기지도 않게 된다.

남편 히로키에게 제일 먼저 그 명함을 주었다. 내선번호가 바뀌었기 때문에 그것을 알리기 위해서였다.

"또 앞서 갔네."

중견기업이라고 할 수 있는 음향기기 제조업체에 근무하는 히로키는 그렇게 장난스럽게 말했다.

"부부 사이에 출세경쟁해서 뭐에 쓰려고?"

가볍게 응수하며 이마를 툭 튕겨주었다. 히로키는 세이코의 대학동기여서 서른다섯 살이 된 지금까지도 동급생을 대하는 듯한 느낌이다.

사이타마埼玉에 있는 친정에도 말은 해두었다. 환갑이 지난 어머니는 일단 축하한다고 하면서도 어딘지 좀 떨떠름한 말투였다. 부모님이 가장 바라는 소식은 딸에게 아기가 생겼다는 말일 것이다. 세이코는 자기 입으로 그렇게 묻지는 않았다. 어머니와 가치관이 너무 다르다는 것을 알기 때문이었다.

승진 기념으로 새 옷을 샀다. 과감하게 돈을 좀 들여서 비싼 것을 골랐다. 시계도 10년 만에 바꿨다. 신기하게도 외모를 바꿨더니 기분도 달라졌다. 한번 도전해보자는 생각이 들었다. 여성 관리직이라는 지위도 나쁘지 않다.

3과의 부하들은 30대가 3명, 20대가 2명이었다. 고참사원들을 내쫓아준 것은 기하라 부장의 배려였다. 이마이 계장이라고 연상이 한 사람 있기는 하지만, 세이코와 함께 다른 과에서 이동해온 이마이 계장은 3기 선배일 뿐이었다. 20대는 둘다 여사원으로 전문대를 졸업한 야마모토 미카가 스물넷, 종합직인 기타무라 유코가 스물아홉 살이었다. 여자가 있다는 사실이 어딘지 모르게 든든했다. 내 편이 아니더라도 동성은 동성이니까. 지금까지 서로 다른 층에서 일했기 때문에 말을 한 것은 이번이 처음이었다.

"다케다입니다. 이번에 3과 과장을 맡게 되어 여러분과 함께 일하게 되었습니다. 앞으로 잘 부탁합니다."

첫날 인사에서 세이코는 상냥하게 말하며 고개를 숙였다. "너무 빡빡하게 하지 마"라는 기하라 부장의 충고에 따랐다. 일밖에 모르는 사람처럼 보이고 싶진 않았다. 전에 회사에 목숨을 건 상사 밑에서 일하면서 질려버린 경험이 있다. 될 수 있으면 쓸데없는 관리는 하지 않고 부하들이 자유롭게 일할 수 있도록 해주고 싶었다.

"우리 3과는 개발국 안에서도 평균연령이 제일 낮은 곳이라고 합니다. 그러니까 관습에 얽매이지 말고 과감하게 새로운 일들에 도전해나가도록 합시다."

일단은 자신의 소신을 나타내는 말도 해두었다. 사원들의 사기도 중요하기 때문이다.

"저, 어떻게 부르면 되죠?"

미카가 명랑한 말투로 물었다.

"성으로 불러도 되고, 과장님이라고 해도 되고, 세이코라고 해도 돼요."

곧바로 농담으로 받아쳤다. 다들 소리 내어 웃었고, 세이코의 긴장도 풀렸다.

"전에 보스라고 불리고 싶어하던 사람이 있었거든요" 하고 미카가 말했다.

"알아요. 센다이 지사로 간 아나토 씨죠? 조폭영화에 푹 빠져 있었으니까."

세이코가 응했다. 한차례 옛날 과장들에 대한 이야기꽃이 피었다. 부하들의 웃는 얼굴을 보고 있으니까 그럭저럭 해낼 수 있을 것 같다는 느낌이 들었다. 꽤 괜찮은 출발인 셈이다.

주어진 자리는 부하들을 한눈에 둘러볼 수 있는 창가 정면 자리였다. 과장직 이상만 의자에 팔걸이가 붙어 있다. 남자들은 꼭 이런 식으로 티 내고 싶어한다니까. 세이코는 마음속으로 혼자 중얼거렸다. 팔걸이 위에 손을 얹었더니 자연스럽게 가슴이 뒤로 젖혀졌다. 남자들이 승진하고 싶어하는 기분을 이해할 수 있을 것 같았다.

미카와 유코는 '다케다 씨'라고 불렀다. 남자들은 어떻게 부를까 궁금했는데 '과장님'이었다. 이의는 없었다. 호칭 같은 것은 아무래도 상관이 없다.

그날 밤 곧바로 환영회가 열렸다. 세이코가 모르는 사이에 부하들이 마련한 자리였다. 직장의 관례라고는 하지만 세이코는 상당히 마음이 놓였다. 이런 자리를 마련해주지 않으면 어떻게 하나 하고 쓸데없는 걱정을 했던 것이다.

회사 근처 술집에 예약해둔 방 안으로 들어갔다. 아무 생각 없이 자리에 앉았더니 남자 사원들이 순간적으로 난처해하는 표정을 지었다.

"과장님, 안쪽으로 앉으시죠."

한 사람이 말했다. 세이코는 평소의 습관대로 입구 근처에 앉아버렸던 것이다.

"아, 그래요" 하고 대답은 했지만 조금 망설여졌다. 자기보다 나이가 위인 이마이를 젖히고 상석에 자리를 차지하는 것이 왠지 미안한 느낌이 들었다. 그렇다고 그 자리를 양보하면 오히려 실례가 된다. 할 수 없이 상석으로 옮겼다.

맥주잔도 제일 먼저 채워졌다. 다른 사람에게 따라주려고 했더니 부하들은 자기들끼리 서로 잔을 채워주고 있었다. 앞으로 뻗은 손이 갈 곳을 잃고 허공에서 헤매고 있었다. 전하고 너무 달라서 어색했다.

다 함께 건배를 했다. 요리가 들어오자 우선은 세이코 앞에 놓였다. 먼저 손을 대라는 뜻인 모양이다. 지금까지 이런 대접은 생각해본 적도 없었다.

"다케다 씨의 남편 분께서는 어떤 일을 하세요?"

미카가 꼬치구이를 먹으면서 물었다.

"음향기기 업체에 다니고 있어. 옛날부터 오디오 마니아였거든. 취미가 밥벌이로 바뀐 셈이지."

"흐응, 재미있겠네요."

"그렇지도 않아. 안 팔린다고 만날 구시렁거리는걸."

히로키는 야심이 없는 남자였다. 월급이 더 많은 유사업체로 옮길 생각도 전혀 없는 것 같았다. 그렇게 속편한 성격이 좋았지만 솔직히 가끔씩 한심하게 느껴질 때도 있었다.

"저녁 같은 건 다케다 씨가 다 만들어요?"

미카는 거리낌이 없는 성격인 모양이다.

"물론 만들지. 그냥 슈퍼에서 반찬을 사다가 먹을 때도 있지만."

"청소나 빨래 같은 거는요?"

"그건 번갈아가면서 하고."

"돈은 같이 합쳐서 쓰세요?"

"아니. 공동으로 쓰는 은행계좌에 일정액을 넣고, 나머지는 각자 알아서 해."

무슨 신문을 받고 있는 것 같은 느낌이 들었다. 아이에 관한 것은 물어보지 마라, 하고 텔레파시를 보냈더니 그게 통했는지 직장에 대한 화제로 넘어가 주었다.

"전 사내기획서가 쓸모없다고 생각하는데요."

그런 말을 꺼낸 것은 기획선전부에 있다가 1년 전에 개발국으로 이동해온 유코였다.

"고객용하고 겸용하면 되는데 굳이 사내용으로 한정시키는 게 의미가 없다고 생각해요."

"어, 그런가? 몰랐네."

"전임자가 서류에 '대외비'라는 도장을 찍는 게 취미였거든
요" 하고 미카가 설명해주었다.

"어허, 큰일 날 소리."

남자 사원이 웃으면서 꾸짖는 척했다.

"그럼 없애버리지 뭐. 개선해야 할 점이 있으면 또 얘기해
봐요."

"그리고 계약을 따면 벽에 종이를 붙이는 것도……."

"그러네. 하지만 그건 우리 부서의 전통이잖아."

"왠지 고리타분한 느낌이에요."

"고리타분하다고 할 것까지는 없잖아."

남자 사원 한 명이 입을 불쑥 내밀면서 반론했다.

"그걸 보고 힘을 얻는 사람도 있는데."

"하지만 빨간 리본을 다는 건 꼭 중고차 영업부처럼 촌스러
운 느낌이잖아요. 우리 회사는 그래도 알아주는 부동산 기업
인데……."

유코는 전형적인 커리어우먼 스타일이었다. 독신에다 금전
적 여유도 있어서인지 아르마니 셔츠를 입고 있었다. 구독하
는 여성지도 뭔지 짐작이 갈 만했다.

"그럼 기하라 부장님께 여쭤볼게."

세이코가 대답했다. 힘들겠지만 말이야, 하고 혼자 생각했
다. 개발국은 전통적으로 군대나 운동부 같은 체질이다.

전반적으로 기분 좋은 자리였다. 서로 나이가 비슷하다는 점도 있어서 TV 프로에 대한 화제로도 잘 어울릴 수 있었다. 하지만 이마이는 혼자서 말이 없었다. 가끔씩 대화에 끼는 것 말고는 거의 듣고만 있었고, 그 외에는 묵묵히 술잔을 기울이고 있었다. 옆 과에서 이동해온 사람이니까 다른 사원들과도 아는 사이일 터였다. 조금이라도 말을 주고받아야겠다는 생각에 사내의 친분관계를 물어보았다.

"업무부에 있는 다나카하고 이시카와……, 기획에 있는 가미하라 씨……."

많은 이름이 나왔다. 발이 꽤 넓은 모양이었다.

"미국 지사로 간 오노 같은 경우는 옛날에 제가 많이 가르쳐 줬지요."

일 잘하기로 유명한 젊은 사원이었다. 은근히 자기가 한 수 위라는 뜻을 풍기고 싶은 모양이었다.

"그리고 개발국 안에서 보자면 마키노, 나가이와 와타나베에다……."

자기 인맥에 대한 과시가 계속되었다. 한도 끝도 없을 것 같아 "앞으로도 잘 부탁해요" 하고 고개를 숙이고는 화제를 바꿨다.

그러면서 어느새 밤 10시가 지나 슬슬 일어설 시간이 되자 세이코는 문득 이런 생각이 들었다. 계산은 누가 해야 되나?

일단 자기가 주빈이 되어 있기는 하지만 부하들에게 돈을 내라는 것은 너무 뻔뻔하다. 그렇다고 접대가 아니니 경비로 처리되는 것도 아니다.

지금까지라면 대개 남자 사원들 중에서 나서는 사람이 있어서 "남자는 5천 엔, 여자는 4천 엔씩" 하는 식으로 돈을 모으곤 했다. 그러면 그 액수만 내면 되는 일이었다.

기하라 부장은 어떻게 하더라? 그러고 보니 1만 엔을 테이블에 놓고는 "나머지는 알아서들 계산해" 하고 말하곤 했었다. 그렇게 해볼까?

아니지, 이마이가 있는데…… 세이코는 조금 술기운이 도는 머리로 생각했다. 연상인 사람 앞에서 상사입네 하고 거들먹거리는 태도를 보이고 싶지 않았다.

그럼 어떡하지? 더치페이를 한다고 해도 자기가 같은 액수를 내는 것은 당연하지만 미카나 유코까지 똑같이 내라고 해도 되는 건가?

이리저리 생각한 끝에 세이코는 1만 엔을 먼저 내는 방식을 쓰기로 했다. 상사니까 그렇게 해도 아니꼽게 보이지는 않을 것이다. 쫀쫀해 보이는 게 오히려 더 문제일 테니까.

"내가 미리 계산했어요."

그때 이마이가 말했다. 돌아보았더니 얼굴이 벌겋게 되어 있었다.

"그럼 내가 반을 낼게요. 얼마였지요?"

세이코는 순간적으로 그렇게 말하며 핸드백에서 지갑을 꺼냈다.

"됐어요, 됐어요. 과장님은 오늘 손님이고, 여기는 내가 모시는 거니까 괜찮아요."

이쑤시개를 입에 문 채 손을 좌우로 내저었다.

괜찮을 리가 없다. 여섯 명이 먹고 마신 자리다. 보통 술집이라고는 하지만 꽤 나왔을 것이다.

"오늘은 더치페이로 할까?"

다른 사원들에게 말했다. 모두 고개를 끄덕이고는 주머니와 핸드백을 뒤적였다.

"됐어, 됐어. 내가 술 한잔도 못 살 것 같아?"

이마이가 다른 사람들에게 말했다. 술에 취했는지 목소리가 컸다.

"뭐 어때요, 사시겠다는데." 미카가 애교 섞인 말투로 말했다. "이마이 씨, 잘 먹었어요!" 고개를 살짝 까딱이면서 콧소리로 인사했다.

"안 돼, 안 돼. 더치페이로 해야지. 저, 여기요~!" 점원을 불렀다. "우리 얼마 나왔죠?"

세이코가 금액을 묻고는 각자에게서 돈을 걷었다. 그 돈을 이마이에게 내밀었다.

"뭐, 굳이 그러시다면……."

이마이는 머쓱한 표정으로 돈을 받았다. 세이코도 마음이 불편했지만 이렇게 하는 것이 제일 좋다고 생각했다. 나이가 위라고는 해도 부하에게 돈을 내게 할 수는 없었다.

술집 앞에서 해산했다. 독신들 팀은 2차를 갈 분위기였지만 세이코는 사양했다. 기하라 부장은 항상 2차는 참석하지 않는다. 나머지는 젊은 사람들끼리 즐기라는 뜻일 것이다. 세이코도 상사가 없는 자리에서 열심히 회사를 씹어대곤 했다.

앞으로는 같이 놀 사람이 별로 없겠네. 약간 허전했지만 이것은 누구나 겪는 일이다.

전철이 아닌 택시로 집에 가기로 했다. 이 정도 사치는 누려도 되지 않겠는가. 과장이 되었는데 말이다.

집에 돌아온 다음 남편 히로키에게 물어보았다. 윗사람이 술자리 계산을 어떻게 하는 것이 바람직한가 하고.

"글쎄요, 저는 평사원이라서."

히로키는 장난스럽게 입을 뾰족 내밀며 말했다. 거실에서 앰프를 분해하고 있었다. 영업직이면서도 기계 만지는 것을 좋아한다.

"히로네 회사에서는 계산할 때 상사가 좀 더 내는 편이야?"

"사람에 따라 다른 것 아닌가? 1만 엔짜리를 떡 내미는 사람이 있는가 하면 칼같이 더치페이를 하는 사람도 있고."

"그럼 여자 상사는 어떻게 해야 돼?"

"글쎄. 우리 회사에는 여자 관리직이 없어서 잘 모르겠네."

드라이버 끝으로 머리를 긁적이며 말했다.

"오늘 나보다 나이가 많은 계장이 혼자 다 계산하려고 했거든. 그런 건 어떻게 생각해?"

"돈 굳었네. 신 난다."

"장난치지 말고. 그럼 여자 상사가 1만 엔을 내고 나머지는 알아서 계산하라고 하는 건?"

"차라리 다 내주지."

"왜 내가 사야 되는데?"

나도 모르게 화를 내며 물었다.

"그나저나 직책수당은 나오는 거야?"

히로키가 작업을 멈추고 부엌 쪽으로 걸어갔다. 냉장고 문을 열고 주스를 꺼냈다. "나도" 하고 말하자 컵에 따라서 들고 왔다.

소파에 마주 앉았다. "3만 엔 나와."

세이코는 주스를 마시면서 작은 목소리로 말했다.

이것으로 월급 차이가 더 나게 생겼다. 실지급액으로 10만 엔 이상 세이코가 더 많이 받는다. 연봉으로 따지면 아마 300만 엔 정도 차이가 날 것이다.

"그럼 프로젝터 사자. 시스템도 서라운드로 바꾸고."

"싫어. 거실을 마음대로 홈시어터로 바꿀 생각은 마. 안 그래도 스피커니 앰프니 때문에 좁아 죽겠는데."

히로키는 자기 용돈의 태반을 오디오 기기에 쏟아붓고 있다. 술은 회사 동료들하고 마시는 것이 전부이고, 골프나 도박은 하지 않는다. 옷도 마트에서 사는 양복밖에 없다. 차는 작년에 바꿨지만 할부금을 세이코가 내고 있다. 히로키가 아직 더 탈 수 있다고 하던 10년 넘은 혼다를 남 보기 부끄럽다고 세이코가 볼보로 바꾸게 했던 것이다.

그래서인지 히로키는 자기 혼자 차를 먼 곳까지 몰고 가지 않는다. 마음속 어딘가에 그 차가 아내 물건이라는 의식을 가지고 있는 모양이다.

마누라 월급이 남편보다 많다. 이 사실을 남자들은 어떻게 받아들일까? 전에 한번 전업주부인 친구에게 이야기했더니 "너희 남편은 체면이 안 서겠다"며 딱하다는 듯이 웃었다. 그 말에 반발심을 느끼기는 했지만 이해는 갔다. 세이코 스스로도 마음 한구석으로 남편 월급이 자기보다 많았으면 좋겠다고 생각할 때가 있으니까. 그러면 눈치 안 보고 자기 것을 살 수 있다. 서로 한껏 멋을 내고 맛있는 것을 먹으러 다닐 수도 있다.

"아참. 장모님이 전화하셨어. 텃밭에서 키운 토마토가 많이 있으니까 조만간 가지러 오라고."

히로키가 다시 기계를 만지면서 말했다.

"그냥 택배로 부치지."

테이블에 다리를 올려놓으면서 대꾸했다.

"나에게 말하면 뭐해. 딸 얼굴 보고 싶으신가 보지. 지난번 연휴 때도 안 갔잖아."

친정아버지는 작년에 회사를 은퇴하고 요즘에는 어머니랑 두 분이서 텃밭 가꾸기에 취미를 붙이신 모양이다. 세이코에게는 두 살 아래인 남동생이 있는데 그 집에는 아이가 둘 있다. 친정 근처에 살고 있어서 부모님에 대한 효도는 동생에게 전적으로 맡겨놓고 있는 셈이다.

소파에서 기지개를 켰다. 목과 어깨가 결리는 느낌이었다.

"우리 마사지 의자 살까?" 세이코가 물었다.

"되게 비쌀걸. 이십 몇만 엔 정도 하는 걸로 아는데. 내가 주물러줄 테니까 프로젝터나 사자."

히로키의 말에 한숨이 절로 나왔다. 아무튼 이 남자는 천하 태평이라니까……. 세이코는 샤워하러 거실에서 나왔다.

3년 전에 마련한 집은 25층이 넘는 고층 아파트다. 욕실에 창문이 있어서 도쿄의 야경을 한눈에 바라볼 수 있다. 이것도 맞벌이니까 누릴 수 있는 사치다.

세이코는 이 생활을 바꿀 생각이 전혀 없다.

*

　취임한 지 열흘가량 지나자 관리직이 어떤 자리인지 대충 알게 되었다.

　우선 점심은 혼자 먹는다. 부하들은 자기들끼리 나가지 같이 가자고 하지 않는다. 예전에 같이 점심을 먹던 동료들은 다른 부서에 있다는 점 때문에 이리저리 소원해졌다. 다른 과장들은 어떻게 하나 하고 관찰해보았더니 심복부하가 있는 사람은 날이면 날마다 그 부하하고만 다니고, 없는 사람들은 혼자서 먹고 있었다. 사원식당에 사람들이 좀 적은 오후 1시쯤 되면 창가를 향해 있는 카운터 테이블에 과장이나 부장들이 죽 늘어서서 밥을 먹는다. 세이코도 그들 사이에 끼어서 먹었다.

　회식 때의 돈 계산에 대해서는 더 이상 걱정할 필요가 없다는 것을 알게 되었다. 밤에도 같이 가자고 하는 사람이 없어졌기 때문이다. 생각해보면 자기가 평사원이었을 때도 굳이 상사에게 같이 가자고 한 적은 없었다. 그런 말은 항상 상사가 먼저 했고, 그런 경우는 상사가 술값을 전부 냈다. 세이코는 아직까지 부하들에게 술 한잔하자고 말을 걸 만한 타이밍을 잡지 못했다.

　그리고 부하들의 성격도 알게 되었다. 남자 사원 두 명은 상대방에게 맞춰주는 타입이다. 자기주장을 하지는 않지만 주어진 임무를 틀림없이 완수한다. 반대로 유코는 자존심이 강한 타입이다. 실수를 지적하면 표정이 딱딱하게 굳어지곤 한다. 하지만 전반적으로 우수하고 업무능력도 뛰어나다. 미인이어서 거래처에서도 평판이 자자하다. 미카는 명랑한 성격이다. 남을 웃기는 것을 좋아하고 언제나 즐겁게 지내는 것처럼 보인다. 애인이 있다고 하니까 몇 년 후에는 결혼하면서 퇴직할 것이다.

인사부에서 참 적절하게 사람들을 배치했네 하고 세이코는 감탄했다. 서로 다른 성격을 가진 사람들이 한 부서에 모여 있어도 자연스럽게 서로를 보완해주고 있기 때문이다.

그러나 이마이만큼은 아직까지도 성격을 파악할 수가 없었다. 기하라 부장에게 들은 바로는 상당히 정열적인 타입이라고 했다. 예전에는 후배들을 격려하거나 질타하기도 하고, 고민을 들어주기도 하고, 데리고 다니면서 술을 마시기도 했던 모양이다. 그것은 얼마 전 환영회에서도 조금은 알수 있었다. 분명 선배들에게는 얻어먹고, 후배들에게는 당연히 사주는 그런 세계에서 살아왔을 것이다. 하지만 그 이후로는 지나치게 얌전했다. 그것도 느긋하게 지내는 것이 아니라 어딘지 기분 나쁘게 보였다. 여자 상사 밑에서 일하기가 싫은 것일까?

우연히 미카와 둘만 있을 기회가 생겼을 때 휴게실로 데리고 가서 슬쩍 물어보았다.

　"옆 과에 있을 때는 꽤 시끄러웠어요. 저녁마다 술 마시러 다니고, 여자애들에게도 만날 농담하고⋯⋯."

　미카가 푸딩을 먹으면서 말했다.

　"그랬구나."

　맛있어 보여서 세이코도 푸딩을 주문했다.

　"다케다 씨가 빈틈없이 일하니까 주눅이 들어서 얌전해진 게 아닐까요?"

　"아니야. 나도 생각보다 덜렁거리는 편인데. 정산 같은 건 항상 미뤄버리고."

　"조만간 본성이 드러날 거예요. 이마이 씨는 원래 일에 목숨을 거는 사람이고, 자기가 옳다고 생각하면 다른 부서하고도 대놓고 붙을 정도니까."

　"그래? 그런 사람이란 말이야?"

　"그렇다니까요. 전에는 5과의 무라타 과장님하고 말싸움하다 이겨서 국장님이 야단치신 적도 있어요."

　미카가 목소리를 낮춰서 말했다. 세이코는 쓰게 웃었다. 자기도 별반 다를 것이 없는 성격이기 때문이다. 상사에게 대든 적도 있었고 일부 남자 사원들이 건방지다며 뒤에서 험담을 하고 다닌 적도 있었다.

이마이가 얌전하게 구는 것은 세이코를 살피고 있어서인지도 모른다. 이번 상사는 어느 정도 능력이 있는가 하고 말이다. 세이코는 이해했다. 관리직은 부하들에게 가늠을 당하게 마련이다.

"우리 과는 일하기 괜찮아?" 미카에게 물어보았다.

"그럼요. 전 좋아요. 쓸데없는 서류도 없어졌고, 시간낭비하면서 야근하는 일도 없어졌고."

곧바로 그런 대답을 해주어서 세이코는 안심했다. 과장이 된 이후로 업무 진행방식에 대해서 계속 이리저리 궁리를 거듭해왔다. 집에 돌아가서도 관리직이 알아야 할 사항에 대한 비즈니스 관련 서적을 매일같이 읽고 있었다.

찻값은 세이코가 냈다. 이제 자연스럽게 그렇게 할 수 있었다.

이마이에게 일을 맡겨보기로 했다. 마침 어떤 제조업체의 유휴지에 이벤트 홀을 건설하는 플랜이 나와서 그 일 담당자로 부탁하면 되겠다고 생각했다. 상대 업체 사람들과의 안면 익히기는 이미 끝났고, 실무 차원의 절충만 하면 되는 상태였다. 은행이니 노조도 관계되는 일이어서 작은 업무가 아니었다. 부하에게 당신을 믿으니까 맡긴다는 뜻을 충분히 내보일 수도 있는 업무다.

부서 구석에 있는 미팅용 테이블에 서로 마주 앉아 이야기를 꺼냈다.

"괜찮겠습니까? 앞으로 제가 이 일을 처리해도."

이마이는 입가에 옅은 웃음을 띠우며 말했다. 뜻밖이라는 말투였다.

"물론이죠. 그래서 부탁하고 있는 거잖아요."

다시 보아도 이마이는 스포츠맨 타입의 호남형 남자였다. 여자들이 좋아할 얼굴은 아니지만 싸움에는 무척 강할 것처럼 보였다. 가무잡잡한 피부에 새하얀 와이셔츠가 인상적이었다. 넥타이를 고르는 취향도 괜찮았다. 분명 부인이 잘 챙겨주는 사람일 것이다.

"이마이 씨는 이런 업무에 능숙하니까 제가 지휘하는 것보다 더 빠르지 않을까 해서요. 기타무라 씨를 붙여줄게요. 그 사람에게도 경험을 쌓게 하고 싶으니까. 둘이서 잘해줄 수 있죠?"

"예, 알겠습니다."

머리 가장자리를 긁적이면서 대답했다. 덤덤한 말투는 여전했다.

"솔직히 말하자면 저도 참고로 하고 싶어요. 지금까지는 도심의 빌딩건설을 주로 해와서 지방의 토지활용에 대해서는 아직 노하우가 없거든요."

이마이는 말없이 고개를 끄덕였다. 별로 눈을 마주치려고 하지 않았다.

"기본적으로 전부 맡기는 것이지만 보고는 수시로 해주세요. 구두로 해도 괜찮고, 서류로 해도 돼요. 그리고 상대쪽 윗사람이 나오는 자리가 있으면 저도 같이 갈 테니까 그때는 말해주세요."

"아, 예. 알겠습니다."

이마이가 약간 입술을 일그러뜨렸다. 왠지 좀 비꼬는 것처럼 보였다.

"제가 나간다고 특별히 달라질 거야 없겠지만 그래도 회사 대 회사의 일이니까⋯⋯."

"예, 그거야 잘 알고 있지요."

양쪽에서 참석하는 사람들의 격을 맞추는 것은 의미가 없는 의전에 불과하다고 생각하지만 그게 일반적인 관례이니 할 수 없다. 이마이도 잘 알고 있을 것이다.

"이마이 씨가 담당이라는 사실은 기하라 부장님께도 보고해 둘 생각이니까⋯⋯."

"아니, 뭐, 그런 건 상관없어요."

슬쩍 웃으면서 손을 좌우로 내저었다.

이야기가 끝나자 이마이는 곧바로 자리에서 일어섰다. 조금은 자기 마음을 알아주지 않을까 싶어 기대하고 있었던 만큼 세이코는 낙심했다.

너무 쌀쌀맞다. 마음속으로 혼자 중얼거렸다. 이마이는 여자하고 일하기 싫어하는 타입인가?

그렇다면 당사자의 책임이다. 회사가 종합직 여사원을 받아들이고 있는 이상 여자 상사는 얼마든지 나올 수 있다.

내가 하겠다고 나선 것도 아닌데. 세이코는 혼자 입을 뾰로통하게 내밀었다.

이어서 유코를 불러 부탁하자 이쪽은 눈을 반짝이면서 의욕을 보였다.

"저, 원래 그 일이 하고 싶었어요."

"어머, 그랬어? 다행이네."

부탁한 세이코가 기분이 좋아졌다.

"아이디어도 여러 가지 생각한 것이 있어서 혼자 몰래 기획을 하고 있었거든요."

"그런 건 말해줘야지. 난 기계적으로 일을 담당시킬 생각은 없어. 하겠다고 나서는 사람을 우선 시킬 작정이야. 그런 경우는 전면적으로 맡겨줄 것이고."

"그럼, 앞으로는 그렇게 할게요."

유코하고는 이야기가 잘되었다. 다른 프로젝트에 대해서도 아이디어를 내놓는 유코의 적극성에 세이코는 놀랐다. 장래의 꿈에 대해서까지 이야기했다. 자신의 특기인 영어를 활용할 수 있는 해외사업부로 가고 싶은 모양이었다.

"그런 거라면 외국기업으로 옮기지 그래. 월급도 더 많을 텐데."

세이코는 전직을 권하는 듯한 말까지 농담조로 말했다.

"아, 그건 여자 상사의 발상이네요." 유코가 재미있다는 듯이 말했다. "예전에 있던 부서에서 그런 이야기를 했더니 지금 꾹 참고 열심히 일하면 언젠가는 기회가 올 거라고 타이르던데요."

하기야 남자들에게는 직종이 아니라 회사가 먼저일 테니까. 부하에게 회사를 옮기라고 권하는 상사는 들어본 적이 없다.

"당장 이마이 씨랑 이야기해볼게요."

유코가 성큼성큼 걸어갔다. 제일 다루기 힘들지 않을까 싶었던 유코가 협조적이어서 기분이 밝아졌다. 부서 안에 내 편이 생긴다는 것은 기분 좋은 일이다. 적어도 고독하지는 않게 되니까.

그날 밤 식후에 홍차를 마시면서 히로키에게 남자들의 심리를 물어보았다.

"만약에 자기보다 나이도 어린 여자가 상사로 오면 히로는 어때? 기분 나빠?"

심각하게 들리지 않도록 가벼운 말투로 물어보았다.

"글쎄, 어떨까? 난 별로 신경 쓰지 않을 것 같은데."

평소처럼 거실에서 기계를 만지작거리면서 웅얼거리는 목소리로 대답했다. 오늘은 새로운 소형 스피커를 조립하고 있었다. 그런 건 좌우로 하나씩만 있으면 충분한 물건일 텐데.

"그럼 남자의 체면이니 뭐니 그런 말은 꺼내지 않을 거라고?"

"으음, 그야 남자 나름 아닌가?"

"그런 대답이 어디 있어? 몇 퍼센트라도 그렇다면 충분히 그런 경향이 있다고 할 수도 있잖아."

세이코는 소파에 푹 기댔다. 천장을 올려다보니 조명 갓에 먼지가 쌓여 있었다. 요즘엔 청소할 틈도 없었네. 한숨이 나왔다. 뭐 어때, 손님이 올 것도 아닌데.

"왜 그래? 회사에 그런 사람이 있는 거야?"

"한 사람. 영 서먹서먹하고 딱딱하게 구는 사람이 있어서. 나보다 세 살 많거든."

"그렇다면 그 사람은 싫은가 보지."

"나 이거 의논한다고 물어보는 거야. 그런 사람에게는 어떻게 대처하면 되겠냐고?"

"당신에게 책임이 있는 것도 아니고, 나이랑 성별은 바꿀 수 있는 것도 아닌데 뭘 어떡해? 그냥 무시해버려."

"하지만 그래도 매일같이 얼굴을 보면서 일하는 사람인데.

될 수 있으면 사이좋게 지내는 게 좋잖아."

"그럼 말이야."

히로키가 작업하던 손을 멈추고 컵을 입에 갖다 댔다.

"여태까지 나이를 속이고 있었는데, 사실은 당신보다 나이가 많다고 해봐."

"그거 좋은 생각이네. 아예 그럼 성전환을 해서 여자로 보이지만 원래는 남자였다는 말까지 덧붙일까?"

쿠션을 손에 쥐고 진짜로 화난 표정을 지으며 히로키에게 던졌다.

"할 수 없잖아. 마음에 들지 않는 동료나 부하는 어디나 있게 마련이니까. 나이나 성별하고는 상관없이 그저 나랑 맞지 않는 사람이려니 하고 생각하는 수밖에 없지."

히로키가 입을 삐죽 내밀면서 말했다.

하기야 그 말을 듣고 보니 그렇다. 모든 사람들과 다 사이좋게 지내는 편이 확률로 보아도 훨씬 드물다. 여태까지 여러 부서에 있었지만 마음이 맞지 않는 사람은 꼭 한 명씩 있었다.

그렇게 생각하니 그나마 마음이 좀 편해졌다.

"히로네 직장은 어때?"

"우리는 가족 같은 분위기여서 다들 사이가 좋은데."

"좋겠다. 다 합쳐봐야 200명밖에 안 되는 회사라서."

히로키 콧등에 주름이 생겼다. 신경에 거슬린 모양이다. 아차 싶어서 허둥지둥 "그 스피커는 얼마짜리야?" 하고 화제를 바꿨다.

"……498."

"그렇게 비싸? 가방에 들어갈 정도로 작잖아."

세이코는 눈이 휘둥그레졌다.

"그것도 한 개 값이야."

"그럼 한 세트에 10만 엔 가까이 든단 말이야?"

당신, 그 월급으로 어떻게 그런 걸 산 거야……? 목구멍까지 나왔던 말을 배에 힘을 주고 다시 삼켰다.

"……나, 마사지 의자 사야겠어."

차가운 눈으로 말했다. 히로키는 어깨를 으쓱하더니 다시 작업으로 돌아갔다.

이마이는 일을 척척 처리하고 있었다. 유코에게 적절한 지시를 내리고, 거래처하고의 연락도 소홀함 없이 하고 있는 눈치였다. 다만 본인이 직접 보고하는 일이 없었다. 경과보고는 모두 유코를 통해 전해졌고, 전표까지도 유코가 제출했다.

왠지 슬슬 자신을 회피하기 시작했다는 느낌이 들었다. 말을 할까? 처음이 중요한데……. 하지만 그냥 두었다. 싫은 표정을 보게 되면 사흘은 우울하게 지낼 것 같았다.

여러 가지 정보도 들어왔다. 이마이는 약간 고집이 있기는 해도 일을 잘하는 사람으로 주위 사람들에게 인정받고 있었던 모양이다. 특히 젊은 남자 사원들에게는 인기가 있고 형처럼 의지할 수 있는 존재라고 했다.

이렇게 되자 의문이 생겼다. 어째서 이런 남자를 젖혀두고 자기가 3과의 과장으로 뽑혔을까? 일부러 먼 부서에서 끌고 오느니 업무내용이 비슷한 옆 과에서 승진시키는 편이 합리적이다. 물론 이마이보다 자기가 못하다고 생각하지는 않지만 자신의 승진이 당연한 흐름이라고 할 수는 없었다.

우연히 식당에서 기하라 부장과 마주칠 기회가 있어서 물어보았다. 문제가 있는 것처럼 보이기 싫어서 일단은 이마이를 칭찬한 다음에 인사 처리의 이유를 물어보았다.

"이마이는 시마자키 씨 라인이거든."

기하라 부장은 작은 목소리로 그렇게 말하더니 눈길을 내리깔고 쓴웃음을 지었다.

"시마자키 씨라면 오사카 본사에 있는 분요?"

"맞아. 간사이關西 지구 판매책임자. 그 사람이 옛날부터 키워놓은 부하라서 우리가 마음대로 움직일 수가 없어."

"그게 무슨 말씀이에요?"

"파벌이 여럿 있단 말이지. 시마자키 씨도 조만간 도쿄로 돌아오니까 그때 자기 밑으로 데리고 가겠지. 뭐, 이마이라면 틀림없이 어디서든 과장이 될 거야."

간단히 말하자면 남의 졸개한테 손대지 않는다는 뜻인 모양이다.

"그건 너무 웃기는 이유 아닌가요?"

"말 말게. 인사가 얼마나 복잡한 건데."

이마이는 어쩌다가 자기 대장이 멀리 있는 바람에 승진이 늦어졌단 말인가? 그렇다면 기분이 나쁜 것도 당연하다. 하지만 그것은 남자들이 자기들끼리 만든 게임일 뿐이지, 세이코하고는 상관이 없다. 원래 파벌놀음에는 여자들을 끼워주지 않는다.

"잘되고 있나?" 헤어지기 전에 기하라 부장이 물었다.

"그럼요." 명쾌하게 대답했다.

"위장약 신세는 안 지고?"

"당연하죠." 목소리에 힘이 들어갔다.

기하라 부장은 세이코가 좋아하는 상사 중의 하나다. 깔끔하고 긍정적이다. 남녀에 상관없이 누구나 동등하게 대한다. 자기도 저렇게 되고 싶다고 세이코는 생각하고 있다. 부하들의 존경을 받을 수 있어야 진정한 관리자이다.

그러나저러나 회사의 인사란 참 우스운 부분이 있다. 1, 2년 안에 틀림없이 과장이 된다는 확신이 있다면 새로운 과장에게 굽실거릴 이유가 없다. 오히려 같은 위치에 올랐을 때를 생각해서 대등하게 지내려고 할 것이다. 이놈의 회사! 식당 벽을 손바닥으로 쳤다. 사원은 장기판의 말이라더니 정말 딱 맞는 소리라니까.

*

일요일 오후에 세이코는 히로키와 둘이서 사이타마에 있는 친정집에 갔다. "토마토는 택배로 보내주랴?" 하는 전화를 어머니에게 받았을 때 "응"이라고 대답하지 못했던 것이다. 목소리에 그리움이 배어 있었다. 딸을 보고 싶어한다는 것이 수화기를 통해 느껴졌다. 게다가 지금 얼굴을 보여주면 여름휴가 때 가지 않아도 된다. 휴가 때는 가능하면 온천에라도 가서 느긋하게 지내고 싶었다.

집에 들어가자 동생 마사히로가 가족들을 데리고 와 있었다. 동생 얼굴을 본 것은 신정 이후 처음이었다.

"누나, 과장 승진 축하해." 마사히로가 말했다. "대단하네. 그렇게 큰 회사에서 30대에 과장자리에 오르다니."

"고마워. 너는 일 잘하고 있어?"

"그럭저럭이지 뭐. 불경기라고 하는데 밥은 굶지 않고 사니까."

마사히로는 근처 슈퍼에서 점장으로 일하고 있다. 주부를 상대로 장사를 하고 있어서인지 말투나 행동이 아주 나긋나긋 해졌다. 고등학교 때 학교 불량배들하고 어울려 다녔다는 것 이 거짓말 같았다.

"히로 아저씨 왔다~!"

히로키가 바로 여섯 살과 네 살인 마사히로의 아이들과 함 께 놀기 시작했다. 히로키는 아이들이 좋아하는 유아성을 천 성적으로 가지고 있는 모양이다. 한데 어울려 꺅꺅 소리를 지 르며 놀고 있었다. 거실에 웃음소리가 울렸다.

"너는 야근이 더 늘었겠구나."

아버지가 맥주를 가지고 와서 물었다.

"아니, 그렇지도 않아. 부하들에게 맡겨버리니까."

"하하, 부하들이라고." 아버지가 웃으며 말했다. 맥주병을 따더니 어른들 잔에 따라주었다.

은퇴한 후로 아버지는 집안일을 돕기 시작했다. 어머니랑 둘이서 서로 의지하며 지내는 것 같다. 아마 부부도 환갑이 지 나야 완전한 쌍이 될 수 있는 모양이다.

식탁에 어머니가 만든 음식들이 놓였다. 평소에는 먹지 못 하는 산나물이니 야채볶음이 접시에 담겨 있었다. 두 아이들 은 볶음밥이었다.

식탁에서도 아이들은 히로키 옆에서 떨어지려 하지 않았다. "피웅, 폭격기다!" 하고 말하며 히로키는 젓가락에 끼운 감자가 허공을 날게 하더니 조카 입에 쏙 넣어주었다.

"히로 아저씨, 나도 나도!"

다음에는 자기라며 다른 조카가 보챘다.

두 조카들은 세이코에게는 '고모'라고 부르지만 히로키는 '히로 아저씨'라고 부른다.

"어떻게 반년 만에 만났는데도 저렇게 좋아들 하니."

어머니가 어이없어했다.

"히로키는 정말 아이들에게 인기가 많다니까."

세이코는 그 대화에 끼지 않고 TV로 눈길을 돌렸다. 언제나 그랬다. 아이에 대한 이야기는 하고 싶지 않은 것이다.

"세이코. 보너스는 많이 나왔냐?" 아버지가 물었다.

"응? 그냥 보통인데." 퉁명스럽게 대답했다. 이번에는 히로키가 딴청을 부렸다. 제발 남편에게는 그 질문을 하지 말라고 아버지에게 텔레파시를 열심히 보냈다.

히로키가 받은 보너스 금액은 겁이 나서 물어보지도 않았다. 세이코는 가볍게 100만을 넘지만 히로키는 그 반 정도였을 것이다. 어쩌면 쥐꼬리만큼밖에 안 되었을지도 모른다. 알고 동정하는 것도 미안할 것 같아 물어볼 기회를 놓쳐버렸다.

남편의 보너스 금액을 모르는 아내는 보기 드물 것이다. 자기 스스로도 이상하다고 생각하고는 있다.

점심식사가 끝나자 조카들이 졸라서 히로키는 아이들을 데리고 공원으로 놀러갔다. 아버지와 동생 부부는 텃밭으로 토마토를 따러 나갔다. 거실에 어머니와 둘이 남았다.

"넌 참 편하겠다. 남편이 간섭을 하나도 안 하니."

어머니가 배를 깎으면서 말했다.

"도심의 고층 아파트에 살면서 일류기업의 관리직으로 일하고."

"내가 노력해서 얻은 거야. 히로가 먹여 살리는 것도 아닌데 뭐."

배를 씹으면서 TV를 보았다. 재미없는 오락프로를 하고 있었다.

"보통 여자 같으면 아이들 키우느라 멋도 못 부리는 나이잖니."

"그건 이 동네 보통 여자들이나 그런 거잖아. 도쿄에서는 내가 보통이야."

자기도 모르게 말투가 퉁명스러워졌다. 최근 몇 년 동안 어머니랑 둘만 있으면 어색하고 숨이 막혔다.

"그런데 과장님이 되었으니 앞으로 한동안 일에 매여 살겠네."

거봐, 아니나 달라. 은연중에 애를 가지라는 소리 아냐. 전에 한번 "그건 내 마음이잖아" 하고 눈을 치켜뜨면서 쏘아붙였더니, 그 이후로 직접적인 말은 꺼내지 않게 되었지만 그래도 가끔씩 견제하는 말을 던지곤 한다.

"하기야 넌 회사에서 여러 사람들하고 부딪치면서 사는 게 성미에 맞을지도 모르겠다."

"나도 그렇게 생각해."

"네 남편에게 고맙게 생각해야지."

이 말이 도대체 무슨 뜻인지 알 수가 없었다. 하지만 귀찮아서 "응" 하고 건성으로 대답했다.

"외국으로 출장도 다니고, 고급 음식점에서 맛있는 것도 먹고. 보통 주부들은 꿈도 꿀 수 없는 일이잖니."

"그게 내 일이잖아."

"그래도 보통 남편들 같으면 어디 기분 좋게 그러라고 하겠어?"

세이코는 말없이 뒷덜미를 긁었다. 이 정도로 가치관이 다르면 뭐라고 반론할 의욕도 없어진다. 남자는 괜찮고 여자는 안 된다고 하는 근거를 논리적으로 설명해주었으면 속이 다 시원하겠다.

"넌 참 좋은 남자랑 결혼한 거야."

"응? ……그렇지."

방석을 베개 삼아 바닥에 드러누웠다. 사실 그렇게 생각하고는 있었다. 남성우월주의를 가진 남편이었다면 자기는 하루도 같이 못 살았을 것이다. 부딪치지 않고 잘 지낼 수 있는 것은 히로키가 그런 남자가 아니기 때문이다.

토마토 한 상자를 들고 친정집을 나왔다. 인사할 때 조카들이 "언제 또 와?" 하고 묻자 히로키가 "여름휴가 때 올게" 하고 자기 마음대로 대답했다.

히로키가 아이들과 노는 모습을 보는 것은 어딘지 마음을 무겁게 했다. 가끔씩 나 보라고 저러나 하는 생각이 들 때도 있다. 아이를 낳지 않으려는 아내에게 보란 듯이.

서른을 갓 넘었을 즈음만 해도 아이에 대해서 가끔씩 이야기하곤 했었다. "아직 그럴 여유가 없어"라고 하는 세이코의 의견을 히로키는 존중해주었다. 그렇게 자꾸 뒤로 미루는 사이에 어느덧 아무 이야기도 하지 않게 되었다.

그러고는 아파트를 샀다. 히로키 혼자서 버는 월급으로 다달이 나가는 할부금을 갚기는 너무 힘들다.

친정에서 돌아오는 차 안에서는 대개 둘 다 말이 없다. 이날도 그랬다. 히로키가 설치한 카오디오에서는 재즈가 흘러나왔다. 세이코는 볼륨을 평소보다 더 크게 했다.

유코의 표정이 어두워졌다. 평소처럼 업무를 처리하고는 있어도 어딘지 밝아 보이지 않았다. 특히 이마이에게 냉랭하게 대하는 것처럼 보였다. 사생활에 대한 고민이 아닌 모양이었다.

한번 맡긴 이상 간섭하는 것은 좋지 않다고 생각하면서도 신경이 쓰여서 물어보기로 했다. 관리자를 위한 책에는 '불만의 싹은 작을 때 뽑아버리도록 한다'고 쓰여 있었다. 같은 여자라는 점을 활용해서 회사 바깥으로 점심을 먹으러 갔다. 조금 무리해서 이탈리안 레스토랑으로 들어갔다.

"딱 한 잔만 하자" 하고 친근하게 말하면서 와인을 두 잔 시켰다.

"기타무라 씨, 그 프로젝트는 잘되고 있어?"

슬쩍 운을 떼었다.

"네, 잘되고 있어요."

유코가 곧바로 대답했다. 하지만 표정이 어색했다.

"그럼 다행이네. 아니, 요즘 너무 조용하게 지내는 것 같아서."

유코가 살짝 쓴웃음을 지었다.

"그야 미카하고 비교하셔서 그런 것 아니에요? 옆에 그 아이가 있으면 누구나 조용해 보이잖아요."

"하기야, 그건 그러네⋯⋯. 이마이 씨하고는 어때? 잘 지내?"

"이마이 씨요⋯⋯." 유코가 우물댔다.

"내가 들은 보고로는 순조롭게 진행되고 있는 것처럼 보이는데?"

"그야, 진행은 잘되고 있죠……."

"무슨 일이 있다면 얘기해줘. 나에게 이야기하는 것으로 끝나도 괜찮고, 내가 나서서 처리해도 돼."

유코가 입을 다물었다. 와인을 한 모금 마시더니 목을 가다듬고는 "전 이마이 씨의 조수로 일할 생각은 없거든요" 하고 표정을 굳히며 말했다.

"그게 무슨 소리야?"

"다케다 씨가 전에 둘이서 같이하라고 하셨는데, 그건 저에게도 일을 맡긴다는 뜻이었죠?"

"그럼. 물론이지."

"건축가 선정이나 콘셉트에 대해서는 제 아이디어를 지지해주셨고요."

"그렇다니까. 난 기타무라 씨를 믿고 이번 일을 맡긴 거야."

"그런데 그 사람은 전부 자기 혼자서 결정하려고 해요. 마치여자는 가만히 잠자코 있으라는 식이에요."

"그건 심했네." 세이코는 눈살을 찌푸렸다.

"아마 상대방하고 미팅할 때 제가 독자적인 안을 제시한 것이 신경에 거슬렸나 봐요. 그런 건 나에게 먼저 말했어야지 하더라고요. 그러더니 요즘에는 전부 자기 혼자서 결정해버리고 저에게는 보조적인 일밖에 주지 않아요."

짐작이 갔다. 옆에서 보고 있어도 의논보다 지시를 내리는 경우가 더 많았다.

"이마이 씨는 일도 잘하고, 고객하고도 금세 친해지지만 이상하게 자기가 다 휘어잡고 있어야 직성이 풀리는 구석이 있는 것 같아요."

"그래, 그런 부분이 있는 것 같아."

"자기 밑으로 들어오면 잘 챙겨주지만 그렇지 않으면 무시해버리는 느낌이에요. 다케다 씨가 오기 전에도 젊은 남자 사원들에게는 인기가 많았거든요. 인정해주는 상사도 있었고. 말하자면 챙겨주거나 챙김을 받거나, 그렇게 두 가지 관계밖에 없는 것 같아요. 저놈은 나보다 한 살 아래니, 한 살 위니 하면서 위아래만 따지고요."

이제 알겠네. 수평적인 인간관계를 가지지 못하는 타입이란 말이군. 세이코는 한숨을 쉬었다. 남편 히로키와는 정반대다. 이마이는 남성우월주의자인 것이다.

"제가 한발 물러나는 타입의 여자였다면 이마이 씨는 만족해서 술이건 밥이건 사주면서 챙겨줬을 거라고 생각해요. 하지만 그렇지 않으니까 어떻게든 억누르려고 하는 것이겠지요."

말하고 있는 사이에 화가 치밀었는지 유코는 얼굴을 붉히면서 말했다.

"어떻게 하고 싶어? 담당업무를 바꿔줄까?"

"그러고 싶긴 하지만 그래도 끝까지 버텨볼래요. 도중에서 그만두면 도망친다고 생각할 테니까."

"고마워." 뜬금없이 눈시울이 뜨거워졌다. 이 부하를 지켜 줘야 한다는 생각이 들었다.

음식이 나왔다. 한동안 둘이서 묵묵히 먹었다.

"지난번에는 출장 가는데 와이셔츠를 잊어버렸다고 부인에 게 도쿄 역까지 가지고 나오라고 그러더라고요." 유코가 짜증 난다는 듯이 입을 열었다.

"나 같으면 근처에서 알아서 사면 되지 않느냐고 소리를 질 렀을 거야." 세이코가 대꾸했다.

"그게 당연한 것 아니에요?" 유코의 목소리에 힘이 들어갔 다. 표정이 한결 부드러워졌다.

"우리 회사는 연차주의를 폐지했네 어떠네 해도 사실 봉건 적인 사람들이 꽤 많은 것 같아요. 같이 입사한 동기 종합직 여자애는 고졸 여사원이 쉬니까 갑자기 자기더러 커피를 타오 라고 그러더래요."

"정말 너무했다."

한차례 회사험담으로 이야기꽃을 피웠다. 털어놓고 나니 속 이 후련해졌는지 유코는 밝은 표정으로 "고맙습니다" 하고 말 했다.

과장이 된 후로 처음 들은 감사의 말이었다. 나야말로 고맙다고 말하고 싶었다.

세이코는 숨을 크게 들이쉬고 자신에게 기합을 넣었다. 유코에게서 이야기를 들은 이상 간과할 수는 없었다.

나이 많은 남자 사원에게 주의를 주는 것. 아마도 이것이 첫 번째 시련일 것이다.

회사로 돌아온 다음 당장 이마이를 회의실로 불렀다. 그날 중에 행동으로 옮길 참이었다. 내일로 미루어버리면 공연히 겁이 날 것도 같았다.

복도를 걸으면서 조심해야 할 점을 되짚어보았다. 부드럽게 이야기할 것. 유코의 입장을 더 난처하게 만들지 말 것……

"뭡니까, 얘기라는 게."

이마이가 테이블에 앉자마자 말했다. 목소리를 쫙 까는 것이 마치 위협하는 듯한 말투였다. 적어도 예의가 느껴지는 어조는 아니었다.

"기타무라 씨랑 같이 하시는 프로젝트에 관한 것인데요, 보고를 항상 기타무라 씨만 하는 것 같아서 될 수 있으면 직접 들었으면 하고요."

세이코는 미소를 띠며 말했다. 앞으로의 일을 생각하면 감정적으로 되고 싶지 않았다.

"별 탈 없이 잘되고 있어요. 특별히 내가 덧붙일 만한 사항은 없는데."

퉁명스러운 대답이었다. 더구나 의자에 기대서 팔짱까지 끼고 있었다.

"건축가 선정이나 콘셉트에 대해서는 저도 기타무라 씨의 기획이 적절하다고 생각하고 있었어요. 그런데 이마이 씨가 안 된다고 했다고 그래서 갑자기 왜 그랬나 싶어서……."

"과장님, 처음 이 일을 맡길 때 분명히 나에게 전적으로 맡긴다고 하지 않았나요?"

"물론 그랬죠. 하지만 기타무라 씨에게 경험을 쌓게 하고 싶다는 말도 분명히 했을 텐데요."

"경험은 지금도 잘 쌓고 있지요. 회의에도 다 참석시키고 있고."

"아니, 그런 뜻이 아니라 팀 구성원으로서 동등하게 대우해 줬으면 하는 거예요."

"왜요, 기타무라가 뭐라고 하던가요?"

"그런 건 아니에요. 내가 이런저런 질문을 해도 그냥 형식적인 대답만 하고, 기타무라 씨의 제안이 채용되지 않았기에 어떻게 된 일인가 싶어서……."

세이코의 말이 빨라졌다. 미소를 지을 여유가 없어졌다.

"처음부터 시키는 건 무리죠. 개발 쪽으로 온 지 아직 1년밖에 안 됐으니까 일단은 분위기 파악부터 한 다음에 서서히 경험을 쌓게 하는 게 정석 아닙니까?"

"난 전혀 무리가 아니라고 생각하는데요. 기타무라 씨는 유능하니까 어느 정도는 자유롭게 일하게 하는 편이 좋다고 봐요. 그렇게 하는 편이 실력도 늘고 산 경험도 될 테니까."

"그야 어린애라도 맡겨만 주면 열심히 하겠다는 말은 하죠."

"어린애라니 그건 실례 아니에요? 내년에 서른이 되는 여성에게 그런 말을 쓰다니."

"이봐요, 우리 회사 내에서만 하는 일이라면 젊은 사람들에게도 맡길 수 있지. 하지만 이번 일은 우리 고객하고 하는 일 아닌가? 일하면서 배우게 한다고? 아무튼 속편한 소리만 해요. 일을 하자는 건지 말자는 건지."

어느새 말투가 반말로 바뀌어 있었다. 게다가 아예 훈계를 하려고 들었다.

"같은 여자 종합직끼리 후배를 챙겨주고 싶은 마음은 나도 알겠는데 그러다가 일이 잘못되면 그 뒷감당은 내가 하는 것 아닌가? 게다가 회사 얼굴에 먹칠하는 건 어떻게 하고? 당신도 관리를 하려면 그 정도는 생각하면서 해야지."

세이코는 할 말을 잃었다. 유코를 특별히 챙겨주려는 생각을 가진 적은 없었다. 어디까지나 공평하게 담당을 나누려고 했을 뿐이다. 게다가 당신이라고?

"그럼, 이만."

이마이는 싸움에 이겼다는 표정을 지으며 자리에서 일어섰다. 성큼성큼 걸어나갔다. 잠깐 하고 부르려고 했는데 벌써 문밖으로 사라져버렸다.

회의실에 혼자 남겨졌다. 세이코가 완전히 당한 꼴이었다. 얼굴이 후끈 달아올랐다. 이마이는 명백하게 반항적인 태도를 보였다. 자기 상사에게 대든 것이다. 도대체 어쩌겠다는 것인가? 앞으로 같은 과 안에서 서로 으르렁거리게 돼도 상관이 없다는 것인가? 매일 서로 얼굴을 마주쳐야 하는 사이인데. 화가 나서 어쩔 줄을 몰랐다. 동시에 유코에게 미안해졌다. 힘이 되기는커녕 일을 더 꼬아놓은 셈이다.

의자를 걷어찼다. 에이씨, 하고 큰 소리로 외쳤다. 한동안 그 자리에서 움직일 엄두가 나지 않았다.

회의실에서 나와 엘리베이터를 타려고 했더니 점검 중이었다. 하는 수 없이 계단 쪽으로 걸어갔더니 계단 중간의 흡연 코너에서 남자들 목소리가 들려왔다.

"이마이, 너 괜찮겠어? 상사에게 대들었다며?"

놀리는 느낌의 목소리다. 세이코는 자기도 모르게 멈춰 섰다.

"뭐 어때? 딱 1년만 참으면 되는데. 그러면 오사카에서 시마자키 씨가 돌아올 거고, 그러면 나는 영업의 중심인 제1영업부로 옮길 텐데."

이마이가 느긋한 목소리로 대답했다. 3과에서는 보인 적이 없는 분위기로 남자들끼리 비밀 이야기를 한다는 말투였다.

"다케다 여사는 기하라 부장 줄이잖아? 골치 아파지는 것 아냐?"

"그러니까 그것도 시마자키 씨 밑으로 가면 아무렇지도 않게 된다니까."

세이코의 얼굴이 다시 달아올랐다. 이게 뭐야, 누구 줄이네, 누구 백이네, 어느 파벌이네, 그런 말 좀 제발 안 해줬으면 좋겠다. 나하고는 상관없다. 누구 줄을 탈 것도 없이 난 혼자 힘으로 잘 살고 있다. 당신들의 그 가치관에 나까지 마음대로 끼워넣지 말란 말이다.

"그래서 뭐야. 한 방 먹이고 왔다는 거야?"

"그럼, 한마디 했지. 기타무라 유코니 하는 자기 꼬붕을 나에게 심어놓고 내 노하우를 훔쳐가려는 짓거리를 하니까, 공부시킬 거면 다른 데 가서 알아보쇼 하고 말이야."

이마이의 비웃는 목소리가 들려왔다.

세이코는 힘이 빠졌다. 어째서 세상을 그런 식으로밖에 보지 못할까? 자기들이 얼마나 작고 하찮은 존재인지 생각해본 적이 한 번도 없단 말인가?

뒤로 돌아서 복도를 걸었다. 다른 계단을 쓰기로 했다.

112

그렇단 말이지. 나에게 한 방 먹였다고?

몇 번씩이나 한숨이 나왔다. 이대로 집으로 돌아가 이불을 뒤집어쓰고 싶었다.

*

왠지 기가 약해졌다. 밤을 기다리게 되었고, 아침이 되는 것이 싫었다. 눈을 뜨고 처음 하는 생각이 '오늘도 또 이마이의 얼굴을 봐야 하나'였다. 그러면 마음이 어두워졌다.

평사원이었던 시절이 그리웠다. 자기 일만 하면 되었다. 속 편한 비평가 입장으로 살 수 있었다.

아니, 기하라 부장도 그렇지. 발탁을 했으면 지원을 해줘야 할 것 아냐? 내가 당신 줄이라는데, 이렇게 두고 손가락만 빨고 있을 거야?

마음속으로 항상 누군가에게 욕을 퍼붓고 있었다.

"있잖아, 히로. 자기 회사에도 파벌이 있어?"

히로키에게 물어보았다.

"응, 있어" 하고 그는 가볍게 대답했다. "사장파랑 부사장파. 그런데 둘이 부자지간이야."

"그 회사 참 재미있겠다."

"그렇지. 파벌싸움이라지만 실제로는 부자지간의 싸움이니까."

참 목가적이네. 부러웠다. 경쟁하지 않는 인생이라는 것도 있다. 소비문명사회에서는 뒤처질지 모르지만 스트레스에 시달리지 않아도 된다. 어떤 생활에서 행복을 찾느냐는 사람마다 다르다.

자기, 애 갖고 싶어? 문득 그 말이 나올 것 같아 입을 다물었다. 이런 이유로 아이 이야기를 꺼내고 싶지는 않았다. 낳는다면 긍정적인 마음으로 낳고 싶었다.

이마이는 아무렇지도 않은 얼굴로 일하고 있었다. 노골적으로 어깃장을 놓지는 않았지만 세이코의 존재를 완전히 무시하고 있었다. 두 남자 사원들에게 자기 멋대로 일을 분담시키고 지시까지 내리곤 했다. 때로는 상담을 해주기도 하면서 후배를 잘 돌보는 선배입네 하고 과시하고 있었다.

미카를 자기편으로 끌어들인 것을 보고 세이코는 놀랐다. "애인은 잘 있어? 도시락이라도 싸주지. 그럼 그게 핸드백으로 둔갑해서 돌아올걸?" 그런 농담을 걸면서 웃고 있었다. 미카도 기분이 좋은지 차를 내줄 때 쿠키를 곁들이기도 했다.

세이코는 이제 어렴풋이 짐작이 갔다. 이 남자는 여자라면 마누라랑 호스티스랑 부하밖에 모른다. 여자가 그런 위치에 있으면 자기도 느긋하게 대하면서 내가 지켜주겠다는 식의 자세를 취한다. 반대로 세이코나 유코처럼 남자의 보호를 필요로 하지 않는 여자에 대해서는 오로지 적개심만 불태운다.

히로키와는 완전히 정반대인 셈이다. 남편을 소개해주고 싶을 정도다. 보나 마나 콧방귀를 뀌면서 경멸하겠지만.

그럴 무렵 이마이에게 맡긴 프로젝트의 전체 회의가 있다는 사실을 유코에게 들었다. 은행과 건설회사도 같이 참석하는데 각각 과장급이 나오는 모양이었다. 당연히 세이코도 가기로 했다.

"굳이 나올 필요는 없는데요. 내가 알아서 처리하면 되니까."

이마이가 건방지게 말했다. 대놓고 오지 말라는 투다.

"아니요, 인사도 해야 하니까 참석하겠어요."

의연한 태도로 대답했다. 여기에서 이마이 말대로 했다가는 1년 동안 과 내의 힘 관계가 역전돼버리겠다는 생각이 들었다. 유코를 지켜줘야 한다는 마음도 있었다. 그날 이후 유코는 매일 우울해 보였다. 세이코는 책임을 느끼고 있었다.

호텔 회의실에서 회의가 열렸다. 초면인 사람도 몇 명 있었다. 이마이는 소개해줄 것 같지 않아 유코에게 부탁했다.

"다케다입니다. 저희 과의 이마이와 기타무라가 많은 도움을 받고 있습니다."

들으라는 듯이 인사하면서 명함을 교환했다.

"그때마다 보고는 받고 있으니 담당자가 자리에 없을 때는 부담 없이 저를 찾아주세요."

자기가 상사라는 점을 강조했다.

"이거 젊은 과장님이시네요."

상대방이 세이코의 명함에 찍힌 직함을 보며 놀랐다.

"저희 회사는 연차주의가 아니라서 30대 여성에게 관리직을 맡기기도 한답니다."

"그것 참 힘드시겠네요."

"이마이보다 3기 밑이지만 주변에서 잘 도와줘서 그럭저럭 해나가고 있지요."

그렇게 말하며 상냥하게 웃었다. 시야 끝에서 이마이의 안색이 바뀌는 것이 보였다.

이 정도 비꼬는 거야 감수해야 하는 것 아냐? 여태까지 그쪽 때문에 불쾌했던 게 얼만데.

회의가 시작되자 우선은 참가회사들이 각각 현황을 보고했다. 세이코 쪽에서는 이마이가 보고하기 위해 일어섰다.

"첫 번째 현안사항이었던 교통편에 대해서는 현지 버스회사의 협력으로 주말과 공휴일에 셔틀버스를 배치할 수 있을 것 같습니다. 그쪽도 검토에 들어간 상태여서 무리한 조건만 아니면 실현될 것으로 보입니다. 그에 따라 주차장 공간을 반으로 줄일 수가 있으며…….”

이마이가 또박또박 말을 하고 있었다. 참 아깝다. 일은 잘하는데. 어째서 머리 한구석만 그렇게 딱딱할까?

이어서 토론에 들어가 건설회사 쪽에서 건물 디자인 안이 몇 가지 제시되었다. 그에 대한 의견을 참가자들이 잇달아 발표했다. 세이코도 적극적으로 발언했다.

“그 안에 따르면 숲의 일부가 깎이게 되네요. 현지 주민들에게 그에 대한 설명을 미리 해두는 편이 좋을 것 같은데요…….”

“주변의 경치를 끌어들인다는 면에서 아주 훌륭한 안이라고 생각합니다. 여기에 빛이라는 요소도 가미하면 더욱 좋아지지 않을까요…….”

젊은 여자라는 점도 있어서 주목을 받고 있다는 것을 느꼈다. 얼굴마담으로 보이긴 싫었다. 참가하는 회사로서의 체면도 있었다.

이윽고 예산안에 대해 질문했을 때였다.

“아아, 그건 결정이 끝났어요. 기타무라에게서 연락받았죠?”

이마이가 끼어들었다. 내뱉는 듯한 말투였다.

유코를 쳐다보았다. 전 몰랐어요, 하고 눈으로 호소하고 있었다.

“이거 죄송합니다. 연락이 제대로 되지 않아서.”

이마이가 주변 사람들에게 웃는 얼굴로 말했다.

"다케다는 오늘 처음 참가하는 자리라 파악이 아직 안 된 부분도 있는 모양입니다······."

세이코는 불끈 화가 났다. 하지만 미소를 잃지 않았다. 다른 회사 앞에서 집안싸움 하는 꼴을 보일 수는 없었다.

마음을 다잡고 다음으로 인가에 대해서 질문했다.

"그럼 각종 인허가에 대한 건인데······."

"그것도 제출했어요. 벌써 옛날에 끝난 얘긴데."

또다시 이마이가 가로막았다.

"이봐, 기타무라 씨? 과장님께 보고 제대로 드리고 있는 거야?"

유코의 얼굴이 일그러졌다. 금시초문인 모양이었다. 물론 세이코도 모르는 이야기였다.

"산코 쇼지 씨 덕분에 저희 회사는 아주 편하게 일을 하게 되었어요. 저기 계신 산코 쇼지 씨에게 감사하다고 인사드려요."

마치 상사가 부하에게 명령하는 듯한 태도였다. 세이코의 얼굴이 붉어졌다. 어떻게 해야 좋을지 몰라 우선은 테이블 맞은편에 있는 담당자에게 고개를 숙였다.

"연락이 잘되지 않은 점에 대해서는 여러분께 거듭 사과드립니다. 하지만 제가 전부 파악하고 있으니 염려하실 일은 아닙니다."

이마이가 그렇게 말하며 하얀 이를 드러내고 웃었다. 주위 사람들은 어떻게 반응해야 할지 몰라 난처해하며 어색하게 웃고 있었다.

세이코는 어떤 표정을 지어야 할지 몰라 식은땀을 흘리며 고개를 숙이고 있었다. 이렇게 비열한 짓을 하다니. 회사 안에서라면 얼마든지 대들어도 좋다. 하지만 여기는 공적인 자리가 아닌가.

이마이는 명백하게 세이코를 곤경에 빠뜨리려 하고 있었다. 상사 얼굴에 먹칠하려는 것이다. 보나 마나 남자들끼리 접대하는 자리를 마련해서 다른 사람들을 회유할 것이다. 저희 과장이 영 경험이 부족해서……. 대외 이미지를 높이기 위한 여자 관리직이라……. 그렇게 해서 남자들끼리 서로 통한답시고 희희낙락할 것이다. 같은 가치관을 가진 남자들끼리 손을 잡으려고 하겠지.

이마이가 말했다.

"중앙현관으로 이어지는 문 바깥쪽에는 좀 더 테마를 부여하는 편이 좋을 것 같은데 어떨까요?"

"예를 들면?" 세이코가 물었다. 큰 목소리로.

이마이가 깜짝 놀란 사람처럼 세이코를 보았다.

"그러니까……." 말문이 막힌 모양이었다.

"그럼 안 되죠. 계획이 제대로 서 있지 않은 의견은 진행을 방해한다고 평소에도 누차 강조했잖아요. 이미 설계도까지 받은 상태니까 계획을 제대로 짠 다음에 발언하도록 하세요."

테이블에 앉은 사람들이 모두 조용해졌다. 그중 몇 명은 세이코의 눈치를 살폈다. 회의실에 살벌한 공기가 흘렀다.

"저, 그러니까 본관의 콘셉트에 맞춰서……."

"그러니까 뭘 어떻게 해야 하는지 구체적인 안을 제시하지 않으면 다른 분들이 알아들을 수가 없잖아요."

이마이의 표정이 굳어졌다. 뺨이 파르르 떨리더니 화가 잔뜩 난 얼굴로 등받이에 몸을 젖혔다.

"죄송합니다, 회의진행을 방해해서. 이제 계속해보실까요?"

여기서 세이코는 말투를 부드럽게 바꾸며 상냥하게 미소를 지었다.

안 되겠다. 이마이는 담당에서 빼야지. 나머지는 유코랑 둘이 하면 된다. 정 안 되면 기하라 부장을 앞세우면 된다.

무서운 여자라고 생각해도 상관없다. 일을 하면서 차츰차츰 이해하게 하면 되는 일이니까. 나와 회사에 대한 오해를 풀게 하는 것이다. 분명 가능하리라 믿는다.

분위기가 완전히 어색해졌지만 5분도 채 지나기 전에 원래 분위기로 돌아갔다.

유코가 밝게 행동하며 이런저런 발언을 해주었기 때문이다. "고사를 지낼 때는 제가 무당으로 나설까요?" 하고 농담하여 모두를 웃게 해주었다. 세이코는 눈물이 날 것 같았다. 유코에게는 앞으로 1년 동안 술을 사줘야겠다고 생각했다.

회의가 끝난 후에는 점심식사가 있었는데 입식 뷔페가 마련되었다. 회사의 치부를 드러냈던 것을 만회하기 위해 유코와 세이코는 열심히 애교를 부리며 다녔다. 이마이는 보이지 않았다. 화가 나서 돌아가버린 모양이었다. 아무래도 상관없었다. 잘못한 사람은 이마이다. 세이코는 그 점에 대해서는 자신이 있었다.

회사로 돌아가자 기하라 부장이 불렀다. 까다로운 표정을 짓고 있었다. 미간을 찡그리더니 "회의실로 가지" 하며 앞장서서 걸었다.

마주 보며 앉자마자 기하라가 말했다.

"이마이가 화가 나서 펄펄 뛰면서 돌아왔던데."

"어머, 그랬어요." 냉담한 말투로 대답했다.

"나도 거치지 않고 국장님에게 가서 담판을 지으려고 하더군. 직위가 낮아져도 상관이 없으니까 부서를 바꿔달라고."

"그래도 되는 거예요?"

"될 리가 있어? 한 사람 한 사람이 해달라는 대로 다 해줬다가는 회사 안이 난장판이 되게?"

"그럼 무시해버리면 되잖아요."

"아무튼 나에게 먼저 설명해봐. 도대체 무슨 일이 있었던 거야?"

세이코는 지금까지 있었던 일들을 이야기했다. 이마이가 보고를 태만히 했던 일, 유코에 대해서 위압적으로 대했던 일, 오늘 회의에서는 상사인 자기 얼굴에 먹칠까지 하려고 했던 일……. 될 수 있는 대로 객관적으로 전했다. 다른 부하들에게 물어봐도 된다고까지 말했다.

"그러니까 이마이는 나이 어린 여자가 자기 위에 있다는 사실을 못 견디는 사람인 거지요."

마지막으로 세이코가 자기의 소견을 말했다.

기하라는 한숨을 쉬더니 잠시 뜸을 들인 다음 억지웃음을 지으며 "다케다, 살살 달래가면서 일을 시키는 것도 관리직에게는 필요한 기술이야" 하고 다독이듯이 말했다.

"그야 저도 잘 알고 있습니다. 그러니까 그 업무를 맡겼던 것이고요."

"이거 봐, 이거 봐. 그렇게 화낼 때 자네의 딱 부러지게 단정 짓는 말투 때문에 발끈하는 사람도 있을 수 있단 말이야."

세이코는 황당했다. 기하라 부장은 자기편이 되어줄 것이라고 철석같이 믿고 있었다. 세이코의 입장이 되어서 같이 화를 내어줄 것이라고 말이다.

"남자 체면 좀 세워줘. 남자들은 아주 단순하다고. 당신의 힘이 꼭 필요해요, 하는 식으로 다가가면 없는 힘까지 쥐어짜서 뭐든 해주려고 한단 말이야."

세이코는 자기 귀를 의심했다. 기하라는 이마이를 꾸짖기는 커녕 자기를 회유하려고 하는 것이 아닌가?

"그 말씀에는 이의가 있습니다. 어째서 남자 체면만 세워줘야 하죠? 여자 체면은 깔아뭉개도 되는 겁니까?"

"아니, 내 말은 그게 아니라, 이마이는 운동부 출신이라 남녀평등이라는 개념이 거의 없다는 거지."

"그래서 그게 용납이 된다는 말씀인가요?"

세이코는 눈을 부릅떴다. 목소리가 커졌다.

"부장님은 직장 안에 생기는 남존여비를 그대로 묵인하실 참이세요?"

"누가 그렇다고 했나? 그냥 남자들은 체면에 목숨을 거는 사람들이라……."

"그럼 처음부터 3과에 넣지 않았으면 되잖아요. 나이 어린 여자의 부하로 앉히지 않았으면 되는 거잖아요."

"그건 전에도 내가 말했잖아. 인사는 복잡하고 까다로워서 누가 내몰릴 수도 있고, 윗사람이 돌아올 때까지 대기할 수도 있고……."

"됐어요!"

세이코는 거칠게 말하고는 자리에서 일어났다. 더 이상 이야기해봐야 입만 아플 것 같았다. 결국 남자는 같은 남자의 기분만 생각해주려고 한다. 동성에게는 한없이 너그럽고, 동성의 원망을 살까 봐 두려워하는 것이다.

기하라 부장을 잘못 보았다. 남자의 체면이 뭐 어떻다고? 그런 건 남자 말고는 아무도 인정하지 않는 허상이다. 헌법에도 남자 체면을 인정하라는 조항은 없다. 그걸 권리라고 생각한다면 큰 오산이다.

성큼성큼 복도를 걸었다. 다리를 번갈아 내딛을 때마다 분노의 피가 온몸으로 흘렀다.

3과로 돌아왔다. 이마이는 책상에서 주간지를 펼쳐들고 있었다. 의자에 깊숙이 기대어 앉아서 다리를 쩍 벌리고 있었다.

문득 자기 책상을 보았더니 프로젝트 자료가 난잡하게 쌓여 있었다.

"아아, 그건 여태까지 썼던 자료요. 기타무라에게 들었는데 난 빠지는 거죠?"

이마이가 세이코 쪽을 보지도 않고 말했다.

"아~아." 보라는 듯이 하품을 했다. "자, 이제 한가해졌으니 다른 일이나 시작해볼까. 어디 보자, 우리 위대하신 과장님의 허가가 필요 없는 일이 뭐가 있나…….."

세이코의 머릿속에서 무언가가 뚝 끊겼다.

"이봐요, 이마이 씨." 조용히 말했다.

"우리 게임할까요? 동전 던지기 게임." 주머니 속에서 100엔
짜리 동전을 꺼냈다.

이마이가 세이코 쪽으로 얼굴을 돌렸다. 무슨 소리냐고 묻
는 듯한 표정이었다.

"이걸 던져서 앞인지 뒤인지 맞히는 게임인데, 그래서 지는
쪽이 회사를 그만두는 거예요. 자, 갑니다."

세이코가 동전을 허공에 던졌다. 바닥에 떨어지자마자 곧바
로 구두로 밟았다.

"먼저 말해봐요. 어느 쪽? 앞쪽? 뒤쪽?"

"뭐야 이거……." 이마이가 인상을 찌푸렸다.

"빨리 정하라니까. 앞쪽? 뒤쪽?"

"이게 무슨 장난이야?"

"장난이 아니라 진짜예요. 진 사람은 내일 사표를 쓰는 거
고."

"왜 내가 회사를 그만둬야 하는데?"

"그럼 이기면 되잖아요. 그럼 내가 그만두면 되고, 그렇게
되면 이마이 씨는 만만세 아닌가?"

"장난치지 마."

이마이가 소리를 질렀다. 하지만 거의 기어들어가는 소리
였다.

"빨리."

"싫어."

"겁쟁이네."

"겁이 있고 없고 하는 문제가 아니잖아."

이마이가 당황하고 있었다. 책상 건너편에서는 유코를 비롯한 부하들이 멍하니 쳐다보고 있었다.

"빨, 리, 해."

"싫다니까."

"이봐." 턱을 내밀었다. "여자랑 일하기 싫으면 스모협회•나 가서 일자리를 알아보지 그래. 안 그러면 어디를 가나 여자들이 있을 테니까. 보호받아야 하는 가냘픈 여자애가 아니라 당당하게 자기 몫을 하고 있는 여성들 말이야."

이마이가 눈길을 떨어뜨렸다. 골프로 가무잡잡해진 얼굴이 창백해 보였다.

세이코는 의자에 앉아서 서류를 바닥으로 확 쓸어냈다. 파일들이 떨어지는 소리가 사무실 안에 울렸다. 너무 조용했다.

정신을 차려보니 주위에 있는 사람들이 모두 세이코를 바라보고 있었다. 보나 마나 좋은 화젯거리가 될 것이다. 다케다 세이코가 히스테리를 일으켰다고. 남자가 화를 내면 벼락이 떨어졌다고 하지만 여자가 화를 내면 히스테리라고 한다. 이

• 일본의 전통 씨름인 스모경기를 주관하는 스모협회는 아직도 여성들이 출입할 수 없다.

것도 너무 일방적인 말이다.

10초 후에 코끝이 싸해졌다. 세이코는 자리에서 일어서서 3과를 뒤로했다. 화장실을 향해 뛰어갔다. 눈물샘이 터질 것만 같았기 때문이다.

화장실 안의 개인 변기로 들어가려고 했더니 어느새 뒤에 와 있던 유코도 뛰어들어왔다. 아무 말 없이 둘이서 껴안고 울었다. 큰 소리로 대성통곡을 했다.

고주망태가 되어서 집에 들어갔다. 유코랑 둘이서 진탕 퍼마신 것이다. 단골 술집이었기 때문에 마음 놓고 취할 수 있었다. "야, 이 개새끼들아~!" 하고 몇 번이나 소리를 질렀던 기억이 났다. 사람 좋은 주인장은 싱글싱글 웃고 있었다.

한밤중이었는데도 히로키는 자지 않고 있었다. 거실에서 오디오를 만지고 있었던 모양이다.

"어유, 우리 남편 아냐? 마누라 돌아왔수~!"

세이코가 말했다.

"왜 이렇게 기분이 좋으신가?"

"왜냐? 내가 열 받아서 한잔 마셨거든. 자네 마누라가 속이 많~이 상했단 말이야."

냉장고에서 생수를 꺼내 들고 병나발을 불며 마셨다.

비틀비틀 거실로 걸어가 소파에 털썩 쓰러졌다. 히로키는 바닥에 책상다리를 하고 앉아 앰프의 진공관을 닦고 있었다. 그 옆얼굴을 바라보았다. 찬찬히 보니 잘생긴 얼굴이었다. 눈초리가 살짝 처진 부분이 특히 마음에 들었다.

"있잖아, 히로." 갑자기 말이 터져나왔다.

"응, 왜?"

"솔직히 대답해줬으면 좋겠거든. 혹시 마누라 월급이 더 많은 게 자존심 상하지 않아?"

히로키가 돌아보았다. 잠시 침묵이 돌았다.

"솔직히 말해도 돼?"

"응. 그랬으면 좋겠어."

히로키가 가만히 쳐다보았다. 취기가 순식간에 사라졌다.

"하나도 안 상하는데."

그리고는 장난스럽게 웃었다.

세이코는 자기도 모르게 웃음을 터뜨렸다. 어쩜 이렇게 멋있을까? 어쩜 이렇게 기가 막힌 파트너가 있을까? 그렇다. 히로키는 '남자의 체면'이 어쩌구 하는 쫀쫀한 말은 꺼내지 않는다. 그래서 좋아하는 것이다.

"아이는? 갖고 싶지 않아?"

"우리 나이가 몇이냐?"

"올해로 만 서른여섯."

"오노 요코*가 숀을 낳은 나이가 마흔두 살이었어. 마돈나가 가이 리치 감독의 아이를 낳은 나이도 마흔이 넘어서였고. 찾아보면 얼마든지 더 있을 거야."

우울한 감정이 단숨에 날아가 버렸다. 세이코는 히로키의 목을 확 끌어안았다.

"왜 그래, 무슨 일 있었어?"

"있었지만 됐어." 눈앞에 귀가 보여서 꽉 깨물었다.

"아야야야."

"질근질근."

"술 냄새 나."

"참아, 참아."

한밤중에 서로 한데 뒹굴며 놀았다.

하느님은 참 멋지게 일한다고 생각했다. 마음에 맞지 않는 사람은 어디에나 있지만 분명히 같은 비율만큼 가치관이 들어 맞는 남녀를 배치해두었을 테니까.

속이 시원해지니까 다시 취기가 돌았다. 히로키를 바닥에 눕히고 올라탄 상태에서 의식이 멀어졌다. 팔베개를 하고 있다는 것만은 볼에 닿는 감촉으로 알 수 있었다.

이튿날 기하라 부장의 부름을 받고 회의실로 갔더니 숙연한

● 유명한 그룹가수 비틀즈의 멤버인 존 레논과 결혼한 일본 여성.

표정을 한 이마이가 있었다.

"자네에게 사과하고 싶다는군. 뭐, 아직 둘 다 30대니까, 나 같은 사람이 보면 그 나이는 아직 한참 더 커야 할 어린애들이지. 그냥 그럴 수도 있는 일로 흘려버리는 게 어때?"

기하라가 잘난 척하면서 말했다. 마치 자기가 화해를 주도했다고 내세우는 듯한 태도였다.

"기하라 부장님은 사과 안 하실 거예요?"

세이코는 턱을 앞으로 내밀면서 슬쩍 미소 지었다.

"어, 나도 사과해야 하는 건가?"

"당연하죠. 남자 체면을 세워주지 않았다고 저에게 뭐라고 하셨잖아요."

기하라가 입을 삐죽 내밀었다. 둘이 나란히 머리 숙여 사과했다. 세이코는 넓은 아량으로 용서해주기로 했다.

걸

빨갛고 파란 조명이 하늘을 나는 원반처럼 빙빙 돌면서 댄스 플로어를 쓸고 지나갔다. 내다꽂는 듯한 스트로보 플래시가 어둠 속에서 젊은 남녀의 얼굴을 연속으로 비춰냈다. 천장에 달린 스피커에서는 귀를 찌르는 소울뮤직이 흘렀다. 바닥의 바디소닉도 한데 어울려서 고막뿐만 아니라 몸까지 떨게 해주었다.

다키가와 유키코는 반년 만에 와본 롯폰기의 나이트클럽에서 가벼운 황홀감에 빠져 있었다. 역시 나이트가 최고야. 대학 때부터 다녔지만 지겨웠던 적은 한 번도 없었다.

예전에는 얼굴을 알고 지내는 웨이터들도 많아서 입장은 공짜였다. 들어가면 제일 앞쪽 소파로 안내되었고, 과일안주도 무료로 나왔다. 가운데 무대˚가 있었던 시절에는 거기에 오르는 것이 허용되는 멤버였다.

기둥의 거울에 자신의 모습이 비치고 있었다. 하얀 니트를 입고 있어서 조명을 아주 잘 받았다. 조금 더 가슴이 파인 옷을 입을 걸 그랬나? 마음 한구석으로 그런 생각을 했다. 하기야 퇴근길에 들른 것이어서 옷을 준비할 겨를이 없었지만.

일을 한 건 마무리 지은 기념으로 회사 동료들하고 마시다가 나이트까지 오게 된 것이다. 일단락 지은 해방감에 몸을 움직이고 싶어졌던 것이다. 후배들에게 제안했더니 다들 두말없이 가자고 했다. "이 나이에 나이트는 좀 힘들지" 하면서 아저씨들은 긴자에 있는 술집으로 가버렸다. 윗사람들이 사라져준 덕분에 기분이 한층 더 좋아졌다. 중년들은 귀찮을 뿐이다.

부스의 DJ가 음악에 맞춰 소리를 지르자 플로어에 있는 손님들이 약속한 것처럼 '몸짓'으로 거기에 대답했다. 여기저기서 환호성이 울렸다. 그럼, 이래야지. 유키코는 더욱 흥이 돋았다. 나이트는 내 청춘이다.

문득 옆을 보았더니 동기로 입사한 지에가 카운터에서 칵테일을 마시고 있었다. 우스운 듯이 미소 짓고 있었다. 유키코도 갈증을 느껴서 한숨 돌리기로 했다.

"탁키(유키코의 별명), 잘나가는데. 아직 청춘이야."

● 일본의 거품경제 시절 몇몇 유명한 나이트클럽에서 손님을 위해 만들었던 무대. 주로 여성 손님들이 무대에 서서 자신의 춤추는 기술이나 노출도를 과시하곤 했다.

지에가 놀리듯이 말했다.

"지에는 춤 안 춰?"

"난 됐어. 땀 나는 것 좀 봐."

손을 부채 대신 흔들면서 대답했다.

유키코는 진에 레몬주스를 탄 것을 주문하고는 바텐더가 내
준 그 음료를 단숨에 들이켰다.

"그나저나 요즘 나이트는 참 수수하다. 다들 옷차림이 평범
하네" 하고 유키코가 말했다.

"진짜 노는 애들은 클럽으로 가. 나이트는 유행이 지났잖아."

"그렇지도 않아. 여기도 삼삼한 애들이 꽤 있잖아. 그러니까
노는 데가 좀 다양해졌다는 거지."

"뭐야, 갑자기 시장분석이라도 시작한 거야?"

지에가 웃었다.

후배 여사원들도 목을 축이려고 왔다. 조금 떨어진 장소에
서 술잔을 한 손에 들고 떠들고 있었다. 회사에서와는 달리 자
신만만한 표정을 하고 있었다. 행동도 당당했다. 그럴 법도
하지. 여기서는 젊은 여자가 최고니까.

"봐봐, 저기 있는 저 두 사람, 이쪽을 보고 있는데."

지에가 눈짓을 했다.

"어디, 어디?"

유키코가 지에의 시선이 어디로 향하는지 찾았다. 플로어

가장자리에 어디서나 볼 수 있을 법한 샐러리맨 두 사람이 있었다. 친근한 눈길로 이쪽을 보고 있었다.

"아이고, 됐네." 유키코는 지에를 향해 눈살을 찌푸렸다. "무시, 무시, 완전 무시해버려."

"나도. 싸구려처럼 보이는 양복이고, 키도 작네."

"가서 주제파악 좀 하라고 했으면 좋겠다. 우리가 그렇게 만만해 보이나?"

유키코는 분해했다. 별 볼 일 없는 남자들이 치근덕거리면 왠지 싸구려로 보인 것 같아 자존심이 상했다.

"킹카들이 많이 줄어든 것 같다."

"맞아. 다들 어디 숨어 있는지."

그때 다시 남자의 시선을 느꼈다. 아까와는 다른 방향이었다. 슬쩍 둘러보았다. 카운터 끝에 젊은 남자 두 명이 있었다. 흘깃흘깃 이쪽으로 시선을 던지고 있었다. 이번에는 유키코도 그 시선을 받았다. 꽃미남들이었다.

지에도 알아차렸는지 특유의 추파를 던졌다.

"저 정도면 괜찮네."

"응, 응."

둘이서 마주 보며 고개를 끄덕였다. 남자들은 유행하는 갸름한 디자인의 양복을 입고 있었다. 매스컴 쪽 사람들처럼 보였다. 얼굴을 태우지도 않았고, 눈썹을 다듬은 것 같지도 않았다. 그래서 날티 나게 보이지는 않았다. 다만 자기들보다는 약간 연하로 보였다.

눈치를 살피고 있으려니까 남자들이 서로 옆구리를 찌르는 것이 보였다. 네가 먼저 가봐. 아마 그런 말을 서로 하고 있을 것이다.

"하는 짓들이 귀엽네." 지에가 말했다.

"많이 노는 애들 같지 않은데."

"그럼 이 누님들께서 자알 가르쳐줄 수 있잖아."

둘이서 웃었다.

유키코는 갑자기 기분이 좋아졌다. 역시 이래야 돼. 멋있는 남자들이 꼬시려고 오는 것은 여자에게는 훈장이다.

두 사람은 결심을 했는지 이쪽으로 걸어왔다.

왔다, 왔어. 유키코가 마음속으로 중얼거렸다. 괜히 모르는 척하며 지에를 향해 떠들었다. 물론 신경은 등 뒤로 쏠려 있었다.

"여기 DJ, 선곡을 꽤 잘하지?"

"맞아. 옛날 음악도 잘 섞고."

이야기하면서 마음이 두근거렸다. 지에도 흥분된 표정이었다. 생각해보니 남자들의 유혹을 받는 것도 오랜만이었다. 검은 그림자가 바로 뒤로 다가왔다. 무슨 일이지 하는 포즈로 유키코는 돌아보았다.

걸 · 137

남자들이 그냥 지나쳤다. "저기, 아가씨들" 하는 소리가 옆에서 들렸다. 유키코는 낯이 뜨거워졌다. 남자들은 후배 여사원들에게 말을 걸었던 것이다.

"아이, 처음이에요~." 후배들이 몸을 꼬면서 대답하고 있었다. 이야기의 단편이 귀에 들어왔다.

"그래? 지난번에 초미니를 입고 춤추고 있지 않았나?" 남자들이 친근하게 농담을 걸었다.

지에가 아무 말 없이 얼굴을 돌렸다. 표정이 일그러져 있는 것이 슬쩍 보였다. 유키코는 플로어 쪽을 보았다. 웃으며 얼버무리기에는 너무 쪽팔렸던 것이다.

순식간에 기분이 가라앉았다. 나락으로 떨어진다고 하면 좀 과장이지만 함정에 빠진 정도의 타격은 있었다.

하기야 남자들이 후배 여사원들에게 말을 건 것은 이해할 수 있었다. 그 남자들은 아무리 많이 잡아도 스물대여섯으로 보였다. 후배들은 20대 초반이다. 그리고 자기와 지에는 서른두 살이다…….

흥. 유키코는 콧방귀를 뀌었다. 뭐야, 이따위 촌스런 나이트. 자세히 보니까 순 애송이들뿐이잖아. 나이트를 잘못 고른 것뿐이다. 마음속으로 허세를 부렸다.

기둥에 있는 거울에 자기가 비쳤다. 순간 누군가 싶었다. 너무도 골난 표정이어서 예쁘지 않았던 것이다. 자기도 모르게 시선을 돌렸다.

춤추고 싶은 마음이 싹 사라졌다.

오전 11시에 출근한 유키코는 아르바이트 사원이 타준 커피를 한 입 마시고 컴퓨터 전원부터 켰다. 광고대리점이라는 업무 특성상 출근 시간은 각자 재량에 맡겨져 있었다. 유키코가 소속되어 있는 제2사업부는 기업의 이벤트나 캠페인을 기획, 운영하는 부서로 오전 중에는 전체 자리의 반 이상이 비어 있다.

메일을 열어서 업무사항을 체크했다. 그중에는 놀러 가자는 메일도 몇 개 섞여 있었다. 사외서클에 들어 있어서 거의 매달 열리는 레포츠 행사에 참가해달라는 메일이 온다. 이번에는 스노보드 투어였다.

참가해볼까? 이번 시즌에는 아직 한 번밖에 안 갔으니까. 스키장에 선 자신의 모습을 상상해보았다. 하얀색 상하의 스키복에 연분홍색 캡. 립스틱을 같은 색으로 맞춰서……. 그래, 지에에게도 가자고 해야지. 분명히 남자들도 많이 올 거야.

"다키가와, 안 춥나? 아직 2월인데 반소매야."

뒤를 지나치던 무라타 과장이 말을 걸었다. 유키코는 반소매로 된 모헤어 니트를 입고 있었다.

"난방이 잘되잖아요." 쌀쌀맞게 대꾸했다.

사실은 약간 썰렁했지만 옷 모양이 귀여워서 참고 있었다. 두꺼운 스웨터 같은 걸 입기 시작하면 그대로 편한 옷만 찾을 것 같았다.

이곳은 복장에 관해서 이러쿵저러쿵 따지지 않아서 좋은데, 은연중에 다른 여사원들을 의식하게 된다. 지난번에 같은 과의 스물다섯 살짜리 후배, 이시다 사오리가 밝은 꽃무늬 셔츠를 입고 온 적이 있었다. 봄기운을 빼앗긴 것 같아 경쟁심이 불타올랐다. 여사원들이 많이 꾸미는 것이 이 회사의 분위기라 할 수 있다.

유키코가 대학을 졸업한 후 유명한 광고대리점에 입사한 지 딱 10년이 되었다. 인기기업인 데다 불경기였기 때문에 경쟁률이 300대 1이나 되었던, 엄청나게 들어가기 힘든 회사였다. 그 경쟁에서 이긴 자신감 때문인지 입사한 뒤로 성격이 대담해졌다. 회사 이름을 꺼내면 누구나 자신을 인정해주었다. 명함 한 장만 내밀면 발표회든 파티든 어디든지 들어갈 수 있었다. 뭐랄까, 자기 앞에 창창한 미래가 활짝 열린 느낌이었다.

거품경제 때 입사한 선배들의 영향도 컸다. 다섯 살 정도 위인 그 선배들은 모두 명품을 좋아했고 자존심이 강했다. 만나거나 사귀는 남자들도 출신대학이나 근무하는 회사로 정하고 있었다. 유키코도 자연히 그렇게 되었다. 나이 서른둘에 아직 결혼할 계획도 잡혀 있지 않은 이유는 분명 눈이 너무 높아서 일 것이다. 물론 회사 안에 독신들이 워낙 많기 때문에 전혀 신경이 쓰이지 않지만 말이다.

"다키가와. 눈 밑이 시커먼데. 수면부족 아냐?"

무라타 과장이 능글거리면서 말했다.

신경에 거슬려서 무시해버렸다. 이 남자는 부하들 패션이나 화장에 대해 놀리는 것에다 취미를 붙이고 있다.

오늘은 니트 색깔에 맞춰서 아이라인도 바꿨다. 멋을 부리는 것은 젊은 여자의 특권이다. 죽었다 다시 태어난다 해도 화장을 할 수 없는 남자는 절대 되고 싶지 않다.

"아참, 영업의 오미츠에게서 전화 왔었어. 사쿠라다백화점 건의 진척 상황 좀 보고해달라던데."

오미츠란 유키코의 6년 선배인 미츠야마 하루미를 부르는 이름이다. 한번 같이 일을 한 다음부터 이리저리 유키코를 챙겨주곤 한다. 이번 일도 직접 지명을 해줘서 하게 되었다.

"그 여사님은 아직도 배꼽을 내놓고 다니나?"

무라타가 물었다. 그쪽을 쳐다보니 눈이 웃고 있었다.

"아직 겨울이잖아요."

냉랭한 말투로 대답하고 자리에서 일어났다. 작년에 휴일출근을 했을 때 오미츠가 배꼽을 내놓은 패션으로 나타났던 것이 어지간히 인상에 남았던 모양이다. 미츠야마는 회사 내에서 유명할 정도로 화려한 사람이다.

"어머~, 다키가와 씨, 그 니트 귀엽다~!"

한 층 위에 있는 영업부로 갔더니 오미츠가 말끝을 길게 끌면서 유키코의 옷차림을 칭찬했다. 머리끝으로 내는 것처럼 높은 목소리였다.

"이거 어디서 샀어? 얼마 줬어? 다른 색깔도 있었어?"

숨 막힐 정도로 잇달아 내뱉는 질문에 유키코가 대답했다. 오미츠는 어깨가 넓게 파인 니트를 입고 있었다. 아래쪽은 골반바지였다. 예의상 유키코도 칭찬을 해야 했다.

"미츠야마 선배야말로 오늘 멋진 패션이네요. 봄 색깔도 나고, 바지의 옆선도 잘 살아 있고요. 아주 늘씬해 보여요."

"이래 봬도 다이어트했어. 이런 니트는 살찌면 입을 수가 없잖아~."

오미츠가 자랑스러운 얼굴로 미소를 지었다. 사실 몸매는 나쁘지 않다. 이 나이까지 한 번도 살찐 적이 없다는 사실은 높이 평가해줄 만하다. 거리에 나가봐도 서른여덟로는 보이지 않는다. 서른셋 정도로 보인다.

오미츠는 독신이고 부모가 사준 아파트에 20대 때부터 혼자 살고 있었다. 그래서 월급 대부분을 옷 사는 데 퍼붓고 있다. 그 옷들은 대개 '귀여운 스타일'이다. 예전에 『CanCam』*

● 주로 10대를 대상으로 하는 패션잡지.

을 읽고 있는 모습을 목격한 적도 있었다. 서른둘인 자기도 『CLASSY』를 읽는데 말이다.

"있잖아, 쁘랭땅에서 빨간색 봄코트를 발견했거든. 어떨 것 같아?"

"미츠야마 선배라면 어울릴 거예요. 거기 맞춰서 입을 만한 옷들도 많잖아요."

"그렇겠지? 챙이 넓은 새하얀 모자 같은 것도 어울릴 것 같은데……."

으음, 챙이 넓은 하얀 모자라고……?

가끔씩 '썰렁할 정도로 황당한'경우도 없지 않지만 유키코는 그래도 이 선배가 싫진 않았다. 속이 꼬인 데가 없고 시원시원한 면이 있다. 가끔씩 밥을 사주는 것도 마음에 들었다.

한차례 패션담론을 주고받은 다음 일 이야기로 넘어갔다. 오미츠가 담당하는 고객인 사쿠라다백화점의 신장개축에 따른, 여성복 코너 이벤트기획에 대한 것이었다.

"업자는 항상 거래하던 회사니까 안심해도 괜찮을 거예요. 토크쇼의 출연자 섭외도 맡겨놓았는데 여성 아나운서랑 여배우에 대해서는 그대로 가도 OK입니다. 이제 남성 한 명만 넣으면 되는데 누구로 할지 후보를 좁히고 있는 중이에요." 유키코가 경과보고를 했다.

"촌티 나는 아저씨는 쓰지 말자. 깔끔하고 멋진 사람. TV 탤

런트보다는 좀 지적인 사람이 좋지 않을까? 중요한 건 간판이니까."

"알겠습니다. 작가나 음악가, 대학교수까지 후보로 넣어볼게요."

"그리고 플로어를 써서 하는 패션쇼 모델선정 말인데, 무대에서 내려와 손님들 앞을 워킹하는 셈이니까 될 수 있는 대로 친근감이 느껴지는 타입이 좋을 것 같아. 난 가능하면 고객들 중에 얼굴이 되는 여자 회사원을 뽑아, 그 사람들에게 옷을 입히는 방안을 제시하고 싶은데."

오미츠가 빈틈없이 지시를 내렸고 유키코가 그것들을 메모했다.

오미츠는 일에 관해서는 유능했다. 여자 티를 너무 내는 행동거지를 해도 주변 사람들이 비난하지 않는 이유는 일할 때만큼은 빈틈없이 척척 잘해내기 때문이다. 그런 점도 유키코는 마음에 들었다.

"아참. 다키가와 씨, 스노보드 투어가 있다면서? 지에에게 들었어." 오미츠가 수직으로 퍼머한 머리카락을 뒤로 넘기면서 말했다. "갈 거야?"

"네, 가볼 생각인데요." 유키코는 입을 뾰족 내밀면서 대답했다. 오미츠는 예전에는 멤버였지만 지금은 서클에서 탈퇴한 상태다.

"나도 참가해볼까, OB 자격으로. 간사가 누군데?"

유키코는 서클 멤버 중의 하나로 상사에 근무하는 여사원의 이름을 말했다.

"아, 그 애라면 나도 알아. 예전에 같이 하와이에 간 적이 있거든. 그럼 나도 참가해야지."

"그래요, 우리 같이 가요. 사람이 많아야 재미도 더 있잖아요."

오미츠도 간다고? 하는 생각이 들었지만 환영하는 태도로 말했다. 자기와 지에가 제일 고참이 되지 않아도 된다면 반가운 일이 아닌가.

"옷을 사야겠네. 표범무늬 같은 건 어떨까? 전부터 입어보고 싶었는데."

"괜찮을 것 같은데요."

유키코가 웃으며 대답했다.

가끔씩 오미츠의 머릿속을 들여다보고 싶을 때가 있다. 고민 같은 건 아마 하나도 없을 것이다.

자기 자리로 돌아왔더니 이시다 사오리가 콤팩트 거울을 들여다보고 있었다. "세상에, 얼굴에 여드름이 났잖아." 표정을 흐리면서 중얼거리고 있었다.

"이야~, 여드름이라고? 아직 청춘이네."

무라타 과장이 중년 남자의 응큼한 말투로 말하며 유키코 쪽을 바라보았다.

왜 나를 보면서 말하는 거야? 마음속으로 욕을 하면서 무시했다. 여드름 같은 건 벌써 5년 전에 졸업했다. 아마 다시는 나는 일이 없을 것이다.

하지만 그게 뭐 어때서? 평소에 열심히 관리를 하는 덕분에 피부는 아직도 탱탱하다.

유키코는 숄을 두르고 컴퓨터 앞에 앉았다. 아무래도 반소매로는 아직 좀 추웠기 때문이다.

　　　　　　　　　　＊

기획이 거의 마무리 단계에 접어들어서 오미츠와 함께 사쿠라다백화점으로 가보았다.

날씨가 좋아서 오미츠는 완전히 봄차림이었다. 물방울무늬 플레어스커트에 짧은 재킷을 맞춰 입고, 그 위에 카디건을 어깨에 걸쳤다. 게다가 선글라스까지 머리에 얹고 있었다.

"미츠야마 선배, 오늘 정말 귀여운 차림이네요."

기분을 띄워주려고 유키코가 칭찬했다.

"좀 어린 느낌으로 입어봤어. 우후."

우후, 라뇨. 미츠야마 선배, 오늘은 우리 일하러 온 거잖아요.

거래처 사람들은 대개 오미츠의 복장을 보고 깜짝 놀란다.

하지만 그건 처음 한 번뿐이지 금세 익숙해지는 모양이다. '원래 그런 사람이려니' 하는 것이겠지. 남자가 그랬다면 그냥 넘어가지는 않을 테니까 이것도 여자의 특권이라면 특권이다.

유키코는 반짝이가 든 민소매 목 폴라 니트에 얇은 가죽재킷을 입고 있었다. 치마는 흰색 미니를 입었다. 스타킹은 신지 않고 그 대신 천소재의 봄용 부츠를 신었다.

"다키가와 씨의 무릎은 참 예뻐."

미츠야마가 부러운 듯이 말했다.

"아이, 그렇지도 않아요."

일단 겸손을 떨었다. 이것도 다 평소에 열심히 관리한 덕분이다.

상대는 평소에 늘 보던 아저씨 관리자 두 사람과 30대 중반으로 보이는 안경을 낀 짧은 머리의 여자였다. 커리어우먼다운 감색 정장을 입고 있었다. 안자이 히로코라고 자기 이름을 소개한 그 여자는 미소를 띠면서도 재빨리 유키코와 오미츠의 복장에 눈길을 주었다. 엄청 야단스럽게 입었네. 얼굴에 그렇게 쓰여 있었다.

"이번 행사를 담당하게 되었습니다. 잘 부탁드려요."

안자이 히로코가 머리를 깊이 숙여 인사했다.

"아뇨, 저희야말로."

인사하면서 발치를 보았더니 학교의 학부형회의에서나 볼

수 있을 법한 무난한 구두를 신고 있었다. 왠지 딱딱한 여자일 것 같았다.

곧바로 회의에 들어갔다. 오미츠가 전체적인 진행을 설명하였고, 각각의 내용에 대해서는 유키코가 보충설명을 했다.

"출연자들은 모두 섭외가 된 상황입니다. 스케줄 때문에 확실한 대답을 하지 않은 사람은 한 명밖에 없기 때문에 인쇄물 수배를 시작해도 문제는 없으리라 생각됩니다."

"이거 너무 무명인사가 많은 것 아닌가? 연예인을 넣는 편이 이목을 끄는 데는 더 좋을 것 같은데."

아저씨 중의 하나인 부장이 의견을 제시했다. 출연자 중의 반 정도는 모르는 모양이었다.

"연예인들은 너무 가볍지 않을까요? 새로운 플로어의 이미지를 생각하면 보다 지적인 사람을 내놓는 편이……." 유키코가 반론했다.

"그래요? 하지만 일단 사람들이 모여야 뭐가 될 것 아닌가? 예전에 했을 때는 라이프 뭐시기 전문가라는 사람이 왔는데 아무도 돌아보지 않고 지나치던데. 예산에 문제가 없다면 연예인을 부르는 게 효과적이지."

"그야 예산은 넉넉하지만……. 그래도 새로운 매장을 선전하는 자리니까 콘셉트에 맞는 사람을 앞에 세우는 것이……."

어떻게든 납득시킬 필요가 있었다. 변경하려면 여러 모로 골치 아프기 때문이다.

"그래도 이런 이름은 들어본 적도 없는데……."

여전히 부장이 난색을 표하고 있었다.

"그러시면 안 되죠~. 이 정도는 아시고 계셔야지~."

옆에서 오미츠가 달콤한 목소리를 냈다. 몸을 앞으로 내밀면서 배배 꼬았다.

"이 명단에 나와 있는 사람들은 하나같이 여성지 같은 데서는 명사란 말이에요. 이 미스일본 출신 사진가만 해도 여기저기 연재를 하고 있고, 강연회를 열었다 하면 20대 여성들이 줄 서서 들으러 오는 사람인데요."

오미츠는 추파도 던졌다. 긴 속눈썹이 하늘하늘 움직였다.

"아, 그런가? 아니, 나야 그런 쪽 사정을 잘 모르니까……."

부장이 쑥스러워하면서 머리를 긁적였다.

"아이, 여성복 매장의 부장님이 그러시면 안 되죠~. 그쪽 분야에 대해서는 빠삭하게 파악하고 계셔야지. 여성지 같은 것도 다 보고 계시죠? 패션에 대해서 나온 데만 보시지 말고 영화 기사니 음악 기사, 미용이랑 다이어트 기사까지 죽 다 보셔야지 전체적인 유행을 파악하실 수 있단 말이에요."

"응, 그렇겠구면. 아, 이거 내가 좀 인식이 부족했네."

유키코는 감탄했다. 자리가 갑자기 오미츠가 주도하는 분위기로 바뀌어버렸다. 서른여덟이라는 나이에 이런 교태를 무의식적으로 부릴 수 있다는 것이 오미츠의 대단한 점이라고 생각했다. 아저씨들은 어딘지 간지러운 듯한 표정으로 오미츠의 말에 연신 고개를 끄덕이고 있었다.

문득 옆에 앉은 안자이 히로코를 보았다. 무표정하게 있으려고 하면서도 얼굴에는 '뭐야, 이 여자'라고 쓰여 있었다.

"저어. 토크쇼의 인선은 그렇다 쳐도 패션쇼 연출에는 좀 어려운 점이 있는 것으로 생각되는데요." 안자이 히로코가 말했다. "플로어에서 워킹을 하는 거야 그렇다지만 고객들 중에서 모델을 뽑는 것이⋯⋯."

"그게 바로 좋은 점이지요. 약간 훈련을 시킨다고는 하지만 그래도 보통 회사원이 조명을 받는다는 점이 멋지잖아요. 그런 친근한 분위기가 고객들 마음을 사로잡는다니까요." 곧바로 오미츠가 대답했다.

"하지만 친근한 분위기를 내세우는 것은 좀⋯⋯."

안자이 히로코가 안경 속의 눈길을 이쪽으로 향했다. 어딘지 불만스러운 표정이었다.

"저희 백화점은 사실 친근함보다 고급스러움을 내세우고 있거든요. 고객층도 쁘랭땅 같은 곳하고는 질적으로 다르고요."

쁘랭땅 같은 곳, 이라는 말이 유키코에게는 비꼬는 것처럼 들렸다. 쁘랭땅은 젊은 여자 회사원들에게 인기 있는 백화점이다. 이쪽 복장을 보고 말하는 것이다.

"두 분께서는 어떻게 생각하세요?"

오미츠가 아저씨들을 보고 물었다.

"아니, 우리는 솔직히 그런 건 잘 모르니까. 그쪽 여자분들이 알아서 해요."

중년 남자 두 사람이 같이 어깨를 으쓱하면서 뒤로 빠졌다.

결국 패션쇼에 관해서는 일단 결정을 미루기로 했다. 그 후에 안자이 히로코는 구성대본에도 이의를 제기하며 세부사항을 재검토해달라고 요구했다. 할 수 없이 고개를 끄덕였다.

"저 안경 쓴 여자, 성질 부리는 것 같지 않아?"

돌아가는 길에 오미츠가 볼멘소리로 여대생 같은 말투를 쓰며 물었다.

"백화점 영업이니까 머리가 딱딱한 거지요. 옛날에 잘나가던 커리어우먼이나 입었을 법한 옷 좀 보세요."

유키코도 동조했다.

"에이 참. 쉽게 끝낼 수 있다고 생각했는데."

둘이서 같이 투덜거렸다. 여자 고객을 상대로 하면 꼭 문제가 생긴다. 아저씨들이 훨씬 편하다.

회사로 돌아가자 지에가 스노보드 투어에 가지 않겠다고 말하러 왔다. 왠지 우울한 표정이었다.

"서른둘이나 먹고 스노보드를 탄다는 게 웃기는 것 같아서."

비꼬는 사람처럼 입술 끝으로만 웃으며 말했다. 무라타 과장이 들을까 봐 커피를 두 잔 타서 미팅 테이블로 자리를 옮겼다.

"엄마도 어이없어하더라고. 서른둘씩이나 먹어서 무슨 스노보드냐고."

지에가 한숨 섞인 목소리로 말했다.

"그게 뭐야? 그럼, 너랑 동갑인 난 뭐가 되는데? 아니, 서른 넘으면 스노보드도 타면 안 되는 거야?"

유키코가 눈을 치켜뜨면서 항의했다. 서른 넘은 나이는 자기나 나나 마찬가지 아닌가.

"그런 뜻이 아냐. 노는 데 연령제한이 어디 있어. 하지만 참가자 명단을 봤더니 여자 쪽은 우리 말고는 하나같이 20대였단 말이야. 괜히 나이도 많은 게 주책을 부린다는 소리를 들을 것 같아서."

"아, 그건 해결되었어. 미츠야마 선배도 같이 갈 거니까. 그 선배는 장장 서른여덟이잖아."

"그래도 문제야. 그렇게 되면 더욱 이상하게 보일 것 같아."

"아냐, 괜찮을 거야. 그 선배 알잖아. 어디 가나 방방 뜨는 거."

지에는 말을 끊더니 손끝으로 컵을 문지르고 있었다.

"왜 그래? 미츠야마 선배가 보기 싫어?"

"아니, 그런 건 아니야. 나 그 선배 좋아."

"그야 나도 가끔씩은 황당할 때가 있어. 오늘도 물방울무늬

152

플레어스커트였거든. 거기다 안짱다리로 앉는다니까. 거래처 사람들도 깜짝 놀라더라. 하지만 그것도 참 보기 드문 캐릭터 아닌가? 저 정도로 철저하면 평가해줄 만하다고 봐."

"그러니까 미츠야마 선배는 나도 좋아한다니까. 그게 아니라, 나 이제, 그 서클에서 슬슬 은퇴할까 해서……."

"무슨 소리야? 나까지 힘들어지잖아."

유키코는 입을 삐죽 내밀었다.

"하지만 스물둘이니 스물셋짜리 애들이랑 같이 노는 것도 이제 슬슬 무리인 것 같단 말이야."

"알았다. 지난번 나이트 일 때문에 그러지? 그 남자애들이 우리를 그냥 지나쳤으니까. 물론 나도 열 받았지. 도대체 눈은 갖다가 어디에 써먹는 건가 하고."

"그냥 열 받은 거야? 넌 쇼크 안 먹었어?"

"응. 그야…… 쬐끔 충격을 먹기도 했지만."

"때라는 게 있다고 생각하지 않아?"

지에가 불쑥 물었다.

"때? 무슨 때?"

"걸*을 그만둘 때."

"걸? 한물간 단어를 쓰고 그래?"

● GIRL. 20대 중반 정도까지의 미혼여성을 일반적으로 일컫는 '여자애女の子'를 영어로 그대로 쓴 말.

자기도 모르게 농담을 날렸다.

"그럼 아가씨라고 해두자."

지에가 턱을 괴면서 먼 곳을 바라보는 눈길이 되었다.

"여태까지 젊은 여자라는 것만으로 재미 보는 일들이 많았지만 그것도 이제 그만둘 때가 되지 않았나 싶어."

"왜 그래? 너답지 않게."

"우리 부장님, 부내의 여자애들을 불러서 회식 같은 걸 가끔 하잖아. 젊은 애들의 감각을 알고 싶다고 하면서."

"나도 알아. 하는 김에 거래처 담당자까지 불러서 아예 접대시킨다며?"

"그 회식에 나는 이제 부르지 않더라."

"뭐 어때? 호스티스 대용으로 여사원을 쓴다는 것도 웃기는 얘긴데."

"아니. 솔직히 말하면 난 그 회식을 꽤 좋아했어. 재미있는 얘기도 많이 들을 수 있었고."

"그 정도 가지고……."

그렇게 말하면서 유키코도 짐작 가는 일이 있었다. 무라타 과장이 '여자애'로 귀여워하는 것은 거의 이시다 사오리다.

"그리고 럭비부 응원단으로 나와달라는 소리도 안 듣게 되었고."

"그야 선수들이 우리보다 나이가 다 어리니까."

"미팅을 할 때도 나는 아예 생각도 안 하더라고."

"이 나이에 미팅 같은 걸 하고 싶어?"

"지난번에 우리 과 후배랑 걸어가는데 그 애에게만 호텔 바의 할인권을 주더라."

"그건 열 받네……."

"요 2, 3년 사이에 그런 일들이 줄지어 생겼거든. 오셀로*를 할 때 휙휙휙 하고 하얀색이 검은색으로 바뀌는 것처럼. 인정하고 싶지는 않지만 난 이제 젊은 아가씨가 아냐. 그런 생각이 드니까 너무 우울해지더라……."

지에가 크게 한숨을 쉬었다.

"야, 나까지 우울해질 것 같은 소리 좀 하지 마. 그래서, 넌 어떻게 하고 싶은데? 결혼할 거야?"

"몰라. 상대도 없고."

"우리 힘내자. 아직 우리 나이는 창창해. 특히 일에 관해서는 아직도 젊은 축에 속하잖아."

"일에서야 그렇지."

지에가 쓸쓸하게 웃었다.

지금에서야 알아차렸는데 지에는 머리를 하나로 묶고 있었다. 평소처럼 둥글게 말지 않았다. 화장도 수수했다. 나이에

---

* 게임의 일종. 흰색과 검은색이 앞뒤로 붙어 있는 말을 사용하며 위치에 따라 상대방의 말을 자기 색깔로 뒤집을 수 있다. 자기 색깔을 더 많이 확보하면 이긴다.

맞게 했다고 할 수도 있겠지만.

스노보드 투어에 대해서 다시 한 번 생각해보라고 간절히 부탁했더니 지에는 뭐라고 대답하지는 않고 어깨만 한 번 으쓱하더니 가버렸다.

남은 커피를 마셔버리고 코를 한 번 훌쩍였다.

이제 걸이 아니야, 라고. 유키코는 작게 한숨을 쉬었다. 알고 있다. 서른둘씩이나 되었으면 이제는 젊음을 내세울 수 있는 나이가 아니다. 남자라면 몰라도 여자는 그렇다.

유키코 자신도 요즘 들어 특권이 줄어들고 있다는 사실을 피부로 느끼고 있었다. 남들보다 좀 더 괜찮게 생긴 덕분에 학생 때부터 계속 '짭짤한' 일을 많이 경험했다. 행사 모델 아르바이트는 거의 특권이라고 할 수 있었고, 화장품 샘플들은 어디라고 할 것 없이 항상 공짜로 들어왔다. 나이트는 그냥 들어갈 수 있었고 미팅신청도 끊임없이 들어왔다.

취직을 한 다음에도 득을 보는 일이 많았다. 고객들이 금세 얼굴을 기억해주었고, 항상 친절하게 대해주었다. 상사에게 야단을 맞는 일도 있었지만 그래도 어지간한 일은 봐주었다. 그것 이상으로 아저씨들은 항상 자기에게 잘해주었다. 세상 모든 이로부터 사랑을 받았다. 한마디로 말하자면 축복받은 존재였던 것이다. 그런 특권이 지금 손가락 사이로 점점 빠져나가려 하고 있었다.

유키코는 의자에 깊숙하게 기대앉아 멍하니 천장을 바라보았다. 아~아. 가볍게 소리 내어 보았다.

청춘을 너무 즐겨버렸나? 공연히 미인으로 태어나는 바람에 말이야. 젠장, 이 미모가 문제라니까.

"저기요. 회의하는 게 아니면 테이블 좀 비워주시죠."

갑자기 목소리가 들렸다. 다른 부서 남자들이 칸막이 너머로 얼굴을 내밀고 있었다.

"아, 네."

허겁지겁 일어섰다. 얼굴이 붉어졌다.

서둘러 그 자리에서 나와 자리로 돌아왔다. 맞은편에서 사오리가 앉아 일하고 있었다. 자기도 모르게 시선이 그쪽으로 쏠렸다.

스물다섯 살이라. 세상에 겁나는 게 하나도 없겠지. 특별히 미인이라고 할 수는 없지만 자기에게서는 이제 찾아볼 수 없는 생기가 있었다. 피부는 고무공처럼 탱탱했다.

사오리가 유키코의 시선을 느꼈는지 얼굴을 들었다.

"왜 그러세요?" 목소리도 귀여웠다.

"아니, 아무것도 아냐."

그때 자리를 비우고 있던 무라타 과장이 돌아왔다.

"이봐, 이시다. 다음 주 수요일에 별일 없지? 후지맥주의 신상품발표회가 있는데 매스컴 관계자들 안내 좀 맡아줘. 부장님이 젊은 사람을 파견하라고 그러셔서."

"알았어요." 사오리가 생긋 웃었다.

"미안해. 담당도 아닌데."

무라타가 얼굴하고 어울리지 않는 친절한 목소리로 말했다.

무라타와 눈길이 마주쳤다.

"어, 다키가와. 오늘은 소매도 없네. 소매가 없으면 옷값이 좀 싸지나?"

기분 좋은 표정으로 놀려댔다.

대답을 거부하고 일을 시작했다. 흥. '젊은 사람'이 아니어서 미안하게 되었네요. 마음속으로 중얼거렸다. 지에 때문에 공연히 자기까지 기분이 우울해지는 것만 같았다.

밤에 혼자 사는 아파트로 돌아와보니 동창회 안내장이 와 있었다. 여고 동창회였다. 같은 여자들끼리라 마음이 편해서인지 2년마다 꼬박꼬박 열린다. 유키코는 최근 두 번 정도 참석하지 않았다. 현모양처 육성을 내세우는 학교였기 때문에 전업주부가 많은 것이다.

그래도 오랜만에 나가볼까? 보고 싶은 얼굴들도 있고. 활발하게 일하고 있는 자기의 모습을 보여주고 싶은 욕심도 있었다. 남들이 다 부러워하는 일류회사 사원이 아닌가.

'참석'에 동그라미를 쳤다. 뭘 입고 갈까 하고 생각해보았다. 보나 마나 다들 한껏 멋을 부리고 올 테니까 차라리 캐주얼한

차림으로 가는 것도 괜찮을 것 같았다. 다리에 딱 달라붙는 청바지에 몸매가 드러나는 작은 티셔츠에 지퍼가 달린 니트. 이 날씬한 몸매를 과시한다고 나쁠 것 없지.

침대에서 뒹굴면서 패션잡지를 펼쳐보았다.

옷에 대한 생각을 하고 있을 때가 제일 행복했다. 현실도피일지도 모르지만.

*

사쿠라다백화점의 안자이 히로코는 힘든 상대였다. 어느새 아저씨들에게서 주도권을 인수받고는 기획서의 세부사항까지 일일이 걸고 넘어졌던 것이다.

"아무래도 출연자에 대해서는 다시 검토해주셨으면 좋겠습니다. 저희 회사 사람들 의견을 들어보았는데 너무 눈에 띄지 않는다는 의견이 많아서요."

정중한 말투기는 해도 어딘지 말투가 쌀쌀맞은 느낌이 들었다.

"어머. 상당히 신경 써서 고른 사람들인데요. 여기, 스타일리스트인 하나하라 씨 같은 경우만 봐도 할리우드에서도 초청받아 일하실 정도로 유명하고……."

오미츠가 반론을 시도했지만 나긋나긋한 콧소리도 어딘지 헛돌고 있었다.

"아무리 그래도 대중인지도가 중요하다고 생각합니다. 여성지에서만 유명한 사람이면 그 잡지를 읽지 않는 사람들 같은 경우는 전혀 모른다는 뜻이 되지 않겠어요? 될 수 있는 대로 참신한 사람을 고르려고 하셨던 의도는 충분히 알겠지만 일단 손님을 모아야 하는 저희 입장에서 보면……."

내세우는 이유에 분명 일리가 있었기 때문에 수완 좋은 오미츠도 입을 다물 수밖에 없었다.

안자이 히로코는 항상 정장 차림이었다. 그리고 만날 때마다 유키코와 오미츠의 옷차림에 시선을 던지고는 뭔가 할 말이 있는 듯한 표정을 지었다.

보나 마나 학생 때도 별 볼 일 없는 친구들하고나 어울려 다녔을 여자다. 남자애들에게 차로 교문까지 바래다주게 하고, 학교 끝나면 마중까지 나오게 하는 오미츠나 유키코 같은 인종을 '흥' 하고 콧방귀 뀌면서 바라보던 족속이었을 것이다.

"그리고 패션쇼에 관한 것인데, 영업기획이 의욕적으로 나오고 있어서 아마추어 모델을 기용한다는 안은 그대로 채용할 생각입니다. 고객으로 오시는 여성분들께 모델기분을 맛보게 해드리는 것도 나쁘지 않을 것 같다고 해서……."

"어머, 잘됐네요." 오미츠가 손뼉을 치면서 좋아했다. "안자이 씨도 한번 나가보시지 그러세요? 분명히 회사에서도 좋아하실 텐데. 안 그래요, 다키가와 씨?"

"그럼요. 이런 행사는 말하자면 축제 같은 거잖아요."

유키코도 분위기를 맞춰주었다. 어떻게든 회유해서 이쪽 페이스로 가고 싶었다.

그러나 안자이 히로코는 "아니, 전 됐어요" 하며 쓴웃음을 지을 뿐 발붙일 틈을 주지 않았다. 이 딱딱한 여자는 같은 여자끼리도 틈을 전혀 보이지 않았다.

다시 잘 보았더니 평범한 얼굴이기는 해도 나름대로 곱상한 구석이 있었다. 몸매도 나쁘지 않았다. 제대로 화장을 하고 머리도 살짝 웨이브를 주면 괜찮게 보일 텐데. 유키코는 쓸데없는 생각을 했다. 결혼반지가 없는 것을 보니 독신일 것이다. 그렇다면 좀 더 여자답게 하고 다니면 좀 좋아 하고 한마디 해주고 싶어졌다.

"아~아, 나 스트레스 쌓여서 죽을 것 같아." 돌아오는 길에 들른 카페에서 오미츠가 씁쓸한 표정을 지었다.

"다키가와 씨에게 그냥 다 맡겨버리면 안 될까?"

"안 되죠. 미츠야마 선배가 이 프로젝트 팀장이잖아요." 허둥지둥 거부했다.

"농담이야. 당연히 끝까지 해야지. 하지만, 진짜로, 난 저런 타입의 사람은 영 상대하기 힘들단 말이야."

그건 상대방도 마찬가지일 것이다. 하지만 상황으로 볼 때 이쪽이 더 불리하다. 광고대리점 사람은 절대로 고객과 싸울 수가 없기 때문이다.

"있잖아, 그 스노보드 투어. 주오中央TV 남자들이 오는 모양이던데."

느닷없이 화제가 바뀌었다. 아무튼 이 선배는 다른 생각을 해서 기분을 바꾸는 데는 도사라니까.

"오기는 오지만 다들 20대예요. 서른 갓 넘은 사람이 한두 명 있고."

"괜찮아, 뭐 어때. 얘기도 다 맞춰줄 수 있고. 난 좀 어리게 보이는 편이니까."

유키코는 뭐라고 대꾸를 해야 할지 몰랐다. 오미츠의 나이는 다들 잘 알고 있다.

그렇게 속편한 모습을 보고 있으니까 문득 물어보고 싶어졌다. 미츠야마 선배는 초조해지거나 한 적 없어요? 언제까지 젊은 아가씨로 있을 생각이에요? 물론 이런 질문을 할 수 있을 리는 없지만.

"그래서 말인데, 입고 갈 옷도 표범무늬는 그만두고 연분홍색 상하의로 바꿨어. 핑크색은 까만 모자랑 잘 어울리거든. 난 보드도 까만색이니까."

"아, 네에, 그랬어요." 건성으로 대답했다.

어떻게 이 정도로 당당하게 행동할 수 있을까? 미츠야마 선배, 이렇게 계속 지내는 게 겁나지 않나요? 언젠가 진짜로 아줌마가 되었을 때 어떡하실 거예요?

"저녁 시간에는 파자마 파티 하지 않을래? 작년에 옆 과 사람들이랑 했는데 정말 재미있었거든."

"좋죠. 그럼 이번 투어를 맡고 있는 사람에게 얘기해볼게요."

나도 6년 후에는 오미츠처럼 되어버릴까? 그것만은 피하고 싶다는 생각이 들었다. 설사 그때까지 독신으로 남아 있다 해도 조금 더 나이에 어울리는 사람이 되고 싶다.

아니, 지금도 일반적인 기준으로 보면 나이에 어울리지 않은지도 모른다. 서클 같은 것은 보통 20대 때 졸업하게 마련이니까.

신입사원 때는 서클에 20대 후반의 여자가 있다는 것조차 너무 놀랍고 이상했다. 결혼도 하지 않고 놀러 다니는 그 사람들이 도무지 이해가 되지 않았다. 스물둘 때는 젊다고 할 수 있는 나이가 기껏해야 스물다섯까지였다. 하지만 금세 아무렇지도 않게 되었다. 분명 환경 때문일 것이다. 오미츠 같은 연장자는 사내에 얼마든지 있다. 다 같이 힘을 모아 억지로 시간을 붙잡아두고 있었다.

"그런데 우리가 자는 호텔에 나이트가 있는 거야?" 하고 오미츠가 물었다.

"아마 있을 거예요."

"그럼 형광색 셔츠를 가져가야지. 되게 눈에 띌 거야."

속없는 사람처럼 웃고 있었다. 어느새 유키코도 투어에 가고 싶은 마음이 슬슬 사라지기 시작했다.

오미츠가 다른 일로 출장을 가는 바람에 사쿠라다백화점과의 회의에는 유키코가 혼자서 갈 수밖에 없게 되었다. 약간 불안한 감이 있어서 화려한 옷은 입지 않았다. 봄 상품인 칼라 없는 재킷에 무릎까지 오는 치마, 그리고 리본이 달린 구두 차림이었다. 무라타 과장에게는 "어, 멀리서 보면 어느 집안의 요조숙녀인가 하겠네" 하는 말을 들었다. 물론 무시했다.

다른 뜻은 없었겠지만 사오리는 "어머, 젊게 보이시네요" 하며 웃고 있었다. 애, 애, 그건 젊지 않은 사람에게 하는 말이잖아.

안자이 히로코는 평소처럼 정장 차림이었다. 고등학교 때 반장이 이런 느낌이었다는 사실이 생각났다. 당시 유행이었던, 교복 치마를 말아올려서 미니스커트로 만드는 차림은 절대로 따라하려고 하지 않았다. 모두들 포인트가 있는 무릎 위 양말을 신었는데 학교에서 정해준 양말을 끝까지 착용하고 있었다. 한마디로 말하자면 고지식한 것이다.

"잘 알겠습니다. 전체적인 것에 관해서는 이렇게 나가도록 하지요. 사내에서 다른 요청사항이 생기면 그때마다 연락을 드리겠지만 큰 변경사항은 없으리라고 생각합니다."

안자이 히로코가 기획서 파일을 덮고 톡톡 하고 테이블에 퉁기면서 가지런히 정리했다. 유키코는 한숨을 돌렸다. 이제야 겨우 일이 될 것 같았다.

"그리고 모델선정에 대해서는 일반 공모를 한다고 되어 있지만 실제로는 스타일이 좋은 회사원이나 미시족 주부들에게 부탁하게 될 것 같습니다."

"그만큼 모일까요? 필요하시다면 저희 쪽에서 준비하겠습니다."

"그런데 생각보다 희망자가 많더라고요." 그렇게 말하며 안자이 히로코는 눈길을 떨어뜨리고 쓰게 웃었다.

"사진을 보면 이 사람은 좀 곤란하겠는데 싶은 분들도 있기는 하지만요."

유키코도 따라서 웃었다. 약간은 긴장이 풀렸다.

"안자이 씨는 몇 년생이세요?"

무심결에 물었다. 같이 일을 하는 거면 서로 나이 정도는 알아두는 편이 좋다. 그러자 돌아온 대답은 유키코와 같은 해에 태어났다는 것이었다.

"아, 그럼 저랑 동갑이시네요. 저보다 위이신 줄 알았는데."

말을 하고는 곧바로 아차 싶었다. 10대가 아닌 이상 이런 말을 들으면 누구나 기분이 상할 것이다. 아니나 다를까, 안자이 히로코가 어색한 표정을 지었다. 그러고는 "전 옷에도 화장에도 신경을 별로 쓰지 않아서요" 하며 비꼬는 듯한 말을 했다.

침묵이 흘렀다. 뭐든 화제를 찾아야 할 텐데.

"백화점은 복장에 대해서 까다로운가요?"

유키코는 별로 상관도 없는 것을 물어보았다.

"특별히 규제를 하지는 않지만 그래도 고객을 상대해야 하는 직업이라……."

늪에 더 깊이 빠져버렸다. 고객을 상대하는 직업은 이쪽도 마찬가지다.

"좋으시겠어요. 광고대리점은 여러모로 자유로워서."

"하지만 돈이 너무 들어요. 서로 옷차림을 가지고 경쟁하는 게 꼭 여대생들 같아서 저도 가끔씩 싸구려 옷으로 출근해버릴까 한다니까요. 아하하." 식은땀이 났다. "게다가 독신이 많아서 나이가 들어도 어린 여자애들처럼 차려입고 다니기도 하고요."

유키코는 스스로가 한심스러워졌다. 어째서 이런 식으로 자기비하를 해야 한단 말인가.

"그러시겠네요. 저희 매장 같은 경우에도 대개는 생각했던 나이보다 실제 나이가 더 많은 분들이 고객으로 오시곤 하니까요."

안자이 히로코가 메마른 말투로 말했다.

"그래요?"

"네. 30대는 20대의 옷을 사시거든요. 가끔씩 40대 분들도 사고요."

유키코는 할 말을 잃었다. 이건 혹시 본격적으로 비꼬려는 말인가? 하지만 그렇다고 반박할 수는 없다. 상대는 고객이니까.

결국 대화는 오래가지 않았고, 미팅이 끝나자마자 유키코는 서둘러 그 자리에서 나와버렸다.

정말 일하기 힘들다니까. 저녁노을이 물든 하늘을 쳐다보면서 투덜댔다. 어째서 안자이 히로코는 저렇게 의연하게 있을 수 있을까? 여자는 애교 아닌가? 젊은 여자의 특권이 그것 아닌가?

거리를 걷고 있는데 남자들 몇 명이 옆을 지나치면서 '엇' 하는 표정으로 유키코에게 시선을 던졌다. 좋아 좋아, 아직도 나는 잘나가는 거야 싶어 금세 기분이 좋아졌다.

중학교 때부터 그랬다. 이성에게서도 동성에게서도 눈길을 받는 데 익숙해져 있었다.

그리고 생각했다. 분명 안자이 히로코는 이런 경험이 없는 것이다. 소녀 시절에도 눈길을 받은 적이 없었던 것이다. 그러니 귀엽지가 않은 것이다.

"꺄악~. 무서워! 안 돼, 안 돼, 안 돼!"

스키장에 오미츠의 비명 소리가 울려 퍼졌다. 스키에서 보드로 옮긴 지 얼마 안 되었는지 오미츠는 초보자 수준을 벗어나지 못한 실력이었다. 조금 타다가 곧장 엉덩방아를 찧고, 일어나 조금 더 타다가 구르기를 반복하고 있었다.

서클 회원들은 웃으면서 바라보고 있었다. 혼자서만 30대 후반이라는 오미츠를 꺼리는 분위기는 전혀 없었고, 모두가 즐거워 보였다.

이것도 오미츠의 성격이 만들어낸 것이다. 밝은 성격을 싫어하는 사람은 없다. 많은 사람들이 어울리는 자리에서는 더 그렇다. 떠들썩한 오미츠는 분위기를 띄워주는 사람이다.

"꺄악~!"

"살려줘~!"

그 목소리는 누구보다도 크고 높았다. 다른 사람들까지 무슨 일인가 싶어 시선을 이쪽으로 던지곤 했다.

"참 대단해."

지에가 어이없는 표정으로 말했다. 유키코가 저녁을 사겠다며 간곡하게 부탁해서 같이 오게 되었던 것이다.

"더구나 주오TV의 킹카랑 둘이 타는 거잖아."

"뭐 어때. 지에도 누구에게 코치해달라고 하면 되잖아." 유키코가 웃으면서 말했다.

오미츠는 스키장에 도착하자마자 "나 좀 가르쳐주세요" 하며 말끝에 하트마크라도 달아놓은 듯한 목소리로 제일 잘생긴 남자에게 다가갔다. 그 남자는 거절하지 못하고 오미츠의 코치를 하게 되었다. 아마 열 살 정도 나이 차이가 날 법한 두 사람이 스키장 중간에서 손을 마주잡고 있었다.

하기야 멀리서 보면 20대 커플로 보일 것이다. 핑크 상하복에 붉은 테두리가 되어 있는 화려한 고글. 보드에는 화려한 꽃이 그려져 있다.

"미츠야마 선배가 화장실에서 자외선차단크림을 덕지덕지 바르고 있던데" 하고 지에가 말했다.

"그건 우리도 마찬가지잖아." 유키코가 대답했다.

20대 초반 때는 피부가 타건 말건 전혀 신경이 쓰이지 않았다. 다들 자외선이 나쁘다고 떠들어대도 남의 일처럼 생각하고 있었다. 다이빙이니 테니스처럼 야외에서 하는 스포츠를 좋아했고, 갈색으로 그을린 피부를 오히려 자랑스럽게 생각했던 적도 있다.

지금은 정반대다. 나무 그늘이라도 있으면 곧장 그곳으로 피난을 간다.

"저 애들은 자외선 같은 건 하나도 안 무섭겠지?"

지에가 턱으로 가리킨 곳에는 서클의 신입회원들이 쉬고 있었다. 눈 위에 큰대자로 누워서 기분 좋게 햇볕을 쬐고 있었다.

"괜히 샘내지 마."

회원들 틈에 껴서 스노보드를 즐겼다. 땀을 흘렸더니 평소에 쌓였던 스트레스가 날아가버렸다.

유키코는 오기를 잘했다고 생각했다. 이 세상에는 재미있는 일들이 많다. 그것을 즐기는 게 인생을 사는 묘미 아닌가.

저녁은 호텔에 있는 중국식 레스토랑에서 커다란 원탁에 둘러앉아 먹었다. 유키코는 헐렁한 바지에 파스텔 블루의 시폰 블라우스를 맞춰 입었다. 지에는 청바지에 크리스털이 박힌 티셔츠 차림이었다. 물론 헤어스타일은 다시 잘 다듬었다. 머리카락 끝은 살짝 말았다.

다들 나름대로 멋을 즐기고 있었다. 유키코는 귀여운 여자애들을 보는 것도 좋아한다.

"늦어서 미안해요~!" 그때 오미츠가 나타났다. 하얀 단추가 눈에 띄는 새빨간 미니스커트에 새하얀 목폴라와 카디건으로 된 트윈 니트. 머리에는 이국풍의 스카프를 둘렀고, 머리카락을 바깥쪽으로 말아올렸다.

화려하기 짝이 없었다. 거의 〈아내는 요술쟁이〉 수준이다. 주위 테이블에 있는 다른 손님들도 이쪽을 바라보고 있었다.

"미츠야마 선배님, 귀여워요~!" 젊은 애들이 그러자 "고마워~" 하며 한껏 미소를 지었다.

오미츠는 이런 순간을 위해서 살고 있을 것이다. 자기 자신이 정말 좋은 것이다.

남자들은 어떻게 반응을 보여야 할지 몰라서 당혹스러워하고 있었다. 다만 얼굴에는 '이 사람 도대체 나이가 몇이야?' 하고 쓰여 있었다. 그야 그렇겠지. 솔직히 나도 속으로는 그런 생각을 하는데.

오미츠가 대화의 중심이 되어 즐겁게 식사를 했다. TV 드라마에 대한 화제, 새로 생긴 놀거리에 대한 화제, 패션에 대한 화제. 제일 어린 사람하고는 열다섯이나 나이 차이가 나는데도 오미츠는 그런 격차를 느끼게 하지 않았다. 분명히 정신연령이 어느 시점에서 멈춰버린 것이다.

식사 후에는 호텔 안에 있는 나이트로 자리를 옮겼다. 별로 크지도 않은 플로어에 생기 넘치는 젊은 남녀가 넘쳐나고 있었다.

"여기 어른들도 있는 거야? 혹시 우리가 제일 나이가 많은 것 아냐?"

입구에서 고개를 위로 내밀면서 지에가 말했다.

"괜찮아. 고급리조트호텔이잖아. 학생들은 올 수도 없을 거고, 또 미츠야마 선배도 있잖아."

"저 사람은 예외야. 자기를 중심으로 지구를 돌게 하는 사람이니까."

당사자인 오미츠는 당장 플로어로 진출해서 춤을 추고 있었다. 예전에 줄리아나*의 무대에 서던 단골이었던 만큼 춤 실력도 대단했다. 눈에 띄기 때문에 다른 손님들의 시선을 모으고 있었다.

서클 회원들도 여기저기서 춤을 추고 있었다. 각자 노리는 상대가 있는지 어느새 커플 같은 것도 생긴 것 같았다.

보고만 있어봐야 소용도 없어서 유키코와 지에도 춤을 췄다. 선곡은 그럭저럭 괜찮았다. 춤을 추기 시작하면 자연스럽게 기분도 좋아진다. 한참 지나자 블루스 타임이 되었다.

"으윽, 아니 아직도 블루스 타임이 있어?"

지에가 인상을 찌푸렸다.

"이보세요, 여기는 시골입니다. 도쿄가 아니잖아."

할 수 없이 벽 쪽에 있는 테이블 자리로 이동했다.

서클 회원 중의 몇몇이 블루스를 추었고, 나머지 회원들은 술로 목을 축였다.

"어머나, 저 미러볼 좀 봐. 저런 걸 보는 게 도대체 얼마 만이지?"

● 일본의 유명한 나이트클럽. 거품경제 때 돈 많은 여사원들이 즐겨 다니며 노출이 심한 복장으로 무대에서 춤을 췄기 때문에 무대가 있는 나이트클럽의 대명사가 되었다.

오미츠가 천장을 가리키며 흥분된 목소리로 말했다.

"미츠야마 선배 시절의 물건이었죠?" 하고 젊은 여자애가 말했고, 오미츠는 "어머, 그럼 내가 할머니야?" 하고 농담을 하며 볼을 불룩 내밀었다. 모두들 큰 소리로 웃었다.

유키코가 자리에서 일어났다. 일단 나이트에서 나와 복도 끝에 있는 화장실로 갔더니 옆에 있는 남자용 화장실에서 서클 남자들의 큰 목소리가 들려왔다.

"나 있잖아, 미츠야마 아줌마에게 블루스 추자는 말을 들었는데."

깜짝 놀랐다. 그 자리에 우뚝 서버렸다.

"같이 춰줘. 본인은 아직 이팔청춘인 줄 알잖아."

누군가가 놀려댔다.

"그 사람 서른여덟이라며? 저렇게 젊은 척하는 것도 보기가 좀 그렇다. 새빨간 미니스커트라니, 참아주셨으면 해."

"나는 괜찮은데. 한 번 정도는 해줄 수 있어."

"야아, 아줌마 킬러 나왔네." 웃음소리가 들렸다.

화장실에서 나오는 기색이어서 유키코는 허겁지겁 여자 화장실로 뛰어들어갔다.

순식간에 얼굴이 창백해졌다. 변기가 있는 개인실로 들어가 두근거리는 가슴을 진정시키려고 했다. 아줌마. 젊은 척. 너무나 살상력이 뛰어난 말들이다. 나에게 그런 말들이 날아오면 충격으로 한 달 동안 자리에 누워버릴 것 같다.

하지만 그 남자들을 비난하고 싶은 생각은 들지 않았다. 자기가 20대 때도 그랬다. 젊은 사람들은 항상 잔인할 정도로 솔직한 법이다.

이 일은 아무에게도 말하지 말아야겠다고 생각했다. 말할 수 있을 턱이 없었다.

그만둘 때, 라고. 지에의 말이 떠올랐다. 걸로 지내는 것을 자기도 슬슬 그만두어야 할 때가 된 것일까? 나이에 맞게 사는 편이 좋다는 것인가?

나이트로 돌아가자 다시 오미츠가 신 나게 춤을 추고 있었다. 다른 남자들에게 둘러싸여 밝게 웃는 얼굴이 흔들렸다.

유키코는 어떻게 생각해야 할지 갈피를 잡을 수 없었다. 안일하게 지금 이 감정을 말로 내놓고 싶지는 않았다. 머릿속으로 하는 말일지라도 말이다. 오미츠는 아무에게도 동정 같은 것은 바라지 않을 것이다.

그 뒤에 방으로 돌아와서 벌였던 파자마 파티에서도 오미츠는 항상 자리의 중심에 있었다. 험담을 하던 남자들도 그 자리에서는 오미츠와 함께 즐겁게 지냈다.

"정말~!" "어머, 웬일이야~!"

오미츠는 명품 브랜드의 파자마를 입고 환성을 지르고 있었다.

174

유키코는 그 분위기를 탈 수가 없었다. 푹 꺼져버린 기분은 좀처럼 나아지지 않았다. 그나마 다행인 것은 오미츠가 밑도 끝도 없이 밝다는 점이었다.

*

힘이 쑥 빠져버렸다. 아침에 거울을 바라보고 있어도 선명한 화장을 하지 않게 되었다. 옷차림도 미니스커트는 피했다. 바지 스타일로 계속 갈아입었다.

"다키가와. 요즘에 왜 그렇게 조용해졌어?" 무라타 과장이 한마디 했다. "평소에는 이 근처에 항상 화려한 원색이 있었는데 말이야." 어딘지 서운해하는 표정으로 손으로 유키코 쪽을 가리켰다.

사쿠라다백화점의 안자이 히로코에게는 환영받았다. 미묘한 대응태도로 알 수 있었다. 오미츠가 아니라 유키코 쪽을 보면서 이야기했던 것이다.

막상 오미츠는 평소나 다름없었다.

"있잖아, 무지무지 귀여운 프렌치 슬리브의 원피스를 발견했다!"

얼굴을 볼 때마다 스키장에서 남자들이 하던 말들이 떠올라서 유키코는 착잡한 심정이 되었다.

미츠야마 선배. 아무래도 무리예요. 더 이상 걸로 사는 건. 그리고 아마 유키코 자신도 마찬가지다……

그러던 중에 여고 동창회에 참석했다. 어떻게 할까 이리저리 고민하다가 처음 계획대로 여성스러운 캐주얼 스타일로 입고 갔다.

"어머~, 유키코. 오랜만이야~!"

호텔의 모임 장소에서 예전 동급생이 달려들어서 껴안았다. 곧바로 온몸을 훑어보더니 "넌 정말 그대로다. 옛날하고 바뀐데가 하나도 없어. 옷차림이나 몸매도" 하고 말했다.

"에헤헤. 우리 회사에서 '젊은 척한다'는 소리를 듣긴 하지만."

혀를 내놓으며 미리 그런 농담으로 선수를 쳤다. 보고 싶었던 얼굴들이 차례차례 나타나 포옹을 되풀이했다.

참가자들은 모두 한껏 멋을 내고 왔다. 명품 브랜드의 정장차림도 있었고, 아가씨처럼 원피스를 입은 사람도 있었다. 몸매도 다들 나름대로 괜찮게 유지하고 있었다. 여기 있는 사람들이 모두 서른두 살의 어른이라니 선뜻 믿어지지가 않았다.

자기가 10대였을 때는 서른두 살이면 완전히 아줌마였다. 사실, 그 시절의 서른두 살들은 훨씬 더 제대로 나이를 먹고 있었다. 아주 자연스럽게 인생의 계단을 올라가고 있었다. 사회가 풍요로워져서 청춘이 길게 늘어난 것이다.

하기야 혼기나 출산연령이 옛날로 돌아갔다가는 도쿄에 있는 레스토랑의 반 이상은 문을 닫아야 할 것이다. 의류와 여행업계도 엄청난 타격을 입을 것이고, 일본경제 전체가 푹석 가라앉아버릴지도 모른다.

거봐. 난 잘못한 게 하나도 없어. 우리 같은 사람들을 만든 건 이 나라니까.

동창회는 눈에 띌 정도로 확연하게 두 그룹으로 나뉘었다. 전업주부팀과 기혼·독신을 막론한 직장인팀. 처음에는 두 그룹 사이를 오가는 대화도 있었지만 아이 이야기가 시작될 즈음부터는 각각 다른 원을 그리며 이야기하게 되었다.

유키코가 있는 쪽은 육아에 대한 이야기를 들어봐야 알아들을 수도 없고, 주부팀은 회사 이야기를 꺼내봐야 대답하기가 곤란할 뿐이다.

"유키코, 설마 결혼할 예정이 있는 건 아니겠지?"

옛날에 같이 놀던 친구가 반 농담으로 목을 조르는 시늉을 하며 달려들었다.

"없어, 없어." 웃으며 손을 내저었다.

"다행이다~. 다음에 맛있는 것 먹으러 같이 가자."

동료를 만나서 마음이 든든해졌다. 내일이 되면 다시 각자의 현실로 돌아가야 하겠지만, 오늘만큼은 모두들 10대가 되어서 놀았다.

점심 모임이었기 때문에 2차는 호텔 라운지에서 차를 마시며 떠들었고, 저녁에 전철로 집에 돌아갔다. 환승역 플랫폼에 서자 조금 전까지 동창회에 같이 있던 예전의 반장이 있었다. 주부팀이었기 때문에 별다른 이야기는 나누지 못했다. 고등학교 때도 노는 그룹이 달라서 별로 친하지 않았다. 하지만 무시하는 것도 실례일 것 같아 말을 걸었다.

"집이 이쪽인가 보지?"

"그래. 도쿄의 반대쪽 끝이지만." 반장이 큼지막하게 웃어 보였다. "개인주택을 산 거니까 할 수 없지 뭐. 긴자니 신주쿠 같은 데 한번 나가려면 얼마나 먼지 모른다니까."

"대단하다. 열심히 살고 있구나. 난 아직도 노는 데 정신이 빠져 있는데."

유키코는 어깨를 으쓱해 보이며 자조하듯이 웃었다.

"광고대리점에서 일한다며? 외국에도 자주 나가?"

"응, 1년에 두 번 정도는 나갈 거야. 물론 일하러 가는 거지만."

"좋겠다. 난 결혼해서 곧바로 애를 낳는 바람에 외국은 신혼여행 때 간 하와이가 마지막이었는데."

"흐응, 그랬구나."

"아~아." 반장이 한숨을 쉬더니 하늘을 올려다보았다. "내

일부터 한동안 우울하게 지낼 것 같아." 불쑥 말했다.

유키코는 뜻밖의 말을 듣고 놀랐다. 옆얼굴을 보았다. 쓸쓸한 눈을 하고 있었다.

"왜?"

"그야 너희는 열심히 일하고 있잖아. 사회생활도 활발하게 하고, 남자들하고도 대등하게 일하고……. 나 같은 사람들은 좁은 지역에서 집안일 하고 애 보는 데 시간을 다 보내는데. 내가 너무 초라해 보이잖아."

"그게 무슨 소리야. 그게 바로 행복한 생활이잖아."

그렇게 대답하면서 허를 찔린 듯한 느낌이 들었다. 이쪽은 이쪽대로 결혼한 친구에 비해서 뒤처진 것 같은 느낌을 받고 있었다. 안정된 생활을 하는 그 사람들이 좋아 보였다.

"그런가?"

"그럼. 당연하지."

"하지만 너희는 나이보다 훨씬 젊어 보이잖아."

"다 화장발이야."

한동안 침묵이 흐른 후 서로 타고 갈 전철이 온다는 신호가 들어와서 헤어질 때가 되었다. "잘 가. 몇 년 후에 또 보자." 반장이 손을 작게 흔들었다.

"있잖아. 우리도 우울하긴 마찬가지야." 유키코가 말했다. "언제까지 이런 생활을 계속해도 괜찮은 건지 모르고, 자유롭다고 해봐야 불편한 일들만 잔뜩 있고."

말이 저절로 입에서 나와버렸다. "사실, 영원히 젊을 수 있는 것도 아니잖아. 초조하고 불안한 건 오히려 우리 쪽이야."

"정말 그래?"

"그럼. 아마 다들 불안해하고 있을 거고, 인생의 반은 우울하게 되어 있는 걸 거야. 결혼을 했건 안 했건, 아이가 있건 없건 마찬가지야."

"그래. 고마워."

반장이 미소를 지으며 고개를 끄덕였다.

"고맙다는 말은 내가 해야지."

전철이 플랫폼으로 들어와 승객들을 내뱉었다. 인파에 밀려서 서로 따로따로 헤어지게 되었다.

"또 보자." 손을 흔들어 잘 가라는 인사를 했다.

유키코는 전철에 올라탔다. 인생의 반은 우울하다, 라고. 입속으로 혼잣말을 했다.

여자는 참 살기 힘들다고 생각했다. 어떤 길을 선택해도 다른 길이 있지 않았을까 하는 생각을 하게 되니까.

사쿠라다백화점의 이벤트 개최일이 되었다. 사전에 홍보가 잘되었는지, 준비한 좌석은 모두 퇴근길에 들른 것으로 보이는 회사원들과 젊은 미시족들로 가득 찼다. 케이블방송국이기는 했지만 TV취재진도 왔다. 음향이나 조명을 담당하는 외부 스태프들이 자기 위치에 자리 잡고 앉아 이제 시작할 시간만 기다리고 있었다.

"아이~, 나까지 괜히 두근거린다."

옆에서 오미츠가 소녀처럼 두 손으로 뺨을 감싸며 말했다. 이런 사람이 일을 잘하는 걸 보면 참 세상일은 알 수 없다는 생각이 들었다.

안자이 히로코는 평소대로 정장 차림이었지만 세련된 스카프를 두르고 있었다. 게다가 안경을 끼고 있지 않았다. 렌즈를 낀 모양이었다. 행사용 차림새로 보였다.

"안자이 씨, 안경을 안 끼니까 훨씬 예뻐 보이네요." 오미츠가 칭찬하자 그냥 인사로 하는 말이라고 생각했는지 "그래요?" 하고 쓴웃음을 지으며 대답했다. 공치사가 아니었는데도 태도가 영 마음에 들지 않았다.

연출을 담당하는 오미츠가 큐 사인을 내서 우선은 토크쇼가 시작되었다. 주최측 요청에 따라 TV에 나오는 연예인을 끼웠기 때문에 무대 위는 상당히 화려했다. 프로답게 관중을 웃기는 기술이 뛰어나 객석에서 가끔씩 큰 웃음소리가 났다.

그 사이에 유키코와 안자이 히로코는 대기실로 쓰고 있는 회의실에 들어가 후반부에 있을 패션쇼 준비를 시작했다.

벽에는 거울들이 죽 늘어서 있었고, 그 앞에서 미용담당자들이 일반인 모델들 메이크업을 부지런히 하고 있었다. 다들 외모는 그만그만한 수준으로 눈에 띄는 미인은 없었다.

"어떻습니까?" 귓가에서 안자이 히로코가 물었다.

"아마추어가 나오는 쇼니까 이 정도 수준이면 호응을 얻을 수 있겠네요." 유키코가 작은 목소리로 대답했다.

"그렇겠죠?"

안자이 히로코는 안심이 되는 모양이었다.

스타일리스트 사이에서 의상을 확인했다. 모든 의상은 사쿠라다백화점에 들어와 있는 여성복 브랜드이기 때문에 불공평하게 내놓을 수가 없었다. 못마땅해하는 스타일리스트를 설득해서 벨트니 액세서리 등을 바꾸기도 했다.

그렇게 어느 정도 준비가 갖춰졌을 무렵, 담당부장이 나타났다.

"안자이 씨. 미안해서 어쩌지? 우리 조카딸이 못 오게 되었는데. 아까 휴대전화로 연락이 왔는데 회사 야근을 빠질 수가 없다나 봐."

미안해하는 표정으로 두 손을 모아 비는 시늉을 했다.

"어머. 그럼 어쩌죠? 그럼 자리가 한 사람 비게 되는데." 안자이 히로코의 안색이 바뀌었다.

보아하니 예정된 모델 중의 하나가 부장의 조카딸인데, 근무하는 회사에서 빠져나올 수가 없었던 모양이다.

"한 사람 정도 빠져도 할 수 있잖아" 하고 부장이 말했다.

"그건 안 됩니다. 마지막에는 출연자 전원이 무대 위에 오르기 때문에 브랜드수와 맞지 않게 돼버려요. 판매부가 가만히 있지 않을 거라고요."

안자이 히로코가 의연한 태도로 반박했다.

"그럼 사내에서 찾아봐야겠네. 시간이 비는 여사원이라도."

"저어." 유키코가 끼어들었다. "리허설도 이미 다했기 때문에 진행상황을 전혀 모르는 사람은 좀 곤란할 것 같은데요……."

"그래, 그럼 그건 안 되겠네." 부장이 팔짱을 끼면서 말했다. "그럼, 안자이 씨, 자네가 하지 그래."

가벼운 말투로 말했다.

"네에~? 어떻게 제가 그걸 합니까?"

안자이 히로코가 얼빠진 목소리로 소리를 질렀다.

"그럼 다키가와 씨가 하지."

"저는 안 됩니다. 무대 뒤에서 할 일이 있어요."

유키코가 고개를 가로저었다. 솔직히 하고 싶은 마음도 들었지만.

그때 오미츠가 얼굴을 내밀었다. "여러분, 준비 잘돼가요? 토크쇼가 조금 있으면 끝나는데."

"아니 미츠야마 씨, 사실은 말이지……." 부장이 오미츠에게 설명했다. "그렇게 되면 대역은 우리 쪽의 안자이가 하든지,

그쪽의 다키가와 씨가 하든지……."

유키코는 오미츠를 바라보았다. 불안한 예감이 들었다. 제발 부탁이에요, 내가 하겠다고 나서지는 말아주세요. 만일 그렇게 되면 연출은 누가 합니까…….

"그럼 안자이 씨밖에 없겠네요!"

오미츠가 흥분한 사람처럼 큰 소리로 말해서 유키코는 가슴을 쓸어내렸다. 다행이다. 최소한의 이성은 있는 모양이다.

"싫어요. 전 절대 못 해요." 안자이 히로코가 허풍스럽게 손을 좌우로 내저었다. "갑자기 그런 걸 제가 어떻게 하겠어요?"

"왜 못 해요? 다들 아마추어인데."

"아니, 못 한다니까요."

"할 수 있다니까요. 리허설도 다 보셨잖아요."

"아무리 그래도……."

오미츠와 안자이 히로코가 옥신각신하고 있었다.

"으음, 난처하게 되었네." 부장이 낮은 소리로 신음을 했다. "이건 내 책임이 되는데……."

"그럼 책임지고 업무명령을 내려주셔야죠~."

오미츠가 달콤한 목소리로 말했다.

"업무명령?"

"그래요. 안자이 씨에게 명령해주세요."

오미츠가 호스티스처럼 부장을 한껏 부추겼다.

184

"이럴 때는 부장님이 멋있게 딱 결정을 해주셔야 하는 거라고요. 이 위급 상황을 해결할 수 있는 사람은 자네밖에 없네, 하면서 말이에요……."

"어어, 그래, 그렇지." 부장이 눈을 반짝였다.

"그럼, 명령이야. 안자이 씨, 자네가 모델을 해." 입을 헤벌쭉 벌리며 말했다.

"아이, 부장님. 저 좀 살려주세요."

안자이 히로코가 얼굴을 찌푸리면서 뒷걸음질을 쳤다. 하지만 볼이 발갛게 달아올랐고 눈도 화를 내고 있지 않았다.

그것을 보고 유키코는 직감했다. 안자이가 진심으로 싫어하는 것이 아님을.

그야 당연하다. 모델은 여자들이 한 번쯤 꿈꾸는 일이니까…….

그 순간 기분이 좋아졌다.

"안자이 씨, 제발 부탁드려요~."

유키코는 오미츠를 흉내 내며 달콤한 목소리로 간절하게 애원했다. "지금 너무 긴급한 상황이잖아요~."

"아이, 그래도 어떻게……."

"안자이 씨. 사람이 나설 때는 나설 줄도 알아야지."

부장이 능글거리면서 뒷받침을 해주었다.

"자자, 그럼 여기 앉으세요."

오미츠가 안자이 히로코의 팔을 잡아끌어서 억지로 거울 앞에 앉혔다.

"여기 메이크업 부탁해요~!"

"아니, 정말 왜 이래요~?" 안자이 히로코의 말투가 바뀌었다. 딱딱한 말투가 사라졌다.

"안자이 씨에게는 좀 가벼운 보브 스타일이 잘 어울릴 것 같은데. 머리 위쪽은 안으로 웨이브를 줘서 최대한 볼륨감을 살리고, 아래쪽은 살짝 바깥을 보게 하면 예쁠 거예요."

오미츠가 고대기를 준비해서 직접 세팅을 시작했다. 이제 완전히 오미츠에게 주도권이 넘어가버렸다.

"어휴, 정말 어떡해."

안자이 히로코는 싫다는 듯이 말했지만 저항은 전혀 하지 않았다.

미용담당자가 동시에 메이크업을 시작했다. 속눈썹을 컬하고 약간 짙은 색의 아이섀도를 발랐다.

"이건 화장이 너무 짙은데……."

"아니요, 아주 잘 어울려요. 그렇지, 다키가와 씨?" 오미츠가 유키코의 동의를 구하자 유키코는 "네, 정말 예뻐요" 하며 고개를 크게 끄덕였다.

"아이, 난 몰라. 창피해서 어떡해."

안자이 히로코는 이러쿵저러쿵 말하면서도 변신해가는 자

신의 얼굴을 넋이 빠진 듯 바라보고 있었다. 살짝 얼굴을 돌려서 옆쪽을 확인하기도 했다.

그것은 안자이 히로코가 처음으로 보인 '걸'의 얼굴이었다. 유키코는 공연히 기분이 좋아졌다. 괜히 딱딱한 척하더니, 사실 속마음은 자기도 '걸'로 있고 싶은 거였잖아.

안자이 히로코의 헤어와 메이크업을 서둘러 끝마치자 이번에는 의상을 맞춰볼 차례였다. 멍청하게 서 있던 부장을 바깥으로 내쫓아버리고 오미츠가 옷을 대보았다. 첫 번째는 무릎 위로 20센티나 올라오는 마이크로 미니스커트였다.

"이걸 입으라고요?"

안자이 히로코의 눈이 휘둥그레졌다.

"있잖아요, 미니는 과감하게 입는 거예요. 안자이 씨는 다리가 길고 늘씬하니까 틀림없이 어울릴 거예요. 허리를 쭉 펴고 과감하게 성큼성큼 걸어야 해요."

이때만큼은 진지한 표정으로 말했다. 안자이 히로코는 고개를 끄덕거리고 있었다. 오미츠에게 전적으로 맡겨버린 모양이었다.

"그리고 괜히 쑥스러워하면 안 돼요. 포즈를 취할 때는 대중을 내려다보는 것처럼 약간 거만하게 해야지 멋져요."

오미츠가 시범을 보이자 안자이 히로코가 흉내를 냈다. 이제는 안자이 히로코도 마음을 굳힌 모양이었다.

"너무 잘 어울린다. 어쩜 이렇게 잘 어울리지?"

오미츠의 밝은 목소리가 대기실 안에 울렸다. 유키코도 어울린다고 생각했다. 옷과 화장으로 얼마든지 자유롭게 변할 수 있다. 이러니까 여자 노릇을 할 맛이 난다니까.

"그럼, 나머지는 잘 부탁해요~."

오미츠가 행사장으로 다시 뛰어서 돌아갔다. 폭풍이 지나간 것처럼 대기실이 다시 조용해졌고, 잠시 후에 여기저기서 키득거리는 웃음소리가 들렸다.

"미츠야마 씨는 정말 재미있는 분이네요."

안자이 히로코가 쑥스러워하며 말했다. 이제 더 이상 딱딱한 여자가 아니었다. 완전히 마음을 열어놓은 모양이었다.

"저희 회사에는 저런 사람이 많아요." 유키코가 입을 뾰족하게 내밀어 보였다. "평생토록 '걸'로 지내는 타입이 많거든요."

둘이서 웃었다. 마음을 열고 웃는 안자이 히로코는 정말 예뻐 보였다.

평생 '걸'. 아마 자기도 그 길을 가게 되겠구나 하고 유키코는 생각했다. 앞으로 결혼을 해도, 그리고 아이를 낳아도. 그렇게 살건 말건 내 마음이다. 누구에게 피해를 주는 것도 아닌데 뭐.

쇼는 대성공이었다. 아마추어 모델들은 발랄하게 대회장을 걸어다니면서 아름다운 자신을 보여주었다. 참가자들의 친구와 가족들이 객석에 앉아 아는 얼굴이 등장할 때마다 박수와 성원을 보냈다.

안자이 히로코도 성대한 갈채를 받았다. 소문을 들은 동료들이 놀라워하며 일을 내팽개치고 그녀를 보러 왔던 것이다.

"얼굴이 뜨거워서 불이 날 것 같아요. 내일부터 어떻게 출근하지?"

안자이 히로코는 대기실에서 얼굴을 새빨갛게 물들이며 말했다.

"괜찮아요. 전에 신디 로퍼도 그런 노래를 불렀잖아요. 〈Girl just wanna have fun〉이라고."

유키코가 웃으며 말했다. 진짜로 그렇게 생각했기 때문이다. 여자는 남자의 눈 같은 건 신경 쓰지 않는다. 자기가 즐거워지려고 멋을 부리는 것이다. 젊게 있고 싶은 것이다.

"정말 즐거웠어요. 고맙습니다."

안자이 히로코가 그렇게 말하며 고개를 숙이자 유키코는 코끝이 찡해졌다.

여자끼리는 서로를 알아줄 수 있다. 개인적인 취향이 다소 다를 뿐이지 좋아하는 것은 똑같기 때문이다.

쇼가 끝나자 전원이 모여 기념촬영을 했다. 긴장이 풀려서인지 모델을 했던 사람들 중의 몇 명이 울음을 터뜨렸고, 유키코도 따라서 눈시울을 붉혔다.

"우리, 뒤풀이는 나이트로 가지 않을래요?"

오미츠가 제안했다.

"찬성~!"

모두가 손을 들었다. 그중에는 안자이 히로코도 섞여 있었다.

기분이 더 좋아졌다. 자기 인생에 대해 누군가가 '잘 살고 있잖아' 하고 칭찬해주는 것 같은 기분이었다.

"예~이!" "휘익!"

나이트에서 오미츠는 신이 났다.

위아래로 곱슬거리는 파마머리가 사람들 한가운데서 흔들리고 있었다. 유키코도 그 근처로 다가가서 춤을 췄다. 얼굴을 마주 보며 웃었다.

정말 멋지다, 오미츠. 이 사람을 따라가자 하고 지금까지 생각했던 적은 없지만, 오미츠가 있다는 사실은 큰 위로와 격려가 된다. 직장의 활력소다.

여자는 즐거워야지. 마음속으로 혼자 속삭였다.

아파트

친구 메구미가 아파트를 샀다. 벌써 계약을 마치고 이제 건물이 완성되어서 입주하는 날만 기다리면 된다고 한다.

이시하라 유카리는 그 이야기를 듣고 충격을 받았다. 금시초문이었기 때문이다.

"미안, 미안."

대학 때부터 16년이나 사귀어 온 메구미는 퇴근길에 카페에 마주 앉아 아저씨처럼 한 손을 앞뒤로 흔들면서 말했다.

"갑자기 결정된 일이었어. 회사 선배가 좋은 물건이 있다고 해서 모델하우스를 봤는데 보자마자 뿅 가는 바람에⋯⋯."

"아무리 그래도 그렇지, 나에게 한마디쯤 해줄 수도 있었잖아⋯⋯."

유카리가 입을 삐죽거렸다. 자기에게 보고할 의무는 없지만 왠지 배신당한 기분이 들었다. 메구미는 전에 아파트 같은 건살 생각이 없다고 했었다.

"얼마나 끝내주는데. 12층 아파트의 10층인데 남서향이고 끝집이야. 이런 조건이 아니었으면 사지도 않았을 거라고 생각해. 남쪽이 제1종 주택지역이어서 주변에 높은 건물이 없거든. 신주쿠 부도심을 한눈에 바라볼 수 있어서 무슨 전망대에 온 것 같단 말이야."

"정말?"

자기도 모르게 이야기에 빨려 들어갔다. 신주쿠 부도심의 고층빌딩들이 보인다니 정말 부러운 일 아닌가.

"사실 내 연봉을 생각하면 좀 무리를 한 셈이지만 다른 데서 줄이면 그럭저럭 어떻게 될 것 같고……. 아참, 그래서 말인데 연말에 가기로 한 이탈리아 여행, 난 못 갈 것 같아."

"뭐~?" 유카리가 항의하듯 목소리를 높였다.

"지난주에 헬멧을 쓰고 공사중인 우리 집에 가봤거든. 여기가 내 집이 된다고 생각하니까 이상하게 흥분이 되더라. 아저씨들이 자기 집을 지어놓고 감회에 빠져드는 게 좀 이해가 되더라니까."

메구미가 눈을 가늘게 뜨면서 이야기를 계속했다.

"아직 완성하기 전이니까 내부구조도 주문을 할 수 있다고 해서 난 다다미방으로 예정되었던 방을 드레싱룸으로 해달라고 했어. 어차피 혼자 사는 거니까 내 일상생활이 우선시되는 편이 좋을 것 같아서."

"그래" 하고 대답하면서 이유 모를 쓸쓸함이 울컥 치밀었다. 뭐라고 설명할 수는 없었다. 그러고 싶은 마음도 없었지만.

"솔직히 말하면 부모님은 못마땅해하시지만 말이야. 결혼은 도대체 어떻게 할 생각이냐면서 아버지는 아주 못마땅한 얼굴을 하시더라고. 하지만 특별히 결혼할 예정이 있는 것도 아닌데 어떡해. 불확실한 미래에 대비하는 것보다 지금 이 현실에서 열심히 사는 게 바람직하다고 봐."

"메구미, 넌 참 당차다."

자기도 모르게 한숨이 흘러나왔다.

"회사 선배가 한 말을 그대로 흉내 낸 거지만."

메구미가 하얀 이를 보이며 웃었다.

"같은 과에 나보다 세 살 많은 이혼녀 주임이 있는데 되게 밝고 긍정적으로 살거든. 그래서 나도 보고 배워야겠다 싶어서……."

"넌 좋겠다, 백화점에 있어서. 우리 회사에는 선배라고 해봐야 하나같이 아저씨들인데."

유카리는 손으로 턱을 괴면서 중얼거렸다. 메구미는 큰 백화점에서 행사담당으로 일하고 있다. 유카리는 유명한 생명보험회사의 홍보과에 근무한다. 둘 다 올해 입사 12년째다. 올

가을에 둘이 함께 서른네 살이 되었다.

"그래도 도장을 찍을 때는 심장이 두근두근하더라. 이제는 빼도 박도 못하겠구나 싶어서……."

아파트에 대한 메구미의 이야기는 끝도 없이 이어졌다. 카페에서 떠드는 것만으로는 모자라서 장소를 이탈리안 레스토랑으로 옮긴 뒤로도 계속 듣게 되었다. 유카리가 그렇게 하자고 조르기도 했다. 아파트를 구입하기까지 있었던 일들이 무슨 모험담처럼 재미있었던 것이다.

메구미는 활기가 넘쳤다. 그렇게 생각해서인지 평소보다 더 예뻐 보였다.

집으로 돌아와 혼자가 되자 마음에 그림자가 드리워졌다. 스물다섯 살부터 혼자 살기 시작해서 이제 슬슬 10년이 되어 간다. 지금 사는 아파트는 빌린 것이고 월세는 16만 엔이다.

비싼 월세를 내는 게 아깝다고 생각하면서도 자기 아파트를 살 엄두를 못 내고 지냈다. 솔직히 말하자면 그런 생각은 아예 하지 않으려고 해왔다. 별로 생각하고 싶지 않았던 것이다.

창문을 열고 베란다로 나갔다. 4층에서 보이는 풍경은 아주 평범해서 조용한 주택가라는 점만 빼면 별 볼 일 없었다. 난간에 매달아놓은 화분에 물을 주었다. 너무 삭막한 것 같아 작은 포인트라도 주려고 거기에 매달아놓은 화분이었다. 본격적인 베란다 꾸미기를 피하고 있는 이유는 마음속 어딘가에 여기는 '임시거처'라는 생각이 있기 때문일 것이다.

아파트라고. 유카리는 깊은 한숨을 쉬었다. 갖고는 싶지만 사고 싶지는 않았다. 이런 감정에 깊이 파고들 생각은 없었다.

한동안 야경을 바라보고 있었다. 하루에 딱 다섯 개비라고 정해놓은 담배를 피웠다. 건물과 건물 사이로 보이는 도심의 고층빌딩 몇몇이 그나마 마음을 조금 달래주었다.

"좋은 아침이에요~!"

유카리가 아침 인사를 하자 그 소리에 맞춘 것처럼 업무시작 차임벨이 품위 있게 울렸다.

"이시하라 씨, 여전히 기가 막힌 솜씨네요."

동료인 사쿠라이가 감탄했다는 듯이 말끝을 길게 끌며 인사했다. 유카리는 언제나 오전 9시에 딱 맞춰 출근한다. 전철역에서 보통 속도로 걸으면 시계를 보고 맞춘 것처럼 9시 정각에 회사에 딱 도착하게 하는 전철이 있기 때문이다.

총무부 홍보과 남자들은 모두 출근 시간 30분 전에는 온다. 그것은 부장이 출근 시간 40분 전부터 자기 책상에서 경제신문을 펼쳐들고 읽기 때문이다.

아르바이트 여사원이 타준 커피를 마시며 컴퓨터 스위치를 켰다. 사내 메일을 열어보면서 야마다 과장이 전하는 전달사항을 들었다.

"오늘은 기획부에서 신상품 개요가 올라올 테니까 담당자는 매체 홍보 내용에 대해 현장 사람들하고 맞춰두도록. 그리고 오후에 덴츠*하고 간담회가 있으니까 사쿠라이가 참석하도록. 닛케이신문에서 들어온 취재 건은……. 이봐 이시하라, 듣고 있는 거야?"

"듣고 있어요."

유카리는 마우스에 손을 얹은 채 버릇없이 대답했다. 마흔세 살인 야마다는 부드러운 성격이어서 여태까지 언성을 높인 적이 한 번도 없었다.

"스케줄 조정을 자네에게 맡겨도 될까?"

"괜찮은데요, 지난번처럼 그때 가서 갑자기 취소되고 하는 일이 또 생기면 상대가 비서실이라고 해도 한마디 할 거예요."

"그렇게 까다롭게 굴지 말자고." 야마다가 구슬리는 말투로 말했다. "양쪽 다 트러블 없이 원만하게 일을 성사시키는 게 우리 홍보과가 할 일이잖아."

유카리는 말없이 어깨를 으쓱했다. 반론하려면 얼마든지 할 수 있었지만 시간 낭비니까 그냥 두기로 했다.

"그런데 과장님. 지난번 도아경제신문에 나온 기사에 대해

● 유명한 광고회사.

서 비서실에서 클레임이 들어왔는데요."

사쿠라이가 말했다.

"내용이 마음에 들지 않는대? 아니면 잘못된 점이 있었대?" 야마다의 표정이 흐려졌다.

"전무님 사진이 너무 늙어 보여서 단단히 화가 나셨다나 봐요. 홍보과에서 사진 제대로 확인은 하고 보낸 거냐고……."

"골치 아프네. 뭐라고 해야지?"

"그런 건 무시해야죠. 개인 홍보용 기사도 아닌데 다 늙은 얼굴에 검버섯이 좀 눈에 띈다고 일일이 난리치기는……."

유카리가 한마디 끼어들었다. 홍보과는 항상 사내에서 들어오는 온갖 억지를 다 들어줘야 한다.

"어이구, 이시하라. 말조심해야지."

야마다가 목소리를 낮추며 말했다.

"어떻게 한다? 부장님에게 사과해달라고 부탁할까?"

"그랬다가는 버릇 돼요" 하고 또 유카리가 참견했다.

"자네는 좀 가만있어."

남자들이 대책을 강구하고 있었다. 유카리는 회의를 무시하고 사내 메일에 답장을 썼다. 여사원들끼리 주고받는 시시껄렁한 잡담메일이었다.

총무부 홍보과에 온 지 반년이 되었다. 영업, 관리를 거쳐 세 번째로 배치된 부서다. 처음에는 매스컴을 알게 되겠다 싶어 좋아했는데 실제로 하는 일은 재미없고 시시한 것들뿐이었다. 신문기자도 경제지의 아저씨 기자들밖에 오지 않는다.

그리고 시시하기로는 홍보과 남자 사원들도 마찬가지다. 부드러운 태도가 필요한 부서라고는 하지만 하나같이 얌생이들밖에 없다. 아주 전형적인 무사안일주의에 빠져서 '전례'와 '관습'에 지배되어 살고 있다. 도대체가 명색이 홍보과면서 사외보다 사내를 위해 일을 하고 있다는 점 자체가 납득이 되지 않는다. 다른 부서의 눈치만 살피고 지낸다.

"앞으로 임원들 취재를 할 때는 아예 분장사를 붙이지 그래요?"

유카리가 농담 삼아 말했더니 야마다가 자세하게 물어보기 시작했다. 마음속으로 '정말 왜 이러나, 정신 좀 차리지' 하고 한마디 했다. 이런 남자들만 있는 곳이라 유카리는 직장에서 자기 마음대로 행동하고 있다. 남들이 뒤에서 '나홀로 강경파' '홍보과의 이시하라 도지사'라고 부를 정도다. 꽃다운 여성에게 그게 무슨 소리야?

업무가 시작되자 각자 자기 자리로 향했다. 유카리는 문득 옆자리에 있는 사쿠라이에게 물어보았다. 사쿠라이는 유카리와 나이는 같지만 입사연도는 한 해 늦었고, 부인과 두 아이가 있다.

200

"한 번도 물어본 적이 없는데, 사쿠라이 씨는 아파트에 살아?"

"아니, 일반주택인데."

"샀어?"

"응. 2년 전에. 아이들은 금세 클 테니까 아파트를 거치지 않고 아예 처음부터 일반주택을 사는 편이 더 효율적일 것 같아서."

"와, 대단하네. 그럼 나이 서른둘에 벌써 자기 집 주인이 된 거네."

"뭐가 그리 거창해. 그래 봐야 도심에서 한참 나가야되는 시골이고, 50평이 될까 말까 한 분양주택인데."

사쿠라이가 귀엽게 쑥스러워했다.

"자금 마련은 어떻게 했어?"

유카리는 의자 방향을 바꿔서 몸을 내밀면서 물었다.

"무슨 일 있어? 왜 갑자기 그렇게 진지하게 묻는데?"

"그건 알 것 없고. 빨리 얘기해봐. 계약금이라든지 대출금 상환은 어느 정돈지."

사쿠라이가 아랫입술을 비쭉 내밀면서 어깨를 으쓱했다. 사쿠라이가 말해준 내용은 30대 회사원으로서 아주 상식적이라고 할 수 있는 숫자들이었다. 물론 유카리가 다니는 회사가 큰 생명보험사인 만큼 평균보다는 훨씬 월급이 센 편이었지만.

"독신자 기숙사에서 사택으로 옮겨다닌 사람들은 다들 이 정도 수준일 거야. 사내예금 10년이면 1천만 엔 정도는 보통 모이니까."

"좋겠다, 남자들은."

유카리가 코끝을 찡그리면서 말했다.

"그쪽은 주택수당이 나오잖아. 거기다 이시하라 씨, 기숙사니 사택이니 그 환경을 견딜 수 있겠어?"

"죽어도 싫어."

곧바로 대답하자 사쿠라이가 거 보라는 듯이 웃었다. 유카리가 보면 사택에 사는 부인들은 외계인들이다.

"그나저나 그런 건 왜 물어보는데?"

"응? 그냥……."

유카리는 의자에 기대서 머리카락을 휙 젖혔다.

"내가 사는 아파트 계약을 슬슬 갱신할 때가 되었는데, 그냥 확 사버리는 편이 낫지 않을까 싶어서."

계약 갱신 어쩌구는 거짓말이었다.

"월세가 얼마야?"

"16만 엔."

"어휴. 너무 세다. 그 돈은 그냥 버리는 거잖아."

"그건 견해 차이지. 빌려서 사는 편이 더 합리적이라고 하는 사람도 있어."

"하지만 그건 이 세상이 그냥 잠시 있다 가는 곳이라고 믿는 사람들이나 할 수 있는 말이잖아. 기독교적인 발상이야. 일본 사람들은 평생 발붙이고 살 집을 마련해야 마음에 안정을 찾을 수 있는 민족이잖아."

"어머, 그럼 난 서구적이라는 소리네. 농경민족인 것 같지는 않으니까."

유카리가 허세를 부렸다. 하지만 마음이 안정된다는 설에는 납득이 갔다. 메구미를 보면서 초조감을 느낀 까닭은 친구가 당당해 보였기 때문이다. 추월당해서 혼자 남겨진 느낌이었다.

유카리는 새삼 사무실 안을 둘러보았다. 남자들 대부분은 가족이 있고, 다들 집을 가지고 있다. 혼자 살고 있는 20대는 기숙사에 있고, 파견근무로 일하는 여사원은 부모님과 함께 산다. 옆 과에 2년 선배인 독신 여사원이 있는데 어떻게 사는지 물어본 적은 없었다.

다들 어떻게 살지? 동기 중에 4년제 대학 출신 여사원이 열 명 있었는데 결혼, 출산, 전직 등으로 모두 뿔뿔이 흩어졌다. 거품경제 붕괴 직후라 인사부장이 "끈기 있어 보이는 사람을 채용했다"고 한 말을 지금도 기억한다.

난 끈기가 없는데……. 유카리는 한숨을 쉬었다. 입사한 지 12년이나 지났는데 아직도 '언제든 때려치우면 그만이지' 하는 거친 마음이 있었다.

"저기, 이시하라 선배. 비서실에서 예비 취재일정이 왔는데요."

후배가 서류를 들고 와서 말했다. 그것을 보았더니 시간이 분 단위로 기재되어 있었고, 답변하는 날까지 지정되어 있었다. 보나 마나 그 호시노 가오리인지 뭔지 하는 잘난 척하는 유학파 여자일 것이다.

"잘났어, 정말." 유카리가 얼굴을 찌푸렸다.

"원만하게 부탁해요, 응?" 하고 사쿠라이가 말했다.

당신들이 그렇게 술렁술렁하니까 그쪽에서 우리를 물로 보는 거잖아⋯⋯. 목구멍까지 치밀어올랐던 말을 그냥 삼켰다. 홍보과는 물렁한 사람들의 집합소다.

그날 퇴근길에 유카리는 대형서점에 들렀다. 아파트 구입에 관한 책을 찾아보기 위해서다. 일단은 정보수집부터 해보기로 했다. 영 내키지 않으면 이대로 있으면 된다. 초조해할 이유는 하나도 없다.

부동산 관련 서적 코너로 가보고는 깜짝 놀랐다. 핑크색으로 칠해서 눈에 띄는 선반이 있었는데 거기 있는 책들이 모조리 여성을 위한 아파트 구입 지침서였다.

뭐야, 이거? 마음속으로 외치고 있었다. 세상이 이렇게 돌아가고 있었단 말인가? 자기만 못 본 척하고 있었을 뿐이지 다들 아파트 구입을 진지하게 생각하고 있었던 것이다.

위에 쌓여 있는 책들 중에서 한 권 집어들고 목차를 펼쳐보았다. 제1장 제목이 눈에 확 들어왔다.

'결혼과 아파트 구입은 별개 문제입니다.'

이크. 유카리는 혼자 눈살을 찌푸렸다. 제일 마음에 걸렸던 점을 제일 먼저 찌르다니……. 편집자에게 후한 점수를 주고 싶었다.

여자들이 부동산을 구입한다고 하면 '평생 독신'이라는 이미지가 따라다닌다. 유카리도 그렇게 생각되는 것이 싫어서 자기도 모르게 이 문제를 회피하고 있었던 것이다.

망설임 없이 곧바로 계산대로 갔다. 이 책은 자기를 위한 것이라고 느꼈다.

*

이튿날 회사에 출근해서 먼저 사쿠라이에게 말을 꺼냈다.

"사실은 말이야, 아무래도 아파트를 살까 하고 생각하는데, 혹시 어디 괜찮은 부동산 회사 아는 데 없어?"

사쿠라이가 감탄했다는 표정을 지었다.

"드디어 이시하라 씨도 사는군."

그러더니 씨익 웃었다.

"드디어라니 그게 무슨 뜻이야?"

"아니, 사실 이시하라 씨는, 뭐랄까, 어느 날 휙 하니 회사에서 사라져버릴 것 같은, 그런 이미지였거든."

"사라져버려?"

"자기 회사를 만든다든지, 해외로 유학 간다든지, 아무튼 혼자 인생을 개척하면서 살 것 같은 느낌 있잖아."

"그래."

입을 뾰족 내밀었다. 그런 소리를 들으니 싫지는 않았다. 물론 그렇게 귀찮고 골치 아픈 짓을 할 야심 같은 건 없지만.

"그럼 우리 다 같이 이 회사에 뼈를 묻읍시다."

사쿠라이가 반가운 표정으로 말했다.

그렇구나. 남자들은 가정을 가지고, 집을 사고, 융자금을 짊어지는 것으로 서로 유대감을 가지게 되는 거구나. 회사에 묶인 몸이 되어야 온전한 회사 사람으로 보이는 거구나.

지난밤에 아파트 구입에 대한 지침서를 단숨에 읽었다. 오랜만에 도움이 되는 책을 읽었다는 생각이 들었다. 내용 하나하나에 모두 고개를 끄덕이며 몇 번이고 한숨을 쉬었다.

전부 다 읽고 났더니 진심으로 아파트를 사야겠다는 생각이 들었다. 평생 살 집이라기보다는 자산을 마련한다는 발상이었다. 부동산이 있으면 사회적 신용도도 높아지고, 스스로에 대한 자신감도 생길 것 같았다.

지침서 제2장에는 '사겠다고 마음을 먹었으면 주위 사람들에게 선언합시다'라고 쓰여 있었다. 저자에 따르면 '지나치게 호화주택이 아닌 한 주변 사람들은 협조적'이라고 한다. 유카리는 실행에 옮기기로 했다. 혼자서 전부 다 하려니 아무래도 불안했다.

"하지만 부동산 회사보다 물건이 먼저 아닌가? 마음에 드는 물건이 없으면 얘기를 진행시킬 수가 없잖아."

사쿠라이가 말했다.

"이 사람 완전히 초보자구먼. 모델하우스부터 보고 다니는 건 실패의 첫걸음이야. 살 수도 없는 물건에 욕심이 생겨서 자기 현실과의 격차 때문에 위축이 되어버린단 말이야. 우선은 자금 계획이랑 예산 결정부터 해야지. 사쿠라이 씨도 자기 집 샀다면서?"

"우리 집이야 마누라가 나서서 마련했고 난 그냥 따라다니기만 했으니까……."

쑥스러운 듯이 머리를 긁적였다.

"그러고 보니까 물건을 보고 다니게 된 건 자금 마련을 어떻게 할지 정해진 다음부터였네."

"거봐. 부인이 똑똑한 거야."

"뭐야, 이시하라. 아파트를 산다고?"

야마다 과장이 커피잔을 손에 들고 다가왔다. 보아하니 저쪽에서 이야기를 엿듣고 있었던 모양이다.

"아깝네. 주택융자금 감세 조치 말이야. 올해로 끝나버리잖아." 비어 있는 의자에 앉았다.

"하지만 조금 있으면 주택금융금고도 이용할 수 없게 되니까 빨리 움직일수록 좋지. 이시하라는 나이가 몇이었지?"

"다 아시면서." 허풍스럽게 눈살을 찌푸렸다.

"35년 상환으로 잡아도 나이가 일흔이 안 된다는 점도 아주 유리하지."

야마다 과장은 물어보지도 않았는데 어떻게 하면 주택융자를 유리하게 받을 수 있는지 열심히 이야기해주었다. 지침서에 쓰여 있던 대로 다들 이상할 정도로 친절하다.

"사내융자도 쓸 거지? 후생과에 우리 동기가 있는데 소개해줄까?"

"사내융자는 생각 중이에요."

"튕기지 마. 한도액까지 다 쓰면 한 달에 1만 몇천 엔은 건진단 말이야. 그 돈으로 맛있는 거라도 사먹으면 좋잖아."

야마다의 말에 유카리는 입을 다물었다. 사내융자는 물론 조건이 유리하지만 어딘지 마음에 걸렸다. 사택하고 마찬가지로 회사에 묶여버리는 느낌이 들었기 때문이다.

그래도 쓰게 되겠지. 이익이 되는 일을 마다할 바보는 없으니까.

"다들 무슨 이야기를 그렇게 열심히 하나?"

부장이 왔다. 사쿠라이가 설명하자 "그래? 이시하라 씨가 아파트를 산다고?" 하며 반가운 표정을 짓더니 대화에 끼어들었다. 회사는 참 고마운 곳이라고 생각했다. 흐름에 몸을 맡기기만 하면 자연히 상호보조 시스템이 작동하게 되어 있다. 어쩌면 결혼도 이런 식으로 선언하기만 하면 주위에서 알아서 이리저리 소개해줄지도 모르겠다. 참, 아파트랑 결혼은 별개 문제랬지.

오후에 신문사와의 취재일정을 잡기 위해 임원 비서실로 갔다. 25층의 임원 전용층은 그 층만 조명도 카펫도 다르다. 거의 고급호텔 수준이다. 이런 곳에서 경비를 먼저 깎아야 되는 것 아닌가 하고 따지고 싶어진다.

불투명 유리로 된 칸막이 안쪽으로 들어가자 호시노 가오리와 눈길이 마주쳤다. 안쪽으로 컬한 머리, 옅은 핑크색 정장. 이 이국적인 패션 센스만 가지고도 도저히 친해질 수 없겠구나 하고 유카리는 확신했다. 나이는 아직 20대 후반으로 알고 있다.

"닛케이의 인터뷰 건인데요, 질문 내용에 관한 팩스가 들어와서 가지고 왔습니다. 일정은 화요일 오후 2시면 되는지요.

그 시간이면 이와사키 상무님 다음에 다지마 전무님도 가능하셔서 효율적일 것 같은데…….”

유카리가 말했다.

“아, 미안해요~. 이와사키 상무님은 화요일 오후 5시까지 못 하세요. 양복 가봉을 하셔야 되거든요.”

호시노 가오리가 혀짧은 소리로 말했다. 하나도 미안해하는 것 같지 않아서 유카리는 불쾌해졌다. 양복하고 취재하고 어느 쪽이 더 중요하단 말인가? 상사가 잘못하려고 하면 그걸 바로잡아주는 것도 비서가 할 일 아닌가.

“그건 언제 생긴 일정이죠?”

“어제인데요.”

호시노 가오리가 태연하게 말했다. 아마 자기 눈초리가 지금 치켜올라가 있을 거라고 유카리는 생각했다.

“그럼 그 시점에서 말해줬으면 그 시간을 피할 수 있었잖아요. 이렇게 하면 일을 두 번 시키는 꼴이라 신문사 쪽에게도 실례가 된단 말이에요.”

“이와사키 상무님은 워낙 멋을 아는 분이라서…….”

“혹시 지금 그걸 이유라고 말씀하시는 거예요?”

유카리가 비꼬듯이 미소를 지으며 물었다. 짜증이 날 때도 있지만 자기 성격이 이러니 어쩔 수 없다. 감정을 숨기지 못한다. 호시노 가오리는 말문이 막힌 모양이었다.

"취재를 받아들이셨으면 스케줄도 맞춰주셔야 하는 것 아닌가요?"

유카리가 따지듯이 말하자 "이시하라 씨, 이거 미안해서 어쩌죠?" 하고 옆에서 남자 계장이 끼어들었다.

"앞으로는 조심하도록 할게요."

저자세로 나와서 일단 양보하기로 했다. 하지만 호시노 가오리에게서는 사과하는 말을 한마디도 듣지 못했다. 다른 여자들도 '왜 화를 내는 거야?' 하는 표정들이었다.

이래서 비서실 여자들은 싫다. 상사의 지위를 자기 지위로 착각하고 있다니까.

홍보과로 돌아와서 사쿠라이에게 불만을 터뜨렸다.

"뭐야, 비서실 저 호시노 가오리라는 여자. 일도 못하는 주제에."

"너무 화내지 마. 우리 회사 비서실은 왕실 내명부하고 똑같잖아." 느긋한 어조로 말하며 웃었다.

유카리의 회사에서는 비서실 여사원의 인사이동이 거의 없다. 신입사원 때 배치를 받아 결혼해서 퇴직할 때까지 계속 그 자리를 맡는 방식이다. 그래서 쓸데없이 자기들끼리 결속이 강하고, 공연히 자존심도 세다. 사실상 특별채용이다. 더구나 대부분 상사를 통해 들어오는 소개로 결혼하기 때문에 근무연수가 짧다. 다른 여사원들이 '신부수업과'라고 흉을 보는 것도 그래서다.

"다들 자기만 잘났다니까. 사과할 줄도 모르고."

"하긴 그래. 나도 입사한 지 2년밖에 안 된 여자애에게서 기사 카피를 모아오라는 소리를 듣고 일한 적도 있으니까."

"어째서 거절하지 않는 거야? 사쿠라이 씨는 남자잖아."

"그럼 어떡해. 할 수 없지……."

고개를 푹 숙이며 기어 들어가는 목소리로 변명했다. 생명보험사의 남자들은 남자끼리는 서로 기를 쓰고 싸우는 주제에 여자들에 대해서는 약하다. 20대 때 영업소에 배치되어 아줌마 영업사원들 관리를 맡기 때문이다. 아줌마들 손에 놀아나면서 여자 사회에 질려버린 다음에 본사로 돌아오는 것이다.

"그럼, 이 건에 대해서는 이시하라 도지사님께서 강경자세로 밀고 나가시길……."

남에게 떠넘기는 말을 하기에 손을 뻗어서 귀를 힘껏 잡아당겨 주었다.

아파트 구입을 결심했다는 이야기는 당연히 메구미에게도 했다. 이렇게 되자 아파트를 산 지 얼마 안 된 메구미가 제일 좋은 조언자다.

물어보고 싶은 것이 너무 많았기 때문에 밥을 산다고 하며 불러냈다. 단, 저렴한 맥주집이었다.

"얼마 있으면 내부 전시회가 있는데 유카리도 와볼래?" 메

212

구미가 물었다.

"그럼, 가야지." 몸을 내밀면서 고개를 끄덕였다.

내부 전시회란 완성 전에 계약자가 아파트 내장 등을 확인하는 일이다. 지침서를 읽었기 때문에 어지간한 용어는 알고 있었다.

"나도 이왕 살 거면 신축건물이 좋을 것 같은데, 모델하우스만 보고 결정하려면 용기가 필요하지 않아?"

유카리가 물었다.

"당연하지. 똑같은 타입이면 모를까 내부구조가 조금이라도 다르면 그냥 그림이나 컴퓨터 그래픽만 보고 판단할 수밖에 없잖아. 그러니까 나중에는 에라 모르겠다 하고 저지르는 식이야."

"그럼, 네가 아파트를 볼 때 양보하지 않았던 점이랑 타협했던 점은 뭐야?"

지침서에 쓰여 있었다. '조건에 우선순위를 매겨서 순위가 낮은 것은 포기하라'고.

"양보하지 않았던 건 일조량하고 전망. 양보한 점은 소음이야."

"시끄러워?"

"현장에 가봤더니 코앞에 간선도로가 있어서 밤중에도 차들이 다니는 소리가 꽤 들리더라고. 이걸 참을 수 있을까 없을까를 두고 사흘 동안 고민했지."

"그렇겠다. 그야 고민이 되지."

나라면 어떻게 할까? 지금 있는 곳은 지나칠 정도로 조용하다.

"지금 사는 방이 서향인데다 바로 눈앞이 빌딩이잖아. 그 압박감 때문에 생각보다 사는 게 괴롭거든. 쉬는 날에 커튼을 열어도 눈앞에 보이는 게 빌딩 벽이면 그 순간부터 우울해진단말이야. 난 창문을 열면 태양과 파란 하늘이 보이는 생활을 하고 싶었어. 그래서 그 점을 첫 번째로 생각하고 그 대신 조용한 환경을 포기하기로 한 거야."

"그랬구나."

유카리는 메구미의 과감한 결단에 감탄했다. 자기도 분명히 무언가는 포기해야 한다. 크기라든지, 원하는 전철역 근처라는 지리적 이점이라든지.

"유카리의 첫 번째는 뭐야?" 메구미가 물었다.

"나도 아마 햇빛일 것 같아. 베란다에 꽃도 심고 싶으니까."

"그래 맞아. 햇빛이 잘 들지 않으면 가끔 쉬는 날에 집에 있어도 즐겁지 않잖아. 독신에다 직장을 다니니까 햇빛이 잘 들든 말든 상관이 없을 거라고 하는 사람들도 있지만 그건 잘못된 생각이라고 봐. 햇볕이 잘 드는 거실에서 겨울 오후에 자불자불 하면서 시간을 보낼 수 있으면 그것만으로도 다른 여러 가지 나쁜 점은 참을 수 있을 거라고 생각해."

유카리가 끄덕였다. 전적으로 동감이다. 행복을 실감할 수 있는 순간, 그런 것이 없으면 일상생활은 힘들고 지겨울 뿐이다.

"그리고 어디든 도심이었으면 해. 가능하면 미나토 구港區." 유카리가 덧붙였다. 이유는 살림집이라는 느낌을 피하고 싶었기 때문이다. 전업주부나 어린아이들에 둘러싸여서 살고 싶지 않다. 동네 사람들과 알고 지내는 것도 귀찮을 뿐이다.

"미나토 구라고? 아무튼 잘 버는 사람은 다르다니까." 메구미가 옆구리를 툭툭 쳤다. "하지만 나중에 팔거나 임대하거나 할 생각을 하면 크기보다는 편리함을 우선하는 것이 맞을 거야."

"메구미, 너도 그런 것은 감안하고 있구나."

"그럼, 어쩌면 결혼할지도 모르잖아. 그리고 신랑이 자기 병원을 가진 의사여서 부자동네에 200평짜리 저택을 가지고 있을지도 모르는 일 아냐?"

"아하하." 유카리가 소리 높여 웃었다. "그럼 나는 백마 타고 오는 변호사님이나 기다려야겠다."

음식이 나왔다. 메구미는 사정을 봐주는지 저렴한 코스로 시켰다. 와인도 잔으로 시켰다. 자기도 절약하고 있어서일 것이다. 그런 배려가 고마웠다.

"나, 스물여덟 땐가 런던 지점에 2년 동안 파견 나가겠냐는 이야기가 있었던 거 생각 나?"

메구미가 빵을 뜯으면서 불쑥 물었다.

"응. 기억하지."

"지금 엄청 후회하고 있어. 그때 갈걸 하고 말이야. 그때는 결혼에 대해 스트레스를 한참 받고 있을 때여서 2년씩이나 이곳을 떠나 있을 용기가 없어 포기한 거거든. 지금 생각해보면 스물여덟이면 아직도 한참 여유가 있을 때잖아. 그런데 그때는 전혀 그렇게 생각하지 못했지……."

테이블에 팔꿈치를 올려놓고 먼 곳을 바라보는 듯한 눈길이었다.

"결국 자기 혼자서 나이에 얽매여 이미 늦었다는 둥, 좀 더 상황을 지켜보겠다는 둥 하면서 아무것도 하지 않는 것, 그게 제일 바보 같은 짓이라고 생각해."

"맞아. 나도 동감이야."

"지금은 '벌써 서른넷'이지만 5년이 지나면 '그때는 아직 서른넷이었지'라고 생각하게 되지 않을까?"

"으음, 5년 지나면 서른아홉이야? 어으, 생각하기도 싫다."

유카리는 한숨을 쉬었다. 하지만 메구미의 말이 정말 맞다고 생각했다. 자기도 결혼을 의식해서 최근 몇 년 동안은 큰 변화를 피해왔다. 새로운 일에 대한 도전도 게을리했다. 참 아깝게 시간을 보냈다고 생각했다. 지금 나이가 서른이라면 좀 더 충실한 나날을 보낼 수 있을 것 같다. 정신적으로 여유가 더 있었을 것 같다.

"아파트를 산다는 건 지금의 자기 모습을 똑바로 바라보는 일이라고 생각해."

메구미가 진지한 표정으로 말했다.

"응." 유카리도 고개를 끄덕였다. 평소 같았으면 농담을 날렸을 테지만 이상할 정도로 진지한 기분이 들었다.

최근 몇 년 동안 스스로 자기 세계를 좁히고 있었다. 하지만 이제는 결혼하지 않을지도 모르는 앞으로의 인생을 예정의 하나로 인식하고 받아들여야 하는 것이다.

유카리가 와인을 비웠다.

"나도 내 모습을 받아들일 거야." 촌스러운 대사인데도 쑥스러워하지 않고 입에 올릴 수 있었다.

오늘 밤 마음이 한 발짝 크게 앞으로 전진했다. 아파트를 사는 것은 이제 기정사실이 되었다. '살 수도 있지'가 아니라 '반드시 사는 것'이다.

식사를 마친 후에는 택시가 아니라 전철로 돌아갔다. 목표가 있으니까 절약하는 것도 힘들지 않았다. 전철에 있는 아저씨들에 대해서도 이상한 친근감을 느꼈다. 이 중년 남자들은 대부분 주택융자금을 짊어지고 있다. 저 사람들이 할 수 있는데 내가 못 할 리가 없다.

전철에서 내릴 때 어깨가 부딪쳐도 화가 나지 않았다. 술기

운을 풍기는 아저씨에게 그래 잘하고 있어 하고 격려하고픈 마음이 들었다. 나는 마음이 넓단 말이야…….

당장 주택정보지를 뒤지고, 인터넷으로 부동산 회사 몇 군데에 자료를 요청하는 메일을 보냈다. 그러자 제깍 관련 자료들과 설문용지가 왔다. 유카리는 그 설문용지에 필요한 사항들을 적어서 돌려보냈다. 될 수 있는 대로 솔직하게 적었다. 지침서에는 '세일즈맨에게 허세를 부려서는 안 된다'라고 쓰여 있었다. 사쿠라이도 그런 말을 했다. 자기 사정을 있는 그대로 털어놓으면 좀 더 열심히 뛰어준다고.

세 개 정도 부동산 회사에 회원으로 가입했다. 신축건물에 대한 정보를 빨리 얻기 위해서였다. 다만, 그렇게 회원가입을 하자마자 세일즈 공세를 받게 되었다.

집에 돌아가면 항상 전화 메시지와 팩스가 기다리고 있었다. 때로는 회사로도 전화가 걸려왔다. 다들 친절하게 안내하는 것이어서 귀찮다는 생각은 들지 않았다. 소중한 고객으로 대우받고 있다는 느낌이 들어서 우월감이 느껴지기도 했다.

직장에서도 정보가 많이 들어왔다.

"이시하라 씨, 나카메구로에 20층짜리 타워가 생길 모양이던데."

사쿠라이 같은 사람은 전단지까지 들고 와주었다.

"나카메구로면 혹시 우리 회사 독신자 기숙사가 있는 데 아나?" 유카리가 눈살을 찌푸리며 물었다.

"뭐 어때. 히비야까지 갈아탈 필요도 없는데. 아침에 늦잠 잘 수 있잖아."

"싫어. 쉬는 날까지 길거리에서 아는 사람하고 마주치고 싶지는 않단 말이야."

유카리는 사원명부를 매일 밤 뒤적이고 있었다. 그것은 회사 사람들하고 같은 동네에 살고 싶지 않아서였다. 슈퍼마켓에서 동료와 얼굴을 마주친다거나, 전철역에서 회사 사람을 만난다거나 하는 것은 유카리가 제일 피하고 싶은 일이었다.

"사쿠라이 씨가 사는 동네에는 우리 회사 사람 있어?"

"있지. 영업과 하야시 씨, 법무과 이와이 씨, 그리고 서무과 마사미 양도."

"길거리에서 마주치면 어떻게 하는데?"

"인사하고, 잡담도 좀 하고……."

"으으." 인상을 찌푸리며 신음 소리를 냈다.

"그게 뭐야? 무슨 시골에 사는 사람들 같잖아."

유카리에게 프라이버시는 양보할 수 없는 조건이다.

"어찌 되었건 동네 사람들하고는 알고 지내야 하잖아" 하고 사쿠라이가 말했다.

"인사만 하면 돼."

쌀쌀맞게 말하고 일을 시작했다. 아마 결혼을 했다면 자연스럽게 동네 사람들과 친해지려고 생각했을 것이다. 독신은 여러모로 불편하다.

그때 내선전화가 걸려왔다. 전화를 받았더니 비서실의 호시노 가오리였다.

"이와사키 상무님의 취재 건은 어떻게 되었나요?"

일본어를 하는데도 혀가 꼬인 발음이었다. 이 여자는 하는 짓마다 마음에 들지 않는다.

"어떻게 되었냐고 하면 어떻게 하나요? 그쪽에서 먼저 상무님이 가능하신 시간을 말해주셔야지 신문사 쪽하고 조정할 수 있지 않겠어요?"

바보 아냐, 하고 생각했다. 자기도 모르게 말투가 날카로워졌다.

"하지만~, 상무님이 '어떻게 됐어?' 하고 물으시는데요~?"

유카리는 어이가 없었다. 어째서 임원들은 젊은 여자애들에게 맥을 못 추는지 모르겠다. 이런 게 소위 잘나가는 보험사의 비서라고 한다면 이건 완전히 회사의 수치 아닌가.

전화로는 말이 안 통해서 유카리가 직접 가기로 했다. 상사에게 자기 멋대로 보고할 게 뻔한데 그 꼴을 두고 볼 수는 없다. 다른 사람들이 보는 가운데서 담판을 지을 필요가 있다.

"이봐, 이시하라. 원만하게 해결해."

전화로 하는 이야기를 듣고 있던 야마다 과장이 걱정스러운 표정으로 당부했다.

"걱정하지 마세요. 아무리 열 받아도 발등을 밟아주는 정도로 끝낼 테니까."

밝은 어조로 대답하자 사무실 안에 침묵이 흘렀다.

비서실에서는 호시노 가오리가 딱딱하게 굳은 표정으로 기다리고 있었다. 다른 비서들도 경계하는 분위기로 유카리를 훔쳐보고 있었다.

"있잖아요, 호시노 씨. 취재라는 건 말이에요, 취재를 받는 쪽이 일정을 정하게 되어 있거든요. 상무님이 언제든 상관이 없으시다면 모를까, 그런 것도 아니잖아요."

일단은 상냥하게 말을 걸었다. 일부러 싸움을 걸 생각은 없었다.

"상무님의 스케줄을 관리하고 있는 사람은 호시노 씨니까, 호시노 씨가 날짜랑 시간을 정해주면 되는 거예요. 몇 월 며칠, 몇 시부터 30분 동안. 뭐 이런 식으로. 그러면 제가 신문사 담당자에게 그 일정을 알려주면 되니까요."

"하지만 우리 상무님은 갑자기 스케줄을 변경하실 때가 있어서……."

호시노 가오리가 불만스러운 표정으로 입을 뾰족 내밀었다.

"스케줄은 비서가 알아서 조정을 해야죠."

"아, 그건 못해요. 이와사키 상무님은 '네 마음대로 움직일 생각은 없다'고 항상 그러시는 걸요."

속에서 울컥 화가 치밀었다. 유학파는 변명만 늘어놓을 줄 알았지 미안하다는 사과 한마디 할 줄 모른다.

"그건 농담으로 하시는 말씀이잖아요. 알아서 새겨들어야죠." 유카리는 작은 목소리로 계속했다.

"임원 아저씨들이 그냥 해보는 소리잖아요."

"아저씨라니⋯⋯." 호시노 가오리가 눈을 동그랗게 떴다. "어떻게 그런 말을 쓸 수 있어요?"

"그냥 농담으로 한 말이죠. 진담으로 받아들이면 어떡해요." 유카리가 한숨을 내쉬었다.

진짜 바보 아냐? 말이 통해야 말이지.

그때 풍채가 좋은 중년 남자가 나타났다. 슬리퍼를 신었고 넥타이도 느슨하게 풀어놓고 있었다. 이와사키 상무였다. 잠시 한숨을 돌리려는 모양이었다.

"이봐, 시미즈. 택시 타고 가서 '와카바' 붕어빵 좀 사와. 여기 다른 사람들 것도 같이. 오랜만에 붕어빵 좀 먹어보자고." 이와사키가 지갑을 꺼내며 말했다.

"꺄악!" 비서들이 즐거운 비명을 지르며 손뼉을 쳤다. 이름이 불린 젊은 남자 사원이 1만 엔짜리를 받아들고 뛰어나갔다.

"상무님. 그런 걸 먹으면 살찌잖아요."

호시노 가오리가 몸을 꼬면서 콧소리로 말했다.

"뭐? 누가 억지로 먹어달라고 했나?"

이와사키가 능글능글 웃으며 말했다.

"아이참, 상무님도 너무하신다니까."

이와사키를 중심으로 둥글게 모여서 비서들이 웃고 있었다.

여기가 긴자의 술집이야? 유카리는 머리가 아파졌다. 같은 회사 안에 있으면서 어째서 임원 전용층만 딴 세계 같은지 모르겠다.

"자네도 먹지 그래." 이와사키의 말을 듣고 유카리는 어색한 웃음을 지으며 사양했다.

"아참. 지금 취재 일정을 빨리 정하라고 홍보과에게 야단맞고 있었어요." 호시노 가오리가 눈을 위로 치켜뜨면서 말했다. "다 상무님 때문이에요."

유카리의 표정이 굳어졌다. 이렇게 눈앞에 사람을 두고 그런 말을 하다니……

"아아, 자네구먼. 홍보과에서 유명하다는 그 이시하라 도지사님이." 이와사키가 다시 짓궂게 웃으며 말했다.

"대차다고 비서들 사이에서 평판이 자자하던데."

"아니, 무슨 말씀을."

허둥지둥 손을 좌우로 내저었다. 식은땀이 났다. 평판이 자자하다고? 그러니까 자기들끼리 내 흉을 그렇게 보고 있었단 말이지.

"겸손해할 것 없어. 당차다는 건 좋은 일이니까. 어떤가, 어디 영업소 관리 한번 해볼 생각 없어? 여성 소장은 아직 나온 적이 없으니까. 자네가 개척자가 되는 거야."

"아니, 저는 지금 부서가 제일 좋은데요……."

유카리는 어쩔 줄 몰랐다. 절대 안 된다. 아파트를 사려고 마음먹은 이런 때 전근 같은 것은 절대 할 수 없다.

문득 시야 끝에 호시노 가오리의 얼굴이 보였다. 고소하다는 표정으로 비웃고 있었다.

얼굴이 창백해졌다. 설마 이런 일로 인사이동이 결정되지는 않겠지…….

"총무담당 임원이 다나카 군이었지. 내가 한번 얘기해봐야겠네."

"아니, 그게……."

식은땀이 끝도 없이 솟았다. 심장이 두근거리고 있었다. 자기의 당황하는 모습에 본인이 더 놀라고 있었다.

"그냥 놀린 거야."

돌아와서 비서실에서 있었던 일을 이야기하자 사쿠라이는 그렇게 위로해주었다.

"더구나 임원이 사원들 인사이동까지 일일이 참견하는 경우는 없잖아."

"그럴 거라고 생각은 하지만……."

유카리는 녹차를 홀짝거리면서 마음을 가라앉히려고 했다. 싸구려 TV 드라마도 아니고, 실제로 회사에서 임원이 평사원들 일에 참견할 리는 없을 것이다.

그러나 야마다 과장은 다른 견해를 보였다.

"그건 모르는 일이야. 우리 회사는 임원 천국이니까. 간부급 사원들은 출세경쟁이 치열하지만, 그 대신 그 위로 올라가면 다들 임금님처럼 되어버린단 말이야. 거기다 신기하게도 주위 사람들까지 그걸 다 받아주거든. 우리 회사 분위기가 그렇다고 봐야지."

일부러 가까이 다가와 귓가에서 그렇게 속삭였다.

"아이 정말, 과장님도!" 손으로 밀쳐냈다.

유카리는 불안한 마음이 점점 커졌다. 만약 전근 명령을 받게 되면 어떻게 하지? 거부했다는 이야기는 가끔 듣지만 무사히 넘어간 경우는 없었다. 직위 강등이거나 좌천당하거나 했다.

그런 생각을 했더니 안절부절못하게 되었다. 비서들이 이와사키에게 불만을 토로한다. 젊은 여자들에게 좋게 보이려고 이와사키가 인사 쪽으로 힘을 쓴다. 더구나 영업소장이면 표면적으로는 승진이 된다…….

이상하게 엉덩이 쪽이 서늘하니 바람이 휑 하고 통하는 것 같았다.

유카리는 갑자기 기운이 빠졌다. 지금까지 회사 내에서 자유롭게 행동해왔다. 자존심을 지킬 수 없을 것 같은 일이 생기면 언제든 때려치운다는 마음가짐으로 일했다. 나름대로 학력도 있고, 영어검정은 2급이고, 시스템 관리에 대한 경험도 있다. 무엇보다도 자기는 젊다.

젊어……? 마음이 어지러웠다. 아니다, 남자라면 모를까 여자 나이 서른넷이면 전직할 시기로는 거의 한계에 다다랐다고 봐야 한다. 앞으로는 관리직으로 채용되는 경우 말고는 기회가 없을 것이다.

아파트 구입을 생각하면 무엇보다 확보해야 할 것이 현재의 안정된 지위와 수입이었다. 앞으로는 '언제든 때려치우면 그만'이라는 생각은 통하지 않는다.

이번에는 등골이 오싹해졌다. 자기가 겁 없이 지낼 수 있었던 이유는 잃을 것이 없었기 때문이었다. 먹여살려야 할 가족도 주택융자도 없는 속편한 입장이었기 때문이다.

"저, 사쿠라이 씨." 조용히 말을 걸었다.

"왜 그래? 시무룩해서."

"영업소 발령에 대해서 생각해본 적 있어?"

"그야 머리 한구석으로는 생각하고 있지. 하지만 어지간히 잘못하거나 큰 실수를 하지 않는 한 2년이니까 다들 각오하고 있는 것 아닌가? 아무리 그래도 회사가 무리한 인사이동은 시키지 않을 테고. 나는 애들도 아직 어리고, 지방 근무는 전에 벌써 경험했으니까 영업소로 나갈 일은 없을 거야. 회사도 다 그런 배려는 하고 있을 거라고.”

“배려, 라고.”

유카리는 한숨 섞인 혼잣말을 내뱉었다.

그래. 일본 회사들은 충성을 맹세하면 처지를 배려해주는 곳이구나. 개혁이니 능력 위주니 말로는 그래도 결국은 정에 지배되고 있는 것이다.

사쿠라이와 야마다에 대한 생각이 완전히 바뀌었다. 그들에게는 생활이 걸려 있다. 지켜야 할 것이 많다. 그 속에서 살면서 머리를 숙이고, 위에서 내려오는 수많은 과제와 억지를 견디면서 살아가고 있다. 그 모습을 무사안일주의라고 놀리는 자기는 무책임하고 세상 물정 모르는 어린애다.

새삼스레 사쿠라이의 얼굴을 쳐다보았다.

“이시하라 씨, 왜 그래?”

“아니, 아무것도 아냐.”

조금은 태도를 고쳐야겠다고 생각했다. 사내에서도 조금은 호감을 얻도록 해야지.

“이시하라 씨. 내선전화요. 비서실 호시노 씨.”

다른 홍보과 사원이 알려주었다.

수화기를 들었다. "네, 이시하라입니다. 수고하십니다." 자기도 모르게 목소리 톤을 올리며 말했다.

"호시노인데요, 이와사키 상무님의 스케줄이 나와서……."

"어머, 고마워요. 자꾸 재촉해서 죄송합니다."

스스로도 놀랄 정도로 상냥하게 말했다.

"저, 그러니까……."

전화기 너머로 호시노 가오리가 당혹스러워했다.

사쿠라이와 야마다가 일하던 손을 멈추고 입을 반쯤 벌린 채 유카리를 쳐다보고 있었다.

알게 뭐야. 지금은 아파트가 중요해.

*

부동산 회사의 세일즈는 날이 갈수록 심해졌다. 주말이 가까워지면 모델하우스를 보러 오라는 전화가 수도 없이 걸려왔다. 대개는 주택정보지를 통해 알고 있는 물건이었다. 틈만나면 뒤적이고 있기 때문에 머릿속에 내부구조가 인쇄되어버린 것이다.

그런 전화들 중에 미나미아오야마의 10층짜리 아파트가 있었다. 정보지의 판매가격을 보고는 아예 포기하고 고려대상에서 제외시키고 있던 곳이었다.

"아직 구조도는 나오지 않았지만 1LDK*나 되는 곳입니다. 판매 호수가 적어서 잡지에는 싣지 않았지요."

영업사원이 '회원분들께만'을 연발하는 바람에 유카리는 한번 보기나 하자고 생각했다. 영업사원의 목소리가 느낌이 좋았던 것도 있었다. 큰 쇼핑이기 때문에 유카리는 인상을 중요시했다. 영업사원은 목소리가 낮다는 것만으로도 왠지 석연치 않은 기분이 드는 것이다.

날씨 좋은 일요일에 건설현장 근처에 있는 모델하우스로 혼자 가보았다. 유카리를 맞아준 사람은 성실해 보이는 20대 젊은이였다. 아담한 키에 동안이라 안심할 수 있었다. 싸움을 하게 된다 해도 이길 수 있을 것 같았다.

사무실 테이블에서 마주 앉았다.

"모델하우스는 2LDK 타입밖에 마련되어 있지 않거든요. 1LDK는 컴퓨터 그래픽을 준비했으니까 그쪽을 보시면 됩니다."

뭐야, 그래픽밖에 없다고? 하기야 모든 타입의 모델하우스를 만드는 건 불가능하겠지.

● LDK. Living, Dining, Kitchen의 약자. 일반적으로 거실과 식사하는 곳이 따로 구분되어 있는 주택은 넓다고 간주된다.

남자가 노트북을 움직여서 화면에 그림을 띄웠다. 유카리는 도면과 비교해보았다.

"50평방미터가량 되니까 넓이는 충분하다고 생각합니다. 보통 이 정도 크기면 2DK로 만드는 곳이 많은데, 아오야마라는 지역 특성상 일반적인 가족을 저희 소비자 타깃으로 하고 있지는 않아서요……."

남자가 막힘없이 이야기했다. 보아하니 나쁘지 않았다. 유카리의 희망은 2LDK지만 우선순위로는 다섯 번째 정도다. 만약을 대비한 방 같은 것은 너무 낭비의 요소가 많다.

욕조가 큰 것이 아주 마음에 들었다. 수납공간도 부족함이 없었다. 무엇보다도 가격이 괜찮았다. 유카리가 세운 예산범위 안에 들었다.

"흐음, 괜찮네." 유카리는 혼자 중얼거리고 있었다.

지침서에는 '지금의 소비생활을 희생하지 않을 것'이라고 되어 있었다. 그 점에 대해서는 유카리 자신도 전적으로 수긍한다. 사고 싶은 옷도 사고, 먹고 싶은 음식을 먹을 수 있어야 사는 낙이 있을 것이 아닌가. 아저씨들처럼 융자금 지옥에 빠지고 싶지는 않았다.

"이건 몇 층이에요?"

"2층이 되겠습니다."

"2층……." 갑자기 어깨의 힘이 빠졌다. 2층이면 10층 건물에 사는 의미가 없잖아.

"3층 위로는 전부 2LDK가 되거든요." 남자가 미안해하는 표정으로 말했다. "이쪽은 가격을 보시자면……."

테이블에 가격표를 펼쳤다. 1천만 엔 정도 예산 초과였다. 더구나 좀 비싸다는 생각도 들었다.

"좀 힘들겠네요. 대출도 그만큼 안 될 거고."

"대출금 사전심사는 벌써 하셨습니까?"

"아니, 아직인데요."

"그러시다면 한번 저희 쪽에서 대출금 상환플랜을 제안해드려도 될까요?"

"으음." 유카리는 팔짱을 끼고 생각해보았다. 업자 측은 여유 있는 상환 계획을 세우지 않는다고 책에 쓰여 있었다. 보너스나 승급을 과대하게 상정하기 때문이다.

"됐어요. 그거 갚느라고 무리하고 싶지는 않으니까."

단호하게 거절하고 일어섰다. 서두를 필요는 없다. 아파트를 신축하는 곳은 많으니까 얼마든지 다른 곳이 있다.

"그렇습니까……." 남자가 아쉬워하는 표정으로 말했다. "그럼, 모처럼 오셨으니 모델하우스라도 한번 둘러보고 가세요. 제가 맛있는 커피 한잔 대접하겠습니다."

유카리가 동의했다. 베니어판으로 막아놓은 벽 건너편으로 안내되었다. 새로운 목재들과 가구들이 풍기는 냄새가 코끝을 간지럽혔다.

"와아~. 이게 아파트에서 실제로 보게 되는 전망이에요?"

발을 들여놓자마자 환성을 질렀다. 창문에 붙여진 야경사진에 압도되었기 때문이다. 롯폰기 힐즈가 눈앞에 있었다. 그 뒤로 빨갛게 모습을 드러낸 도쿄타워가 치솟아 있었다. 대도시 도쿄의 180도 파노라마 전망이었다.

"바로 남쪽이 아오야마묘지기 때문에 전망이 기가 막힙니다. 건설 예정지 바로 뒤에 있는 빌딩 옥상에서 촬영한 사진이니까 거의 똑같다고 생각하셔도 됩니다. 저희와 계약하시는 손님들께서도 대부분 이 전망에 매료되시는 모양입니다."

이건 정말 2층 가지고는 안 된다. 적어도 5층 이상이어야지.

"앞에 묘지가 있다는 건 앞으로도 그 땅에 빌딩이 서지는 않는다는 뜻이죠?" 유카리의 목소리가 겉돌았다.

"물론이죠. 뒤쪽이 246번 도로라 그쪽에서 차 다니는 소리가 다소 날 수도 있지만 앞쪽에서 나는 잡음은 일체 없습니다."

방을 둘러보았다. "아아……." 점점 입이 벌어져갔다.

보기만 할 생각이었던 것이 전체를 꼼꼼히 확인하게 되었다. 거실이 약간 작은 편이지만 그 대신 부엌이 넉넉하게 설계되어 있었다. 천장은 높았고 창문도 컸다. 내장재도 질이 좋았다. 천장에 붙박이로 되어 있는 조명을 보면 마치 호텔 같았다.

232

"이건 아직 신청접수 전이죠?"

"그렇습니다. 판매 시작이 다음 달 중순이니까 접수도 동시에 시작됩니다. 혹시 괜찮으시다면 예정지도 한번 둘러보시겠습니까?"

"그래요, 가요."

자기도 모르게 목소리가 높아졌다. 유카리는 가슴이 뛰는 것을 가라앉힐 수가 없었다. 이런 집에 살 수 있으면 얼마나 행복할까? 도쿄의 야경이 전부 내 것이 된다.

아오야마의 모델하우스를 보고 난 이후 유카리의 머리는 그 광경으로 가득 차버렸다. 자나 깨나 그 2LDK를 생각하고 있었다. 다른 물건을 정보지에서 찾아도 초라해 보일 뿐이었다. 분명 이것이 첫눈에 반한다는 현상일 것이다. 사랑에 빠져버린 것이다.

메구미에게 이야기했더니 떨떠름한 표정으로 말했다.

"그러니까 내가 말했잖아. 예산보다 비싼 물건은 보면 안 된다고. 비싸면 그만큼 좋은 게 당연하니까 거기에 혹하게 되어 있단 말이야."

"하지만 얼마나 좋은데. 야경이 끝내줘. 메구미의 아파트하고는 비교가 안 될 거야."

카페 테이블에 팔꿈치를 올려놓고 턱을 괴고 앉아 한숨 섞인 목소리로 말했다.

"그야 당연히 그렇겠지. 미나토 구잖아. 난 분쿄 구란 말이야."

"샘내지 마."

"아니, 어차피 네가 사지도 못할 아파트에 내가 왜 샘을 내는데?"

"어쨌든 나는 그 아파트가 갖고 싶어서 미칠 지경이라고. 천만 엔. 딱 천만 엔만 하늘에서 뚝 떨어지지 않을까?"

"부모님께 손 벌리겠다는 소리는 하지 마."

"왜? 내 마음이잖아."

"치사해." 메구미가 딱 잘라 말했다. "그건 불공평하잖아."

"어째서? 우리가 경쟁하는 것도 아닌데."

유카리가 입을 뾰족 내밀었다. 하지만 그 기분은 이해할 수 있었다. 여자의 우정은 같은 수준으로 행동하는 것으로 유지된다. "안심해. 우리 집은 공무원이니까 거꾸로 뒤집어서 탈탈 털어도 그런 돈은 안 나올 거야."

솔직히 말하자면 슬쩍 부모님 얼굴이 떠오르지 않았던 것은 아니다. 하지만 곧바로 지워버렸다. 지방공무원이었던 아버지에게 그런 돈이 있을 리 없기 때문이다.

"그나저나 부모님께는 말씀드렸어?"

"살지도 모른다는 말은 했는데 별 반응 없던데."

고향에 있는 어머니에게 전화로 말해두었다. "그러냐" 하고 감탄 반, 씁쓸함 반의 말투로 대꾸했을 뿐이다. 그날 밤은 약간 우울했다.

"아무튼 달콤한 환상은 버리도록 해." 메구미가 타이르듯이 말했다. "무리를 하면 대출금을 갚을 수야 있겠지만 그런 무리를 30년 동안 계속해야 하는 거니까. 다이어트랑 마찬가지라고 보면 돼. 샐러드랑 파스타만 가지고 한 달은 열심히 버틸 수 있겠지만 그걸 1년 동안 계속하지는 못하잖아."

"사실은 예산을 짜봤어. 뭘 얼마만큼 절약하면 그 아파트를 살 수 있을까 해서."

"그건 나도 이해해. 나도 그렇게 해봤으니까. 한 단계 위의 아파트를 사게 되면 옷은 저렴한 유니클로로 하고, 외식은 한 달에 한 번으로 줄이고, CD랑 책은 전부 도서관에서 빌려야 한다는 식으로."

"나도 그랬어. 오페라나 콘서트도 갈 수 없게 된다는 걸 알았지. 그건 너무 힘들겠지?"

"당연하지. 올해는 못 가지만 내년부터는 다시 해외여행도 같이 다니자."

"그래그래, 같이 가야지."

두 팔을 들어 기지개를 켰다. 숨을 크게 들이마셨다. 아파트 구입은 여러 가지 현실을 직시하는 작업이다.

"아참, 메구미. 혹시 아파트를 사고 난 다음부터 회사에 대한 생각이 바뀌지 않았니?"

"회사에 대한 생각이라니?"

"열심히 일하게 되었다거나, 아니면 안 쫓겨나게 몸을 사려야겠다거나."

"아하하." 메구미가 소리 내어 웃었다. "무사안일주의? 하기야 그 말을 들으니 그런지도 모르겠다. 적어도 전직하려는 생각은 싹 없어져버렸으니까."

그렇구나. 메구미도 마찬가지구나. 예전에는 우리 둘 다 정기적으로 "다 때려치울 거다" 하고 큰소리치곤 했다. 아파트를 사게 되면 나도 종신고용을 바라게 되겠지.

"왜 그러는데?"

"왠지 요즘에 내가 좀 덤덤해진 것 같아서."

메구미가 어깨를 흔들며 웃었다.

"뭐 어때. 좋잖아. 인간적으로 성장했다는 증거니까."

그 후에 아파트를 화제로 두 시간이나 카페에 눌러앉아서 떠들었다. 아무리 이야기를 해도 끝이 나지 않는 것이 신기했다. 연애와 마찬가지로 이야기할 상대가 필요한 화제였다.

메구미의 설교를 들은 후로도 아오야마의 2LDK는 머릿속에서 지워지지 않았다. 그 다음 주말에 세타가야와 메구로의 모델하우스를 세 군데 둘러보았는데 하나같이 마음에 들지 않았기 때문이다.

집은 마음에 들었는데 근처를 걸어보고 실망하는 경우도 있었다. 복잡한 주택가인 경우도 있었고, 바로 앞이 유치원이어서 시끄러운 경우도 있었다. 맞은편에 있는 편의점에 불량소년으로 보이는 아이들이 서성이는 모습이 보였다는 점 하나로 싫어진 경우도 있었다. 그리고 마음에 들지 않는 물건을 보고 돌아오면 예외 없이 기분이 우울해졌다. 현실은 냉혹하다. 축복을 받는 사람은 돈 많은 사람들뿐이다.

고독을 느끼는 일도 있었다. 모델하우스에서 젊은 부부와 마주쳤을 때는 이유 없이 심기가 불편해져서 대충 보고 나왔다. 야마노테 선* 바깥으로만 나가도 도처에서 살림 냄새가 가득 풍겼다.

역시 도심이 최고다. 아오야마의 2LDK가 제일이야.

바보 같은 공상도 많이 했다. 직장생활에 대한 이야기를 쓴 책을 냈더니 베스트셀러가 되어서 그 인세로 아파트를 가볍게 산다거나 거물급 배우의 눈에 들어서 애인이 되어 아파트를 선물 받는다든지…….

그럴 때마다 정신을 차리고는 깊은 한숨을 쉬었다. 결혼 상

---

* 도쿄 중심지를 도는 전철노선.

대를 찾아서 융자금을 반씩 내는 것이 그나마 훨씬 현실적인 상상이다.

"도심에 고급 아파트를 사는 사람들은 도대체 뭐하는 사람들일까?"

회사에서 사쿠라이에게 물었다.

"그야 이시하라 씨 같은 독신귀족들이겠지."

컴퓨터 화면에 눈을 고정시킨 채 대답했다.

"이것 보세요, 나도 간신히 1LDK를 살 수 있을 정도야. 정보지 같은 걸 보면 7천만, 8천만 엔씩 나가는 물건들이 당연하다는 듯이 팔리고 있어. 이런 말하기는 뭐하지만 사실 우리 회사 월급이 괜찮은 편이잖아. 그래도 그런 아파트는 도저히 살 엄두를 못 낸단 말이야. 그럼 뭐야, 월급쟁이들은 도심에 살지 말라는 소리 아냐?"

"개발부의 와타나베 씨는 히로오 가든 힐즈에 살아."

"그야 그 사람은 자기 집이 땅부자잖아."

"거봐, 유산계급은 엄연히 존재한다니까."

"아, 열 받네."

"할 수 없지 뭐. 세상에 공평한 일 같은 건 없으니까."

사쿠라이는 느긋했다. 가족이 생기면 세상일에 달관하게 되는 걸까? 그렇다면 부러울 따름이다.

"이봐, 이시하라." 야마다 과장이 들어왔다. 심각한 표정이었다. "이와사키 상무님이 자네에 대해서 다나카 씨에게 뭔가 물어봤다는데."

"이와사키 상무님이요?" 그 이름을 듣자 얼굴에서 핏기가 사라지는 것이 느껴졌다. "뭔가라뇨?"

"글쎄, 나도 모르지. 나는 부장님을 통해서 들은 이야기니까. 요전번 일에 대한 것 아냐? 영업소에 여성 소장을 탄생시킨다고 했던……."

"겁주지 마세요. 요즘 안 그래도 잔뜩 예민해져 있는데……."

유카리의 마음속에 검은 먹구름이 끼었다.

"아니, 이시하라 도지사님도 겁을 내는 일이 있나?"

"저 화내요. 꽃다운 아가씨에게 무슨 소리예요?"

유카리가 노려보자 야마다 과장은 머리를 긁적이며 도망쳐 버렸다.

걱정이 되어서 인사과의 아는 사람에게 넌지시 물어보기로 했다. 설마 그러랴 싶었지만 걱정이 되어서 견딜 수가 없었다. 인사과에서 불러내서 구내 휴게실로 데리고 갔다. 주위를 둘러보고는 작은 목소리로 물었다.

"혹시 나에 대한 소문 들은 적 있어?"

"응, 있지." 단번에 대답했다.

"뭔데, 뭔데?" 팔을 잡고 흔들었다.

"혼자서 용감하게 비서실에 싸움을 걸었다고 하던데."

"뭐라고?" 유카리는 기가 막혔다.

"그런 말도 안 되는 소리가 어디 있어? 어떻게 그렇게 황당한 얘기가 돌아다니는 거야……."

"그야 나도 어지간히 부풀려진 이야기라고는 생각했지만 그래도 왜 재미있는 소문은 금세 커져서 여기저기 돌아다니잖아. 아하하." 속편하게 웃고 있었다.

"하지만 다들 응원하고 있어. 이시하라 씨를 말이야. 비서군단에 반기를 들 수 있는 사람은 이시하라 유카리밖에 없을 거라고 통쾌해하던데."

"누구 맘대로……." 유카리는 두 손으로 머리카락을 움켜쥐고 의자 등받이에 털썩 기댔다.

"그럼 이와사키 상무의 눈에 거슬려서 지방 영업소로 전근될지도 모른다는 얘기는?"

"허어. 그건 처음 듣는 얘기지만 있을 법하네."

"있을 법하다고?"

"이와사키 상무는 아니지만 어떤 상무 비서를 회식자리에서 끌어안았던 남자 사원이 아주 간단하게 지방으로 좌천되어서 간 적은 있으니까."

유카리가 얼굴을 일그러뜨렸다.

"그런데도 노조가 가만히 있었어?"

"우리 회사는 어용노조잖아. 새삼스럽게 왜 그래."

240

크게 한숨을 쉬었다.

"우리 회사 너무 이상한 것 아냐? 그래도 전국적으로 손꼽히는 생명보험회사잖아."

"회사가 아무리 커도 그걸 움직이는 건 아저씨들이랑 여자애들이야."

유카리는 어깨를 축 늘어뜨렸다. 그 말이 맞다. 아저씨들이랑 여자애들이 회사를 움직이고 있는 것이다.

*

다른 아파트들을 보러 다니면 다닐수록 아오야마의 2LDK에 대한 마음은 더욱 간절해졌다. 유급휴가까지 얻어서 집중적으로 찾아다녔지만 하나같이 매력이 없었고, 마음에 들지 않았다.

모델하우스에서 돌아오면 유카리는 항상 마음이 어두웠다. 즐거워야 할 집구경인데도 우울해졌다. 지침서에는 '아파트 구입은 혼전 우울증과 비슷하다'고 쓰여 있었다. 그 말이 맞을 것이다. 꿈과 함께 불안도 커지기 때문이다. 잘될 수 있을까 하고.

회사에서는 또 비서실하고 얼굴을 부딪치게 되었다. 창업

80주년 기념지를 제작하면서 경영진의 한마디를 모아야 했기 때문이다.

"이걸 꼭 제가 맡아야 해요?"

어두운 목소리로 과장에게 물었다.

"미안해. 하지만 자네밖에 맡을 사람이 없어" 하고 눈썹을 축 늘어뜨리며 과장이 간절하게 부탁했다.

아이 참, 내가 비서실하고 안 좋은 사이라는 걸 다 알면서 그래.

유카리는 되도록 자세를 낮춰야겠다고 생각했다. 지금 자기가 잃고 싶지 않은 것은 현재의 위치와 장래의 안정이다.

비서실에 갔더니 여실장과 호시노 가오리가 기다리고 있었다. 또 이 여자야? 하지만 그런 기색은 내비치지 않았다.

"여러 가지로 귀찮게 해드릴 일이 있겠지만 잘 부탁드립니다." 상냥하게 웃으며 머리 숙여 인사했다. 목소리도 한 옥타브 높았다. "일단 30분 정도 이쪽에서 인터뷰를 한 다음 원고로 작성해서 다시 확인을 받는 방식으로 진행했으면 합니다."

"어머, 인터뷰로 해요? 사장님은 직접 쓰시고 싶어하지 않을까 하는데. 글 실력도 상당하시잖아요."

실장이 유한마담 같은 억양으로 말했다. 짙은 향수 냄새가 주변에 진동했다.

"그러시면 직접 집필하시길 원하는 분께는 그렇게 부탁드리고, 시간이 없으신 분은 인터뷰를 원고로 작성하는 방식으로……."

"이와사키 상무님은 자꾸 딴 이야기로 빠지니까 누군가 옆에 있어야 돼요." 호시노 가오리가 참견했다.

"맞아 맞아. 지난번에는 긴자의 무용담을 가지고 한 시간이었지. 호호호."

"그리고 후생성 고위 공무원을 상대로 담판을 지으셨던 이야기도."

"그래그래. 당시 부사장이 멜론을 사들고 사과하러 갔던 이야기지. 호호호."

호호호, 라고. 몰래 한숨을 쉬었다.

"그럼 일정은 그쪽에서 정해주시고, 결정이 되면 연락해주세요."

등이 근질거렸다. 이 방에 있으면 자기가 여성이라는 점이 불안해진다.

경영진 인터뷰에는 측근들이 줄줄이 따라붙었다.

'하시는 이야기를 직접 듣고 싶다'면서 차기 임원자리를 노리는 국장이니 부장들이 동석을 원했기 때문이다.

그래서 자연히 이야기가 커졌고, 쓸데없는 무용담이니 구닥다리 교훈을 듣게 되었다.

비서들이 장단을 맞추는 기술에도 감탄했다. 허풍스럽게 놀라 보이기도 하고, 깔깔대고 웃기도 하고, 진지한 표정으로 끄덕이기도 하고. 이 회사에서 임원들이 임금님처럼 되어버리는 이유를 알 것 같았다.

이러는 동안 유카리는 필사적으로 성질을 죽이며 주위 분위기에 맞췄다. 화장을 하고 치마를 입고 상냥하게 웃어 보이기도 했다. 앞으로 융자금을 짊어져야 할 몸으로서 자기 고집만 내세울 수는 없었다. 이제 어른이 되어야 한다고 스스로를 타일렀다. 회사원 인생은 앞으로 25년 이상이나 남아 있다.

한편 좋은 소식도 있었다. 아버지가 계약금으로 쓸 200만 엔을 내주겠다고 나선 것이다. 전화로 어머니에게 그 이야기를 들었다.

"네 결혼자금으로 모아둔 돈인데 아직 쓸 예정이 없는 것 같아서." 어머니는 밝게 웃으며 말했다. "앞으로 결혼을 한다고 해도 아마 너는 화려한 결혼식이나 피로연을 할 것 같지는 않고, 그러니까 이 돈은 너를 위해서 쓰는 게 제일 좋겠다고 아버지가 그러신다."

"고마워요, 엄마." 유카리는 그렇게 말하면서 코끝이 찡해졌다. 그리고 자기도 모르게 "죄송해요" 하고 말했다. 부모님이 서로 의논하는 모습이 머릿속에 떠올라 가슴이 아렸다.

그래서 200만 엔 추가……. 이렇게 되면 이야기는 자연히

244

달라진다. 부족한 돈이 1천만 엔에서 800만 엔으로 줄었디.
더구나 융자금 상환계획은 지침서의 가르침에 따라 여유 있게
짠 것이었다. 계약금은 총 저축액의 80퍼센트고, 보너스 때의
추가지불은 평균 상환액의 30퍼센트다.

유카리는 당장 계산기를 들고 나왔다. '현상유지, 약간 절약,
사치는 금물'이라는 세 가지 코스로 계산해보았는데, 그 결과
'사치는 금물' 코스라면 간신히 살 수 있다는 계산이 나왔다.

계산기에 나온 숫자를 보고 유카리는 흥분을 느끼기 시작했
다. 뭐야, 살 수 있잖아.

아오야마의 2LDK, 파노라마 야경, 이상적인 도시생활, 일
요일에는 진구가이엔神宮外苑을 산책하고……

하지만 희생해야 할 것들이 많았다. 브랜드 옷들, 매년 가는
유럽 여행, 잘나가는 레스토랑 돌기……

으음. 한밤중에 혼자서 신음을 내며 방 안을 왔다갔다 돌아
다녔다.

어떡하지? 그 아파트를 포기하고 싶지는 않다. 분명히 사랑
에 빠졌으니까. 갖고 싶다. 사고 싶다. 하지만 생활에 여유가
없어진다. 데이트 신청을 받아도 입고 갈 옷은 메이커 없는 싸
구려 옷뿐이다.

으음. 몇 번이고 신음했다. 어째서 인생은 이렇게 힘든 것일
까? 여태껏 얼마나 성실하게 살아왔는데, 좋아하는 아파트에

사는 정도의 포상은 주어져야 하는 것 아닌가? 일본이 이상한 거다. 고이즈미*, 네가 나빠. 소파를 걷어찼다.

유카리의 마음은 갈기갈기 찢어졌다. 갖고 싶다, 갖고 싶다. 이왕 주는 김에 한 200만 엔만 더 주면 어때 하는 괘씸한 생각까지 들었다.

난 정말 불효자식이야…….

일요일 오전, 가만히 있을 수가 없어서 아오야마로 갔다. 판매 시작이 보름 후로 다가온 시점에서 다시 한 번 모델하우스를 보고 싶었기 때문이다. 어쩌면 머릿속에서 이미지가 너무 좋게 부풀어버린 것인지도 모른다. 냉정하게 따지면서 처음부터 다시 검토해봐야겠다고 생각했다.

"이시하라 고객님, 어서 오세요. 다시 찾아주시는 손님은 저희로서도 정말 반갑습니다. 마음에 드셔서 다시 오신 것이라 생각하니까…….”

그렇게 말하며 환하게 웃어 보이고 있었다. 상냥해서 좋았다. 비싼 쇼핑이니까 신경에 거슬리는 점이 하나라도 있는 것은 싫었다.

모델하우스 안으로 발을 들여놓자 역시 가슴이 뛰었다. 시

---

* 일본 수상 이름.

뮬레이션이라고는 하지만 이 야경은 정말 멋지다. 친구들을 집으로 부르면 모두들 부러워할 것이다.

심호흡을 한 번 하고 세부적인 곳을 확인했다. 바닥 두께, 전기 콘센트 수, 부대설비. 아파트 전체의 보안시설이나 규약에 대해서는 영업사원에게 질문했다.

마음에 걸릴 만한 결점은 거의 없었다. 모든 점이 이상에 가까웠다. 이것보다 더 마음에 드는 아파트는 없지 않을까? 그런 생각까지 들었다. 이걸 놓치면 평생 후회할 것만 같았다.

"아참, 애완동물을 키울 수 있게 되었습니다."

영업사원이 말했다.

"가이엔이라는 공원이 가까우니까 그런 요청을 하시는 고객님들이 많아서요."

그렇구나. 여유가 생기면 강아지를 키울 수도 있겠구나. 키울 거면 불테리어Bull Terrier가 좋겠다. 애교도 있고, 인기도 있으니까.

머릿속으로 상상해보았다. 강아지를 산책시키면서 아오야마 대로를 걷는다. 좀 더 가서 하라주쿠까지 걸어갈 수도 있다. 분명 모두들 돌아볼 것이다. 이 근처에 살고 있나 보다. 부럽다. 그런 속삭임이 들리는 것만 같았다.

더 이상 못 참겠다. 사자. 융자금은 어떻게든 되겠지. 내 인생에 필요한 것은 바로 이 아파트다.

"어머, 집 좋다. 거기다 창문에서 보이는 야경도 괜찮은데."

그때 등 뒤에서 소리가 들렸다. 나이가 지긋한 여자 목소리다. 다른 손님이 들어온 모양이다.

"그렇지? 내가 첫눈에 반한 아파트라니까."

이어서 젊은 여자의 목소리가 들렸다. 귀에 익은 목소리였다. 돌아보니 호시노 가오리가 있었다.

"어머, 이시하라 씨."

호시노 가오리가 눈을 동그랗게 뜨고 소리를 높였다.

"호시노 씨……." 유카리는 말문이 막혔다.

"여긴 웬일이세요~?"

말끝을 질질 끌면서 호시노가 물었다.

"웬일이라니……, 난 이 아파트를 사려고……."

"어머~, 나도 그런데."

한동안 말이 나오지 않았다. 그게 무슨 소리야? 제발 거짓말이라고 해줘. 하필이면 너랑 같은 아파트에 살게 될지도 모른다니…….

호시노 가오리도 같은 생각을 했는지 금세 표정이 흐려졌다.

"얘, 가오리. 아는 분이니?"

나이 많은 여자가 물었다. 어머니인 모양이었다.

"같은 회사 사람이요. 이시하라 씨라고."

"어, 그랬구나. 아휴, 전 가오리 어미입니다. 저희 애 좀 잘 부탁드려요."

"아, 아뇨, 저야말로……." 웃고 싶었지만 표정이 어색해졌다. 더구나 몸이 화끈거렸다. 얼굴이 땀으로 뒤범벅이 되었다.

"얘가 글쎄 시집도 가기 전에 아파트를 사달라고 하지 뭐예요. 저희도 모르는 사이에 부동산 회사 회원으로 등록까지 해놓고서……."

어머니가 생글생글 웃으면서 말했다. 하지만 그 말은 귀에 들어오지 않았다. 이게 무슨 일인가? 올해가 내 삼재三災였던가? 아니지, 그건 작년이었는데.

머릿속이 하얘졌다. 이봐요, 하느님. 내가 뭐 잘못한 거라도 있어요?

완전히 우울해졌다. 사야겠다고 마음을 먹은 딱 그 순간에 어째서 저 여자가 등장하냔 말이다. 보나 마나 부모님이 사주는 거겠지. 너무 불공평하지 않은가? 난 그 아파트를 사려고 '사치는 금물' 코스를 선택했는데 말이다.

만약 같은 아파트에 살게 된다면 엘리베이터를 탈 때조차도 걱정을 해야 한다. 길거리에서 마주칠 것을 생각하면 마음 놓고 산책도 하지 못한다……. 유카리는 1분에 한 번씩 한숨을 쉬고 있었다.

유카리에게는 선택할 수 있는 길이 세 가지 있었다.

1. 포기하고 다른 곳을 찾는다.

2. 굳은 의지로 무시한다.

3. 화해하고 그럭저럭 사이좋게 지낸다.

1은 싫었다. 애인을 빼앗기는 것이나 마찬가지다. 2는 피곤할 것 같았다. 자기는 남들이 생각하는 만큼 강한 여자가 아니다. 그렇다면 남은 길은 3인데……

아아, 싫다, 싫어. 세상에서 제일 싫어하는 타입의 여자랑 같은 지붕 아래서 살아야 하다니.

그러다가 기분이 약간 안정되자 다른 상상도 떠올랐다. 영업소로 전근된다는 이야기다. 호시노 가오리가 이와사키 상무에게 아양을 떨면서 옆구리를 찌른다. 머릿속이 텅 빈 아저씨가 입을 헤벌리며 자기 권력을 과시하려고 한다……

현기증이 났다. 말도 안 되는 상상이라고 생각은 하지만 그래도 불안이 끝없이 밀려왔다. 일 때문에 얼굴을 마주쳤을 때 태연한 얼굴로 물어보았다.

"호시노 씨, 혹시 지난번 아오야마의 그 아파트 살 생각이에요?"

"네, 계약하려고요. 이시하라 씨는 어떡할 거예요?"

"나도 살 생각이에요. 우리 이웃이 되겠네요."

유카리는 웃는 표정을 지으며 대답했다. 물론 마음속으로는 울고 있었다. 홍수가 날 정도로 펑펑 울어대고 있었다.

"그런데요, 무라세 상무님의 원고, 저희 쪽에 보여주실 수 없어요?" 호시노 가오리가 물었다.

"그 원고는 벌써 본인의 확인이 끝난 상태인데?"

"그래요? 이와사키 상무님이 사전에 읽고 싶다고 하시거든요."

유카리는 대답하기 난처해졌다. 두 사람은 라이벌 관계라는 소문이 있었다. 예전에도 다른 임원들 사이에서 비슷한 일이 있었다. 한쪽이 사장에게 아부하는 글을 썼더니 그것을 읽은 다른 쪽이 지지 않으려고 더 심한 아부를 써놓고, 그런 식으로 점점 심해지다가 수습이 안 되는 지경에 이르렀던 것이다.

"이와사키 상무님이 이시하라 씨에게 부탁하라고 하시던데."

으윽. 혹시 시험해보고 있는 건가?

"알았어요." 유카리는 고개를 끄덕였다.

이건 '3'에 해당되는 건가? 어깨가 축 처졌다. 결국 자기는 몸을 사리는 쪽으로 나아갈 것 같다.

아니나 다를까 어디선가 그 정보를 들은 무라세가 이번에는 이와사키의 원고를 보여달라고 요구했다. 그것도 비서를 통하지 않고 직접. 말하자면 비밀이라는 뜻이겠지.

거절할 방법이 없어서 원고를 들고 갈 수밖에 없었다. 예상했던 대로 무라세는 원고를 고치고 전의 글은 없애버렸다. 내용은 거품경제 붕괴 이후의 재건 상황을 이야기한 것으로 은근히 자기 자랑이 늘어나 있었다.

늪에 빠졌다. 뻔히 예견하고 있었던 상황인데. 유카리는 속이 쓰렸다. 이대로 그냥 넘어갈 수 있을까?

그렇게 해서 초벌인쇄를 마친 원고를 비서실에 가져갔더니 당장 호시노 가오리에게서 클레임이 걸려왔다. 할 수 없이 비서실로 갔다.

"이건 지난번에 보여주신 원고랑 다른 것 같은데요."

칸막이 안쪽에 있는 책상을 사이에 두고 마주 앉자 호시노 가오리는 머리카락을 획 하고 뒤로 넘기더니 딱딱한 표정으로 말했다.

"이와사키 상무님에게 어떻게 된 일이냐고 야단맞았어요."

"그 뒤로 무라세 상무님도 그러셨어요. 이와사키 상무님의 원고를 참고로 삼고 싶으니 보여달라고."

유카리가 힘없이 말했다.

"그래서 보여줬단 말이에요?"

"그야 우리는 거절할 수 있는 입장도 아니고."

"그럼 나에게라도 얘기해줬어야죠."

"하지만 그렇게 하면 무라세 상무님이 뭐라고 하실 테고……. 이런 일은 비서실 안에서 조정해주셨으면 하는데요."

"그건 무리예요. 비서들끼리는 사이가 좋아도 상사들 일에 관해서는 비밀을 지켜야 하는 의무도 있으니까. 난 이와사키 상무님 비서니까 무라세 상무님 쪽에 대해서는 뭐라고 할 수도 없단 말이에요."

유카리가 입을 다물었다. 시선을 마주칠 수가 없었다. 마치 상사에게 꾸중을 듣고 있는 부하 같았다.

"지금 이와사키 상무님이 교정을 보고 있으니까 그걸로 다시 고쳐서 만들어주세요."

"인쇄되어서 나왔을 때 무라세 상무님 쪽은 괜찮을지 모르겠네요."

"그건 그쪽에서 사정을 설명해주세요."

유카리는 입술을 깨물었다. 위액이 치솟아서 목 안쪽으로 시고 씁쓸한 느낌이 들었다.

"그리고요." 호시노 가오리가 작은 목소리로 말했다.

"무라세 상무님 쪽 비서에게는 말하지 말아주세요. 공연히 그런 말을 전했다가는 비서실 안에 문제가 생기니까요."

"저기요, 저희 부서 입장도 좀 생각해주셨으면 좋겠는데요."

겨우 반박할 수 있었다. 이 상황은 정말 너무 심했다.

"홍보과는 원래 그런 데잖아요."

"그런 데라뇨?"

"사내의 조정역할이랄까, 해결사랄까, 그런 거요."

"아니, 그건 잘못된 생각이에요. 외부에 회사의 업무내용을 알리는 곳이죠. 기념지 편집은 회사 PR이 목적이지 사내 사정을 알리기 위한 것이 아니에요."

말하면서 마음이 점점 가라앉았다. 한꺼번에 5년이나 늙은 느낌이었다.

"그럼 이와사키 상무님에게 직접 말하시든지. 난 도저히 그런 말을 할 수 없으니까."

"하지만 상사 꼭두각시 노릇을 하는 것이⋯⋯."

"꼭두각시라뇨. 그건 너무 실례 아니에요? 우리는 상사가 기분 좋게 일하실 수 있도록 하기 위해 일하고 있는 건데요."

"회사 전체보다 자기 상사가 더 중요하다고요?"

"그렇죠." 호시노 가오리의 얼굴이 약간 굳어졌다.

안 되겠다⋯⋯. 유카리는 큰 한숨을 쉬었다. 이런 스트레스를 견딜 수 있을 리가 없다. 조만간 위에 구멍이 나서 쓰러질 것이 뻔하다. 익숙하지 않은 짓은 하는 것이 아니다.

기죽어서 지낸다든지, 남의 눈치를 살핀다든지, 입을 꾹 다물고 있다든지, 비굴해진다든지. 이것도 다 아파트 때문이다.

"호시노 씨, 이렇게 합시다. 원고는 모두 처음 것으로 되돌리겠어요. 무라세 상무님에게는 내가 승낙을 얻어낼 거예요. 그게 가장 공평할 것 같네요."

유카리가 말했다.

"네~? 그게 무슨 소리예요?"

호시노 가오리가 항의하려는 듯 언성을 높였다.

"이와사키 상무님은 어떻게 하라고요?"

"그쪽에서 알아서 해요. 사이가 좋잖아요."

유카리는 말투를 바꿨다. 허리도 쫙 폈다. '3'은 그만두겠다.
자신을 속이고 살아갈 수는 없다.

호시노 가오리의 눈초리가 올라갔다.

"무슨 권한으로 홍보과가 그런 것까지 결정하죠?"

"결정할 수 있어요. 홍보과니까."

"그건 이유가 안 되잖아요."

"이유가 되건 안 되건 상관 없어요."

그때 원고를 손에 든 이와사키 상무가 나타났다.

"어어, 이시하라 군이 와 있었군. 마침 잘됐네. 여기, 교정
을 해두었으니까 고쳐놔요."

책상에 턱 던져놓더니 크게 기지개를 켰다.

"죄송하지만 처음 원고로 돌려놓았으면 하는데요. 모든 분
들 것을 그렇게 할 생각이니까 불공평하지는 않을 겁니다."

유카리는 자리에서 일어서서 고개를 숙이며 말했다.

"뭐라고?" 이와사키가 턱을 앞으로 쑥 내밀었다.

"다시 한 번 말해봐요."

"원고를 처음 것으로 돌려놓게 해달라고 말씀드렸습니다."

"그게 무슨 소리야? 내 말을 못 듣겠다는 소린가?"

"가위바위보를 하면서 손을 나중에 내미는 것은 상무님답지 않은 행동이라고 생각합니다."

참 겁도 없이 별 소리를 다한다. 마음속의 또 다른 자기가 어이없어하고 있었다.

"가위바위보에서 나중에 손을 낸다고? 지금 나에게 하는 말인가?" 이와사키가 노려보며 말했다.

"정말 죄송합니다. 사외로도 배부되는 문서라 될 수 있는 대로 중립적인 내용을 담고 싶습니다."

다시 한 번 고개를 깊이 숙였다.

"……어이, 누가 시켰어? 무라세야?"

"아닙니다. 홍보과에서 드리는 부탁입니다. 여러 분들께서 서로의 원고를 읽고 다시 고치기를 계속하시게 되면 도저히 수습이 되지 않습니다."

이와사키가 할 말을 잃은 모양이었다. 몇 초 후에 골프로 가무잡잡해진 얼굴을 천천히 들이밀었다.

"역시 이시하라 도지사는 다르다니까. 그런 말을 하는 홍보과 사원은 처음 보는군." 씨익 웃었다.

"아무쪼록 양해해주셨으면 합니다. 회사의 PR이 저희가 하는 일입니다."

유카리는 세 번째로 고개를 숙인 다음 뒤로 돌아서 방을 나왔다.

성큼성큼 복도를 걸었다. 아아, 말해버렸다. 심장이 두근거리고 있었다. 하지만 가슴속이 시원하고 후련했다. 바람이 불어서 두터운 구름이 흩어져버린 것 같은 느낌이었다.

지금 이 순간, 자기의 우선순위를 분명하게 깨달았다. 자신을 속이지 않는 것. 이것보다 중요한 일은 아무것도 없다.

홍보과로 돌아가 이 건에 대해서 야마다 과장에게 보고했다. 마른하늘에 날벼락을 맞게 되면 딱하다고 생각되었기 때문이다.

"이시하라……." 야마다 과장은 울상이 된 표정으로 말했다. 허둥지둥 부장에게로 달려갔고, 이어서 둘이 같이 어디론가 사라졌다.

"사쿠라이 씨, 짧은 인연이었지만 이제 안녕, 하게 될지도 모르겠네."

자리에 앉아 옆에 있는 동료에게 말했다.

"멋지다. 이시하라 씨는 정말 용감한 사람이라니까."

"멋지긴 뭐가 멋져. 다시 태어나게 되면 난 귀여운 여자가 되고 싶어."

"지금도 충분히 귀엽다니까. 얼마나 매력적인데."

유카리는 쓰게 웃었다. 고마워. 마음속으로 고맙다는 말을 했다. 가끔씩 자기혐오에 빠지기도 하지만 그래도 자기 자신이 싫지는 않다.

앞으로 어떻게 될까? 코로 숨을 내쉬었다. 앞으로 어떻게 될지는 모르지만 아파트는 그래도 사야지. 아오야마의 2LDK가 아니라 내 눈높이에 맞는 것을. 아무래도 '현상유지' 코스가 최고다. 다시 한 번 찾아보자. 멋도 부리고 싶고, 맛있는 것도 먹으면서 살고 싶으니까…….

한 시간도 안 되어서 야마다가 돌아왔다. 식초라도 마신 사람처럼 복잡한 표정을 짓고 있었다. 화를 내고 있는 것처럼 보이지는 않았다.

"이시하라." 옆에 와서 불렀다.

"이와사키 상무님이 자네에게 전해달라는 말씀이 두 가지가 있어."

"뭔데요?"

"첫 번째, 내 비서가 되지 않겠나?"

"예~에? 싫어요!" 유카리는 곧바로 대답했다.

"두 번째, 싫으면 됐고."

"아하하." 듣고 있던 사쿠라이가 먼저 웃었다.

유카리는 웃을 타이밍을 놓쳐버렸다.

아무튼 회사라는 데는 정말…….

내일부터 다시 아파트 찾기의 시작이다. 그래도 조금은 힘이 났다.

워킹맘

영업부로 복귀한 것은 3년 만의 일이다. 연초부터 회사 여기저기에 부탁을 계속하고 다닌 덕분에 5월에 있는 정기 인사이동 때 원하던 대로 옮길 수 있었다.

올해 서른여섯 살이 되는 히라이 다카코는 4년제 대학 경제학부를 졸업하고 자동차 제조업체에 취직한 이후 계속 영업 분야에서 일해왔는데 최근 3년 동안은 총무부 후생과에서 야근이 없는 업무를 해왔다. 혼자 아이를 키우고 있기 때문이다. 아이는 스물아홉 때 낳았다.

이혼 후 얼마 지나지 않아 인사이동이 될 것이라는 언질이 있었다.

"될 수 있는 대로 아이랑 시간을 많이 보내야지."

영업부장인 사와다가 그렇게 설득했고 다카코는 그 말을 따랐다. 당시 몸이 약해졌던 것도 있었다. 친정이 홋카이도에 있기 때문에 의지할 친척도 없었다. 놀이방에 아이를 맡겨도 3분만 지나면 불안해지는 나날이었다. 업무에 집중할 수 있으리라고는 상상도 할 수 없었다.

그러다가 3년이 지나면서 다카코도 다시 활기를 찾았다. 아들 유헤이는 올봄에 초등학교에 입학했다. 아직도 이리저리 손이 가기는 하지만 여섯 살치고는 상당히 철이 많이 든 아이다. 떼를 쓰지도 않고, 아버지가 없다는 사실도 잘 이해하고 있다. 모자관계도 양호하다.

그렇게 되자 회사 안에서 책상만 지키고 있는 게 아니라 바깥세상을 상대로 일하고 싶어졌다. 기술은 녹슬지 않았고, 인맥도 아직 살아 있다. 보람을 느낄 수 있는 일이 하고 싶어진 것이다.

"괜찮겠어? 갑작스런 출장도 있고 할 텐데."

사와다는 처음에 난색을 표했다. 영업부에 애가 있는 유부녀 사원이 있기는 했지만 편모는 전례가 없다. 회사의 육아 지원은 나름대로 충실한 편이긴 하지만 학생 보육의 경우는 또 다르다.

"괜찮습니다. 어떻게든 할 수 있을 거예요."

말은 그렇게 해놓았지만 반쯤은 무작정 저지르는 일이었다. 주변 사람들의 이해와 유헤이가 혼자 잘해줄 것이라는 기대에 의지할 수밖에 없다. 분명히 잘해낼 수 있을 거야, 하고 다카코는 자기를 설득했다. 그렇게라도 하지 않으면 지금 이 상태는 영원히 바뀔 수 없다. 어렸을 때부터 활발한 성격이었다. 총무에서 하는 따분한 일들이 이제는 지긋지긋한 것이다.

인사이동이 결정되자 밝은 색 정장을 새로 샀다. 머리도 짧게 잘랐다. 거울에 비치는 자기 모습에 다카코는 만족했다. 아직은 볼 만하네. 괜찮은 여자라는 소리를 듣고 싶다…….

오랜만에 돌아온 영업부 플로어는 시끌시끌하고, 어수선하고, 자유의 향기가 났다. 사원들 복장도 제각각이었다. 책상에 다리를 올리고 스포츠 신문을 펼쳐들고 있는 사람도 있었다. 일만 잘하면 무슨 짓을 하든 뭐라고 하지 않았다는 사실이 생각났다. 다카코 자신도 예전에는 건방진 여사원이라고 불렸고 상사하고 한판 붙은 적도 있었다. 여기는 성과제일주의 전쟁터다.

다카코가 배치된 2과는 판매 캠페인을 기획하고 실시하는 부서 중 하나다. 회사가 크기 때문에 모든 행사에 관여하는 것은 아니지만 신형 자동차의 판매실적을 좌우하기 때문에 그만큼 책임이 크고 스트레스도 많이 받는 일이다. 과장인 이시노는 40대 중반으로 사람들 사이를 조정하는 스타일의 온화한 인물이다. 예전부터 알고 지내던 사이여서 마음이 놓였다. 개인적인 집안사정을 일일이 설명하지 않아도 되기 때문이다. 옆자리에는 서른 살의 신혼인 야마시타가 앉아 있다. 신입사원 때 잠시 일을 가르친 적이 있는데 아직도 여전히 동안이어서 학생이라고 해도 믿을 정도다. 과원은 모두 일곱 명이고, 대부분 아는 얼굴들이다. 분명 사와다 부장의 배려였을 것이다. 다카코가 일하기 쉬운 부서를 골라준 것이다.

첫날에 이시노 과장이 과 사람들에게 다카코를 소개시켜주었다.

"다들 알고 있으리라 생각하는데 오늘부터 우리 과에서 같이 일하게 된 히라이 씨입니다. 영업부에 10년이나 있었던 베테랑이고, 워낙 칼같이 일하는 사람이라 전에는 '면도칼을 든 다카코'라고 불린 적도 있었답니다." 여기서 다들 크게 웃었다.

"젊은 사람들은 앞으로 많이 배우도록 하세요."

다카코는 어색한 웃음을 지으며 손을 흔들었다.

"입사 14년째인 히라이 다카코입니다. 신입사원으로 돌아갔다는 생각으로 열심히 일할 각오로 왔습니다. 앞으로 잘 부탁드립니다."

과원들 앞에서 깊이 머리를 숙여 인사했다. 진짜로 겸손한 마음이었다.

"히라이 선배, 너무 쪼지 말아주세요."

야마시타가 농담조로 말했다.

"그쪽이야말로. 난 한참 동안 출가외인이었잖아."

다카코는 코에 주름을 만들어 웃으며 대답했다.

다들 웃는 얼굴로 박수쳤다. 따뜻하게 환영을 받았다는 사실이 기뻤다. 적어도 직장에 있을 때는 긴장하지 않아도 될 것 같았다.

이시노가 담당할 업무를 나누어주고 한차례 지시를 내린 후에 작은 목소리로 말했다.

"그러나저러나 환영회는 어떻게 해야 하나? 평소 같으면 저녁에 술 한잔 하러 가겠지만 히라이 씨 같은 경우는 점심 회식으로 하는 편이 낫지 않을까?"

아이의 일을 신경 써주고 있다는 것을 알 수 있었다.

"점심 회식이라뇨? 술자리를 마련해주셔야죠. 저도 가끔은 취해보고 싶단 말이에요."

다카코가 밝게 대답했다. 배려해주는 것은 고마웠지만 그렇게까지 신경을 쓸 필요는 없다. 게다가 무엇보다 다카코 자신도 동료들과 마시고 싶었다.

이시노는 다카코의 얼굴을 들여다보더니 "그래? 히라이 씨가 그렇다면 술자리 회식으로 하지" 하고 고개를 끄덕이고는 자리를 예약하라고 사무실에서 제일 젊은 후지모토 아사미에게 명령했다. 그 길로 다카코도 복도로 나가 도우미 아줌마에게 연락을 했다. 총무부에 있을 때는 매일 곧바로 퇴근했으니까 술자리도 정말 오랜만이었다.

회사 근처에 있는 캐주얼한 프렌치 레스토랑에 자리를 잡았다. 젊은 사원들이 많은 부서답게 다들 성대하게 먹고 마셨다. 오랜만에 다시 보는 그런 모습에 다카코는 다소 과할 정도로 감개무량함을 느꼈다. 예전에는 거의 저녁마다 술을 마시면서 토론을 하곤 했다. 술자리는 회사 일의 연장이었다.

"그런데 히라이 씨, 좀 개인적인 질문을 해도 돼요?" 야마시타가 눈치를 보는 표정으로 물었다.

"응, 뭔데? 아무거나 물어봐도 돼."

"아이는 지금 혼자 집에서 기다리는 거예요?"

그 질문에 다른 사람들의 시선이 모두 집중되었다. 보아하니 다들 관심이 있는 모양이었다.

"에이, 설마. 아직 초등학교 1학년인데. 이 시간까지 혼자 어떻게 집에 두겠어? 오랫동안 일해주고 있는 도우미 아줌마가 있어서 그 사람에게 부탁했지."

다카코가 대답했다.

"아아, 그랬구먼." 이시노 과장이 이야기에 끼어들었다. "아니, 유헤이가 혼자 있으면 무서워하지 않을까 하고 아까부터 걱정을 하고 있었거든."

"그랬어요? 영업부에는 저 말고도 애 있는 여사원들이 있잖아요."

"그래도 다른 사람들은 남편이랑 교대로 본다든지, 부모랑 2세대 주택에서 같이 산다든지, 뭐 그런 경우가 대부분이잖아. 히라이 씨 같은 경우는 처음이라서."

이시노가 꽤나 진지한 표정으로 말했다.

"맞아요. 어린 아기에게는 베이비시터가 있다는 걸 알고 있었지만 초등학생 정도가 되면 누가 봐주는지 저도 몰랐거든요."

전문대를 나와 입사한 지 2년째 되는 아사미도 대화에 끼어들었다. 다들 "맞아 맞아" 하며 고개를 끄덕이고 있었다.

"아니, 정말로 도우미 제도를 몰랐던 거야? 그런 건 상식이잖아."

다카코는 눈이 휘둥그레졌다. 일하는 엄마들 사이에서는 도우미에 대한 정보 교환이 빈번하게 이루어지고 있다. 그런데 세상 사람들은 그런 걸 모르고 있는 것이다.

"우리 회사도 진보적이라고는 해도 여사원들은 애를 낳으면 그냥 퇴직해버리는 경우가 대부분이니까. 맞벌이를 한다고 하면 거의 부모랑 같이 산다든지 애가 없는 경우가 태반이야. 특히 영업은 그런 경향이 심하지."

이시노가 와인을 마시면서 고백을 하듯이 말했다.

"제조업체는 아무래도 사고방식이 좀 고루하다고 봐야겠지요." 야마시타가 맞장구를 쳤다.

"뭐, 그런 걸 가지고 큰 문제처럼 그래요……."

다카코는 애써 웃었다.

"애가 있다고 너무 눈치 보지 마세요. 어디까지나 일은 일이니까."

"참고로 묻는데 그 도우미라는 사람은 시간당 얼마를 주는 거야?" 이시노가 물었다.

"천팔백 엔요."

"비싸네."

불그스레한 얼굴로 눈살을 찌푸렸다.

"학교가 끝난 다음부터 봐주는 거면 하루에 만 엔으로도 모자라잖아."

"아니에요. 학교 끝나고 나서는 방과 후 클럽에서 돌봐주고 있어요. 거기는 한 달에 5천 엔이고 간식비는 따로 2천 엔씩 내요. 원칙적으로는 오후 6시까지인데 사전에 부탁하면 그래도 7시까지는 봐주지요."

"방과 후 클럽이 뭐야?"

"모르세요? 요즘 초등학교에는 그런 게 있어요. 보호자가 일 때문에 집에 없는 경우 방과 후에 학교 교실을 써서 구청에서 위탁을 받은 지역 사람들이 아이들을 맡아주는 시스템이에요. 과장님도 자녀분이 있잖아요."

"우리는 둘 다 벌써 중학생이야. 게다가 집사람은 전업주부니까."

"자치단체들이 생각보다 제대로 일하고 있어요. 매스컴에서는 세금을 낭비한다고 떠들어대지만 저는 여러 모로 많은 도움을 받았어요. 방과 후 클럽이 없다면 일하는 엄마들은 도저히 살아갈 수 없을 거예요."

"흐음, 그런 게 있었구먼. 몰랐네."

이시노가 팔짱을 끼며 말했다. 다른 사람들도 하나같이 감탄하고 있었다.

"도우미 아줌마는 저녁밥도 만들어주나요?"

아사미가 물었다.

"물론이지. 부탁하면 청소도 해주고, 학교에 데려다 주거나 학교에서 데리고 오기도 하고. 요즘 세상은 돈만 있으면 어지간한 일은 남이 다 해주게 되어 있어."

"모르는 사람에게 부탁한다는 게 불안하지 않으세요?"

"으음." 다카코가 입을 다물며 대답할 말을 찾았다.

"솔직히 말하자면 처음에는 불안하기도 했지. 집 열쇠를 맡기는 것도 마음이 놓이지 않았고……. 지금도 귀중품은 눈에 띄는 곳에 두지 않는다든지 하는 식으로 나름대로 신경은 쓰고 있는 편이야. 하지만 나 같은 경우는 선택의 여지가 없었어. 그래서 해봤더니 쓸 만하더라고. 전문회사에서 파견하는 도우미라 신분도 확실하고, 그 분야에 적성이 맞는 사람들이니까."

"헤에, 왠지 존경스럽네요."

"누가?"

"히라이 씨도 그렇고, 그 도우미로 오는 사람들도요. 열심히 살고 있는 것 같아서."

"후지모토는 부모님 집에 살면서 회사에 다니니까 하나에서 열까지 다 부모님에게 기대고 있지? 아침마다 자기가 알아서 일어나기는 하는 거야?"

이시노 과장이 놀리자 다들 웃었다. 술기운이 돌아서 모두들 긴장이 풀린 표정이었다.

그 뒤로도 다카코에게 질문이 계속 쏟아졌다. 급한 연락은 할 수 있게 되어 있는지, 학부모로서 학교하고는 어떤 관계를 가지고 있는지, 아이가 울거나 떼를 쓰는 경우는 없는지. 그런 질문 하나하나에 다카코는 솔직하게 대답했다. 누가 물어본 것도 아닌데 이혼한 남편에게서 받는 양육비에 대한 이야기까지 했다. 한 달에 10만 엔인데 그 돈이 전부 도우미 비용으로 사라진다는 사실까지. 이시노와 야마시타는 다카코의 결혼식에 초대되었던 사람들이어서 그런지 그런 이야기가 나왔을 때 좀 착잡한 표정을 지었다.

꾸미거나 허세를 부리지 않는 편이 낫다고 생각했다. 모든 것을 드러내놓으면 앞으로 지내기 더 편해진다.

"하지만 히라이 씨의 경우는 나름대로 수입이 안정되어 있으니까 다행이지만 그렇지 않은 싱글맘들은 힘들겠네요."

야마시타가 진지한 표정으로 말했다.

"그렇지. 힘들 거라고 생각해. 유헤이가 놀이방에 다닐 때 그 놀이방에 아이를 보내는 엄마 중에 슈퍼마켓 아르바이트랑 신문배달로 두 아이를 기르고 있는 사람도 있더라고. 남의 일이지만 정말 걱정되더라."

"난 정말 편하게 사네."

아사미가 한숨을 쉬었다. 왠지 마지막에는 분위기가 가라앉아버렸다.

오후 9시가 되어 자리에서 일어났다. 프랑스 요리를 먹은 것은 이혼한 이후 처음이었다. 버터소스 맛 같은 것은 거의 잊어버리고 살았던 것 같다. 다카코는 현역으로 복귀했다는 실감이 났다. 앞으로는 자기도 즐기고 싶다고 생각했다. 지금까지 3년 동안은 모든 것을 다 희생하면서 살아왔다.

"오늘 밤은 특별대우야."

이시노가 그렇게 말하더니 택시티켓을 주었다.

"아이고 고마우셔라."

다카코는 사양하지 않고 받았다. 너무 친절해서 기분이 좋아졌다.

전철역으로 향하는 동료들과 헤어져 거리로 나갔다. 택시를 잡으려고 눈을 부릅떴다. 하지만 회사가 계약하고 있는 택시는 좀처럼 나타나지 않았다. 오피스 근처여서 개인택시는 별로 많지 않다. 역 근처에 더 많을 것 같다는 생각이 들어 걷기 시작했다. 초여름의 밤바람이 취한 몸에 기분 좋게 와 닿았다. 밤거리를 걷고 있으니 잠시 속편한 독신으로 돌아간 기분에 젖을 수 있었다.

앞쪽에 동료들이 있었다. 어느새 따라잡아 버린 모양이었다. 길거리에 다들 멈춰 서더니 무슨 의논을 하고 있었다. 무슨 일이지? 그렇게 생각하고 있는데 모두가 어느 건물 안으로 사라졌다. 올려다보니 노래방 네온사인이 반짝이고 있었다.

뭐야, 노래방에 들어간 거야? 나만 먼저 가게 해놓고……. 갑작스럽게 2차를 가기로 결정한 것인지도 모르지만 기분이 썩 좋지는 않았다.

들이닥쳐 볼까? 빌딩 앞에 멈춰 서서 안쪽을 들여다보았다. 하지만 그만두기로 했다. 2차를 갈 예정이 있었다고 해도 다카코에게 그런 말을 꺼내지 않은 이유는 늦게까지 붙잡아두면 난처해할 것 같아서였을 것이다. 이시노는 자꾸만 "한 시간에 천팔백 엔씩이나?" 하며 한숨 섞인 목소리로 중얼거리고 있었다. 다들 다카코가 신경이 쓰였던 것이다.

그렇게 생각하기로 하고 택시를 잡아탔다. 차 안에서 도우미 아줌마에게 전화를 걸었다. 야스다 씨라는 40대 후반의 온화한 여성이다. 아이들은 다 독립해서 자기 밥벌이를 하고 있고, 남편을 일찍 잃어 혼자 남게 되자 도우미라는 직업을 택하게 되었다고 했다. 오랫동안 전업주부로 있었던 사람에게는 가사노동을 직업으로 삼는 것이 가장 효율적일 것이다. 부탁하는 쪽도 그게 더 안심이 된다.

"지금 끝나서 들어가고 있는 중인데 유헤이는 아직 안 자나요?"

"안 자고 있는데 바꿔줄까요?"

퉁탕퉁탕 나무바닥 위를 뛰는 소리가 들렸다. 야스다 씨에게서 수화기를 받아 유헤이가 중얼거리는 목소리로 말했다.

"엄마, 오늘, 나, 미술에서 동그라미를 세 개나 받았다."

"정말? 와~, 잘했네."

허풍스럽게 놀라는 시늉을 했다.

"그 정도는 보통이지 뭐" 하고 유헤이가 대답했다. 이 아들은 가끔씩 이렇게 어른 같은 말투를 쓴다.

"앞으로 20분 후에 들어갈 것 같은데 그때까지 자지 않고 기다릴 수 있어?"

"응. 그럼 자지 않고 있어줄게."

다카코는 작게 웃음을 터뜨렸다.

"샤워는 했어?"

"했어."

"이빨 닦았고?"

"닦았어."

"솔직히 말해."

놀리는 투로 말했다.

"이제부터 닦을 거란 말이야."

유헤이가 열심히 강조했다.

"그럼 엄마 기다려."

"응."

전화를 끊자 마음속에 상쾌한 바람이 불었다. 아들의 목소리를 듣는 것만으로도 힘이 생겼다. 나의 귀가를 기다리는 가족이 있다는 사실이 얼마나 멋진 일인지 모르겠다.

자지 않고 기다려주겠다고 했으면서 집에 돌아와보니 유헤이는 소파에 곯아떨어져 있었다. 이렇게 잠이 들면 누가 업어가도 모를 정도로 정신없이 잔다.

식탁에는 동그라미를 세 개 받았다던 그림이 놓여 있었다. 크레파스로 그린 사람의 얼굴이었다. 얼핏 보기에는 여자인지 남자인지도 분간이 가지 않았지만 입술을 빨갛게 칠해놓은 것으로 보아 여자인 모양이었다. 보나 마나 다카코다. 최근에 머리를 짧게 자른 엄마의 얼굴을 그린 것이다. 행복한 기분이 솟아올랐다.

내일 칭찬해줘야지. 고맙다는 말도 해야지. 그리고 액자에 넣어서 마루에 걸어놔야지.

야스다 씨에게서 보고를 받았다.

"냉장고 안에 있는 음식 중에서 계란은 내일까지가 유통기한이니까 아침에 드세요. 돼지고기 값이 싸서 500그램들이 팩을 샀고, 쓰고 남은 것은 냉동실에 넣어두었어요. 그리고 우유가 떨어져서 사놓았어요. 목욕물은 받아놓았으니까 지금 들어가셔도 돼요."

세세한 인수인계였다. 음식을 산 영수증도 받았다. 이만큼 신경 써주기 때문에 1시간에 천팔백 엔이라도 납득이 되는 것이다. 하기야 야스다 씨가 파견회사로부터 받는 금액은 그중의 일부분일 테지만.

"고맙습니다. 덕분에 마음 놓고 일할 수가 있어요."

정중하게 인사를 하고 배웅했다.

유헤이를 안고 아이 방 침대에 눕혔다. 얼마 전까지는 같이 자겠다고 떼를 쓰곤 했는데 마음을 굳게 먹고 딴 방에서 자게 했더니 그럭저럭 적응을 했다.

이마에 걸쳐져 있는 머리카락을 옆으로 쓸어넘겨 주었다. 침대 옆에 앉아 한동안 자는 얼굴을 바라보고 있었다.

유헤이는 요 몇 년 사이에 점점 다카코를 닮아갔다. 눈가가 아주 빼다 박았다고 주위 사람들이 말하곤 한다. 다카코는 만족스러웠다. 헤어진 남편을 점점 닮아갔다면 약간 우울해졌을지도 모른다.

학생 때부터 사귀었고 방송국에서 일하는 전남편과 결혼한 것은 스물일곱 때였다. 출세도 할 것 같았고, 서로 잘 알고 있으니까 사는 데 별 지장이 없으리라고 생각했는데 그것은 큰 착각이었다.

가사를 분담하자는 말에 따르기는 했어도 어디까지나 '해준다'는 식이었다. 불만을 나타내면 은근히 자기가 돈을 많이 번다는 뜻을 비치면서 다카코가 집에 있어주기를 바랐다. 결정적이었던 것은 유헤이를 낳았을 때였다. 남편은 다카코가 회사를 그만두고 육아에 전념하리라고 철석같이 믿고 있었던 모양이다.

이러고저러고 하는 사이에 남편이 바람을 피웠다. 아니, 바람이라기보다는 다른 여자를 좋아하게 되었던 것이다. 그 여자가 임신을 하게 되자 관계가 꼬일 대로 꼬였다. 그 당시는 스트레스 때문에 몸이 망가져서 병원에서 링거를 맞아야 했을 정도였다.

이혼 후에 전남편은 새로운 가정을 꾸렸고, 유헤이와 만나겠다는 소리도 하지 않았다. 다카코도 전혀 불만이 없었다. 괜히 자기 좋을 때만 아버지입네 하며 나서는 것보다는 훨씬 낫다. 유헤이는 다카코 혼자 키울 것이다.

목욕하는 것도 잊은 채 계속 유헤이를 바라보고 있었다. 상당히 잘생겼다. 아마 반 여자애들에게 인기가 있을 것이다.

오늘은 무슨 공부를 했니? 마음속으로 물어보았다. 아들의 잠든 얼굴을 보고 있으려니까 하루의 피로가 다 날아가 버렸다.

*

새로운 부서는 다카코를 활기차게 만들었다. 판촉 프로젝트는 주어지는 업무가 아니라 자기가 움직여서 만들어내는 일이기 때문에 보람이 있는 것이다. 예전보다 훨씬 바빠지기는 했지만 개인 재량에 맡겨져 있는 만큼 시간을 자유롭게 쓸 수 있었다. 학부형 모임에 참석해야 할 때도 일일이 상사의 허락을 받을 필요가 없었다. 일을 집으로 가져가서 하는 것도 자유였다. 유헤이를 재운 다음에 부엌에 있는 식탁에서 노트북을 켜는 데에는 다소 용기가 필요했지만 일에 대한 충족감이 그런 용기를 불어 넣어주었다. 이렇게 열심히 일할 수 있는 자신을 칭찬해주고 싶었다.

"어때, 잘하고 있나?" 사와다 부장은 틈나는 대로 그렇게 물어보곤 했다.

"그럼요, 아주 잘되고 있어요. No problem입니다."

"지나치게 열심히 하려고 하지는 마. 자네는 애엄마니까."

"그렇게 신경을 써주시지 않아도 된다니까요."

일중독자인 사와다가 그런 말을 하는 바람에 자기도 모르게 어이없는 웃음이 나왔다. 관리직에 있는 사람들이 신경을 쓰는 방식이 좀 우습기도 했다.

그런 가운데 새로운 캠페인용 홈페이지를 만드는 프로젝트가 시작되었다. 예전부터 다카코가 가지고 있던 기획이었는데 국장 허가가 떨어진 것이다. 2과 사람이 한 명이 더 필요하다고 해서 야마시타에게 부탁했다.

"야마시타 씨, 미안하지만 한동안 나랑 같이 일해줘."

"미안하긴요. 열심히 할 테니까 필요하면 언제든 말만 하세요."

야마시타가 기분 좋게 하겠다고 말했다.

우선은 사내회의를 열었다. 같이 일하게 된 판매부 사람들과는 지금까지 안면이 없었다. 명함을 교환하고 서로 인사를 했다. 테이블을 둘러싸고 자리에 앉자, 자 그럼 실력을 한번 볼까, 하는 분위기가 되었다. 회사가 커지면 부서만 달라도 다른 회사 사람들 같은 느낌이 든다.

열 명가량 되는 멤버들 앞에서 다카코가 기획의 개략적인 부분을 설명했다.

"여러분들께서도 모두 기획서를 한차례 읽으셨으리라 생각합니다만, 이 홈페이지는 만드는 사람과 그것을 파는 사람들의 얼굴을 사용자들에게 알리기 위한 것입니다. 인터넷의 쌍방향성을 살려 제조업체, 딜러, 그리고 고객이 다 같이 참여한 하나의 클럽을 가상공간에 만들어보자는 의도에서 세워진 기획입니다."

오랜만에 하는 프레젠테이션이라 다소 긴장했다. 하지만 발표하고 있는 사이에 점점 마음이 침착해졌다.

"인터넷 홈페이지의 가장 뛰어난 점은 바로 저렴한 예산으로 실행할 수 있다는 것입니다. 국장님께서도 바로 그 점 때문에 안심하고 도장을 찍으셨으리라 생각합니다." 약간 웃기기도 했다.

"매주 업데이트를 한다고 가정해도 한 달에 300만 정도의 예산으로 움직일 수 있으니까 종이로 된 매체를 제작하는 것에 비하면 상당히 저렴하다고 볼 수 있습니다."

기조가 되는 설명을 끝내고 질의응답 시간으로 넘어갔다. 제일 먼저 같은 연배로 보이는 여사원이 손을 들었다. 사이토 리카코라는 이름이었다.

"기획서에 딜러용 블로그도 넣는다고 되어 있는데 이건 어떻게 된 거예요? 회사 안에서 주고받는 이야기를 외부 사람들에게 읽게 하는 건 좀 곤란할 것 같은데요."

전형적인 커리어우먼 스타일의 차림새였다. 자존심도 강할 것 같았다.

"그런 의견도 있을 수 있겠지만 미니밴 같은 패밀리카의 경우는 제조업체나 차종과 함께 세일즈맨의 인품 또한 큰 구매 동기가 되고 있어요. 말하자면 눈앞에 있는 영업사원을 믿고 산다는 것이죠. 그런 의미에서도 딜러가 하는 일들을 공개해서 친근함을 느낄 수 있게 할 필요가 있다고……."

"그런 거면 지역마다 다 하지 않으면 의미가 없지 않을까요? 만약 그렇게 하려면 300만 정도 예산 가지고는 어림도 없을 텐데요."

사이토 리카코가 보란 듯이 미소를 지었다.

골치 아픈 인간이 있었네. 다카코는 마음속으로 혀를 찼다.

"일단은 릴레이식으로 각 딜러마다 번갈아가면서 하는 방안도 생각하고는 있습니다만……."

"그건 무리죠. 그렇게 하면 참가해야 할 계열 점포만 해도 가볍게 100개가 넘어갈걸요."

고압적인 말투였다. 드디어 자기가 말하고자 하는 바를 내놓은 것이었다.

"그렇다면 이 건에 대해서는 제가 다시 검토해보겠습니다."

다카코는 그렇게 말하고 회의를 진행시켰다. 결과적으로 말싸움에서 진 꼴이었다.

그 뒤의 질의에서도 사이토 리카코는 적극적으로 발언했다. 판매부 남자 사원들은 그런 태도에 익숙해져 있는지 능글능글 웃으면서 바라보고만 있었다. "이 건에 대해서는 사이토 여사님께 의견을 여쭤봐야겠네" 하면서 은근히 추켜세우기도 했다. 보아하니 판매부의 명물 여사원인 모양이었다.

결국 기획은 내용을 전반적으로 다시 검토하는 방향으로 각자가 가지고 돌아가게 되었다. 힘차게 시작하려던 다카코는 초반부터 기세가 꺾여버렸다.

"저 사이토라는 여자는 도대체 누구야?"

감정을 죽이며 야마시타에게 물어보자 "어? 히라이 선배랑 동기 아닌가요? 분명히 1992년도에 입사했다고 들었는데"라는 대답이 돌아왔다.

"그러면 나도 얼굴 정도는 알고 있을 거 아냐. 동기 모임도 있는데."

"아, 참, 그렇지. 미국 법인의 현지 채용이었네. 그래서 몇년 전엔가 본사로 발령받아 들어왔다고 했어요."

"흐응. 미국에서 왔다고."

"좀 버겁죠?" 야마시타가 싱글거리며 물었다.

"아니." 아무렇지도 않은 척했다.

"판매부로서는 이쪽에 주도권을 빼앗긴 것 같아서 기분이 안 좋은 부분도 있을 거예요."

"그래? 난 생각해본 적도 없는데."

"작년에 제조 쪽에서 온 판매국장님이 우리 국장님이랑 별로 사이가 안 좋은 모양이던데요."

어이가 없어서 코웃음을 칠 수밖에 없었다. 하지만 회사란 그런 곳이다. 아저씨들이 도처에서 힘겨루기를 벌이고 있다.

자리로 돌아가 기획을 다시 짜보았다. 분하지만 사이토 리카코의 주장에도 일리가 있다. 블로그는 그만두기로 하고 대안을 생각하는 편이 낫다.

"히라이 씨. 개발부의 신형차 브리핑이 5시부터인데 어떡할까? 바쁘면 다른 사람 보내고."

이시노 과장이 산더미 같은 서류철 속에서 고개를 내밀며 말했다.

"제가 갈게요. 서류만 가지고는 모르는 부분도 있으니까."

"그 주임은 얘기가 긴데. 서두만 가지고 30분도 더 떠든다니까. 게다가 항상 5시 시작이란 말이야. 끝난 다음에 저녁을 얻어먹으려는 속셈이 훤히 보인다니까."

"할 수 없죠, 뭐. 지바 연구소에서 온 사람인데요. 전 괜찮아요. 딴짓하면서 들을게요."

분명히 두 시간은 걸릴 것이다. 그럼 도우미 아줌마에게 부탁해야지.

휴대전화를 손에 들고 자리에서 일어섰다. 이시노와 야마시타가 말없이 다카코를 바라보고 있었다.

신제품 브리핑이 삼천포를 돌고 돌아 겨우 끝난 것은 저녁 8시를 훨씬 넘어서였다. 한창 신이 난 개발주임은 "2부는 술집에서 하겠다"고 떠벌렸지만, 간신히 그것만은 피했다.

배고픈 것을 참으며 서둘러 집으로 돌아갔다. 이혼 후에 살 집을 정할 때 우선은 회사와 가까운 동네를 선택했다. 그만큼 집세는 비싸졌지만 아들과 함께 지내는 시간과 돈을 맞바꿀 수는 없었다. 무슨 일이 생기면 곧장 달려갈 수 있다는 안도감도 있다.

20분 만에 집에 도착하자 유헤이는 만화영화 비디오에 정신이 팔려 있었다.

"엄마 왔다."

"응."

TV 화면에 빠져서 달려와 반겨주지도 않았다. 야스다 씨가 만들어놓은 저녁을 데워서 먹고 방과 후 클럽의 연락장을 폈다. 방과 후에 무엇을 했는지 지역의 클럽 지도원이 써준 노트다. 지도원은 대부분 근처에 사는 주부나 현직에서 은퇴한 사람들이다.

오늘은 교정에서 철봉을 하며 놀았던 모양이다. 빨간 펜으로 개별적인 주의사항이 적혀 있었다.

'유헤이는 철봉을 별로 좋아하지 않는 것 같습니다. 좀 더 적극적으로 철봉 거꾸로 오르기 연습을 합시다.'

아니 이런. 내 아들이 거꾸로 오르기를 못한단 말인가. 다카코는 입술을 삐쭉 내밀었다. 초등학교 1학년이 거꾸로 오르기를 못한다는 게 보통인가? 자기가 그 나이였을 때는 그 정도는 할 수 있었던 것 같은데.

유헤이를 보았다. 포켓몬스터의 활약에 소리를 지르며 웃고 있었다.

그러고 보니 유헤이는 자전거도 아직까지 보조바퀴를 달고 있다. 운동신경이 별로 안 좋은가? 깊이 생각해본 적은 없었다. 아직 성적표를 받아보지 않았기 때문이다.

저녁을 먹은 후에 같이 목욕을 했다. 스킨십을 할 수 있는 얼마 안 되는 기회다.

"유헤이. 오늘은 클럽에서 뭐 하고 놀았어?"

욕조에 둘이 같이 들어가 앉아서 물었다.

"피구."

거짓말이다. 아이들은 이런 거짓말을 곧잘 한다.

"그래? 철봉 안 했어? 엄마는 클럽 사람들에게 철봉을 했다고 들었는데."

"했지만 난 안 했어."

"왜?"

"하기 싫어서."

눈을 맞추지 않고 플라스틱으로 된 장난감을 만지작거리고 있었다.

"싫어도 해야 하는 일이 있잖아. 거꾸로 오르기 같은 건 연습을 해야지 할 수 있게 되는 거야."

"못해도 돼."

"그런 게 어디 있어." 될 수 있는 대로 부드럽게 말했다. "이번 휴일에 엄마랑 같이 연습해볼까? 거꾸로 오르기 같은 건 금방 할 수 있을 거야."

"괜찮아. 못해도 된단 말이야."

"그러지 말고."

체육이 싫어지면 학교 가기도 싫어진다. 특히 초등학생 때는 그렇다. 자기가 어렸을 때도 체육을 잘하는 남자애들은 금세 그 반의 영웅이 되었다.

좋아. 특별훈련이다. 내 아들을 영웅으로 만들어야지. 엄마 혼자서만 키운다고 아들의 체력 향상에 무관심하게 있을 수는 없는 일이다. 하지만 내 나이에 아직도 거꾸로 오르기가 될까? 한 20년 동안은 철봉을 만진 적도 없는데.

"엄마는 거꾸로 오르기 할 수 있어?"

유헤이가 다 안다는 듯이 물었다.

"그럼, 당연하지. 엄마가 어렸을 때 운동을 얼마나 잘했는데."

다카코는 가슴을 활짝 펴고 대답했다. 어른들도 이런 거짓말을 곧잘 한다. 이제 큰일 났다. 못하면 체면이 구겨진다.

유헤이가 잠든 후에 거실에서 노트북을 켰다. 눈꺼풀이 내려앉으려는 것을 필사적으로 참았다. 일을 집으로 가지고 오면 야근수당이 나오지 않아 속상했지만 그것도 하는 수 없다. 옆방에 아들이 있다는 것만으로 안심이 되니까.

이튿날 점심시간에 혼자서 회사 근처에 있는 공원으로 갔다. 분수광장에서 떨어진 장소에 아이들 놀이터가 갖춰진 곳이 있기 때문이다. 분명히 거기에는 철봉도 있을 것이다.

가보니 철봉이 있기는 했지만, 그 정면에 위치한 나무그늘 밑의 벤치에는 도시락을 먹는 샐러리맨과 여자 사원들로 가득했다. 자기 회사 유니폼을 입은 여사원들도 여기저기 있었다. 아이고야. 다카코는 얼굴을 찌푸렸다. 여기서 거꾸로 오르기를 시도하려면 상당한 용기가 필요하겠다.

그래도 할 수밖에 없다. 그것을 위해서 오늘은 바지를 입고 왔으니까.

다카코는 천천히 철봉으로 다가가서 주변을 슬쩍 살폈다. 좋아, 이쪽을 보고 있는 사람은 없다.

철봉을 잡고 호흡을 고른 후 허공을 향해 다리를 찼다.

쿠쿵. 하지 못했다.

이럴 수가. 다카코는 충격을 받았다. 엉덩이가 철봉 위에까지 올라가지 않는 것이다. 몸무게는 별로 변하지 않았을 텐데.

다시 한 번 해보았다. 그래도 안 되었다. 생각대로 몸이 올라가 주지 않았다.

"히라이 씨, 뭐하시는 거예요?"

그때 뒤에서 자기를 부르는 목소리가 들렸다.

깜짝 놀라 뒤를 돌아보았다. 도시락이 든 작은 백을 손에 든 후지모토 아사미가 직장 동료 몇몇과 함께 이상해하는 표정으로 서 있었다.

"아, 이게, 그러니까."

다카코는 우물거렸다. 얼굴이 달아오르며 땀이 확 솟아났다.

"아아, 아드님 때문이군요. 전 일 때문에 화가 나서 철봉에 화풀이하시는 줄 알았어요."

아사미가 노골적으로 말하자 다른 여사원들이 어린애들처럼 깔깔대고 웃었다.

"후지모토 씨, 거꾸로 오르기 할 수 있어?"

다카코가 물었더니 아사미는 "할 수 있죠" 하고 대답하며 철봉에 손을 댔다.

"잠깐, 후지모토 씨는 치마 입고 있잖아."

"괜찮아요. 눈 깜짝할 사이에 할 수 있으니까."

아사미는 '휘리릭'하여 거꾸로 오르기를 했다. 둥근 엉덩이가 획 하고 돌았다. 정말 그림처럼 잘했다. 이것이 스물한 살의 젊음인가. 후배가 눈부시게 젊어 보였다. 나중에 들어보니 아사미는 중학교랑 고등학교 때 계속 배구부에 있었고, 전문대 시절에는 헬스클럽에서 아르바이트를 했다고 한다.

"난 엉덩이가 무거워서 그런가?"

다카코가 한숨을 쉬었다.

"안 그래요. 팔을 옆에 딱 붙이고 떨어지지 않게 조심하면 저희 어머니라도 할 수 있을 거예요."

아사미의 지도를 받아 다시 한 번 도전했다. 성공 직전까지 갔다. 조금만 더 하면 엉덩이가 철봉에 닿을 것 같았다.

"히라이 씨, 턱을 뒤로 빼요. 자기 배꼽을 본다고 생각하고. 자, 다시 한 번 파이팅!"

격려를 받고 또 시도했다. 그러자 몇 번째인가에서 몸이 훌륭하게 한 바퀴 회전했다.

"꺄악~! 됐다, 됐어."

다카코는 소녀처럼 깡충깡충 뛰면서 외쳤다. 이제 유헤이에게 체면을 세울 수 있게 되었다.

여사원들이 박수를 치는 바람에 눈시울까지 뜨거워졌다. 무슨 일이든 노력해봐야 한다고 생각했다.

홈페이지에 관한 건은 기획을 다시 짜서 회의를 열었다. 딜러 블로그는 그만두고 개발에 대한 속이야기를 싣기로 했다. 이 정도면 예산 안에서 해결할 수도 있고 엔지니어들도 조명을 받을 수 있다.

회의실에 나타난 사이토 리카코는 돌체앤가바나의 바지 정장을 입고 있었다. 다카코가 사고 싶었지만 포기한 옷이었다. 다카코는 사이토가 독신이라는 정보도 얻었다. 보나 마나 용돈을 마음껏 쓰면서 살고 있을 것이다. 그런 사이토 리카코가 갑자기 전과 다른 의견을 보였다.

"지난번 기획 말인데요, 잘 생각해보니까 꽤 괜찮은 것 같더라고요. 아무래도 딜러와의 일체감을 부각시키지 않으면 앞으로의 판매 경쟁에서 살아남을 수 없잖아요. 그리고 지역에 대한 밀착감도 아주 중요하고요."

뭐야, 이 여자. 그럴 거면 처음부터 찬성하면 됐잖아. 다카코가 마음속으로 불평했다.

"그러니까 아예 대상이 되는 계열점포 전부의 블로그에 클릭 한 번으로 들어갈 수 있는 홈페이지로 하는 편이 낫지 않을까요? 말하자면 어중간하게 할 거면 의미가 없다는 거죠."

"어어……, 하지만 그렇게 하면 현재 예산으로는 실행할 수가 없는데요." 다카코가 반론했다.

"그것 말인데요, 제가 판매국장님께 부탁해볼게요."

"그게 무슨 말씀이세요?"

다카코가 얼굴을 앞으로 내밀면서 물었다.

"그러니까 예산은 판매부가 알아서 조달한다는 뜻이죠. 게다가 딜러 쪽에 협조를 부탁할 거면 어차피 우리가 창구가 되어야 하잖아요."

사이토 리카코가 어깨의 머리카락을 휙 하고 날리면서 말했다. 판매부 남자 사원들은 입을 다문 채 서로 시선만 주고받고 있었다. 말하자면 이 기획을 송두리째 판매 쪽으로 넘기라는 뜻인 것 같았다.

"그건 취지가 다르다고 생각하는데요. 원래 이 기획은 차기 미니밴 캠페인용으로 한시적인 것이고……."

"하지만 예산을 딸 수 있으면 확대해도 괜찮잖아요."

"그런 문제가 아니라 이번 기획의 취지는 계열 점포가 아니라 어디까지나 신형차 캠페인이니까……."

"그럼 아예 딜러 캠페인으로 바꾸면 어때요? 그렇게 하면 우리도 움직이기가 더 쉽고……."

얼굴이 달아올랐다. 아이디어를 훔치겠다는 말인가? 야마시타를 보았더니 어색하게 웃고 있었다. 너도 한마디 좀 해봐 하고 눈에 힘을 주었다. 야마시타가 입을 열었다.

"저기 말이죠, 딜러 쪽의 의견도 있을 것이고 하니까 그렇게 간단하게 조정이 될 것 같지는 않거든요. 그러니까 그 의견은 일단 접어두고 여기서는 홈페이지 콘텐츠에 대한 이야기를 계속했으면 하는데요."

그래그래. 말 한번 잘했다.

"아까우니까 그런 거잖아요. 이쪽에서 다른 홈페이지를 만들어도 되지만 그러면 이번에는 사용자들이 혼란스러워할 테고, 게다가 한 번으로 되는 일을 번거롭게 또 해야 하잖아요. 야마시타 씨, 안 그래요?"

"뭐, 그야 그렇지만……."

아니, 여기서 고개를 끄덕이면 어쩌란 말이야? 째려보았더니 야마시타는 아래쪽으로 시선을 떨어뜨렸다.

사이토 리카코의 방해로 또다시 회의는 다음으로 미루어졌다. 만약 저 여자가 예산이라도 딴다면 본격적으로 기획을 빼앗겨버릴 것이다.

회의실에서 나올 때 사이토 리카코 쪽에서 "히라이 씨는 몇 년에 입사했어요?" 하고 물었다. 다카코가 대답하자 "어머, 그럼 동갑이네. 워낙 침착하게 보여서 선배라고 생각했는데" 하고 말하며 머리카락을 휙 하고 날렸다. 다카코도 같이 웃었지만 얼굴이 일그러졌다.

나는 먹여 살릴 자식이 있어서 너처럼 젊은 척하고 다닐 여유가 없단 말이다……. 마음속으로 그렇게 한마디 쏘아붙였다. 아무래도 사이토는 다카코에 대해서 아무것도 모르는 모양이었다.

과로 돌아가 이시노 과장에게 보고했더니 같이 화를 내주었다. 다만 어딘지 다독이려는 부분도 있었다.

"너무 무리하지 말라고."

"그럼 괜찮다는 말이에요? 국장님이 아시면 펄펄 뛰실 텐데요. 판매 쪽 국장님하고 견원지간이라면서요?"

"응, 그것도 그러네……."

이시노는 난처해하는 표정으로 코끝을 긁고 있었다.

열 받은 김에 이쪽도 예산 증액을 요청하는 기획서를 만들기로 했다. 판매부에 주도권을 빼앗겨버리면 다른 콘텐츠까지 잃게 될 것이다.

또 일이 늘었지만 할 수 없다고 스스로를 납득시켰다. 요즘 들어서는 매일같이 집으로 일거리를 들고 돌아가고 있다.

*

일요일에 유헤이랑 같이 초등학교로 갔다. 교정을 개방하는 날이어서 거기서 철봉 연습을 하려는 것이다.

유헤이는 자전거를 타게 하고, 다카코는 운동 삼아 옆에서 뛰었다. 유헤이는 보조바퀴에 전적으로 의존하며 자전거를 타고 있었다. 이 자전거 타기도 손을 좀 봐줘야겠다고 생각했다.

자전거를 타지 못하면 보는 쪽도 불안해진다.

교정에서는 근처에 사는 아이들이 공이나 놀이기구를 가지고 놀고 있었다. 부모와 같이 온 아이들도 많았다. 손주를 상대해주는 할아버지도 있었다.

"좋아, 그럼 엄마가 먼저 어떻게 하는지 보여줄게."

다카코는 자기 가슴 정도 높이의 철봉을 골라 거꾸로 오르기를 해보였다.

잘할 수 있어서 안심했다. 회사 근처 공원에서 며칠씩 연습한 보람이 있었다.

"어때? 엄마 잘하지?"

"응, 그러네."

유헤이는 별로 존경하는 눈빛을 보이지 않았다. 하기야 당연하지, 거꾸로 오르기 정도로 존경까지 하겠는가.

"그럼 너도 해봐. 엄마가 봐줄게."

유헤이는 시무룩한 표정으로 낮은 철봉 앞에 서더니 팔을 쭉 뻗은 채로 발을 동동 구르며 땅을 차고 있었다. 내 자식이지만 참 보기가 딱했다.

"좋~아. 왜 못하는지 알겠다. 잘 봐. 우선 팔을 옆구리에 딱 갖다 붙인 다음에 앞으로 팔이 쭉 끌려가지 않도록 해. 그런 다음 턱을 앞으로 당겨서 배꼽을 봐야지 하는 생각으로 해봐."

아사미에게서 들은 말을 그대로 써먹었다. 유헤이는 말없이 고개만 끄덕이더니 다시 시도했다. 하지만 실패였다. 엄마가 하는 말을 지키지 않았던 것이다. 보아하니 발로 땅을 차는 그 순간부터 정신이 없어지는 모양이었다.

"유헤이, 몸에 너무 힘이 들어갔어. 거꾸로 오르기 할 때는 힘주면 안 돼."

그래도 온몸에 힘이 들어가고 있었다. 남에게 가르치는 것이 이렇게 힘든 줄 몰랐다. 학교 선생님이 얼마나 하기 힘든 일인지 알 것 같았다.

한참동안 연습을 계속했더니 슬슬 요령이 생겼는지 어느 정도 가능성이 보였다. 몸과 철봉 사이가 많이 뜨지 않게 되었다. 다카코가 손으로 잡아주어서 일단은 도움을 받고 성공할 수 있게 해주었다.

"거봐, 너도 할 수 있잖아. 엄마는 거의 힘을 주지 않았는데."

칭찬을 해줘도 유헤이는 웃지 않았다. 자기 세계 속으로 들어가버린 것이다. 진지한 표정으로 유헤이는 몇 번이고 도전하고 있었다. 다카코는 그 무아지경의 모습에 넋을 잃었다.

다행이다. 이 아이는 무언가에 열중할 수 있는 아이다. 금세 포기해버리지는 않는 아이다.

그렇게 15분가량 지났을 때 유헤이의 몸이 빙글 하고 한 바퀴 돌았다. 거꾸로 오르기를 한 것이다.

"됐다!" 유헤이도 자기가 한 것에 놀라고 있었다.

"와~, 대단한데!" 다카코는 펄쩍 뛰어오르며 기뻐했다. "했네, 했어!" 자기도 모르게 아들을 끌어안고 있었다. 내 아들이 거꾸로 오르기를 극복한 순간이었다. 코끝이 찡해졌다.

그 후에도 연습을 계속했다. 다섯 번에 한 번 정도였던 성공률이 점점 올라가다 나중에는 끄떡없이 언제든 할 수 있게 되었다. 완전히 요령을 알게 된 것이다.

"대단하다, 유헤이" 하고 칭찬하자 "그래" 하면서 쑥스럽게 웃었다. 상으로 학교 앞에 있는 편의점에서 아이스캔디를 사주었다. 교정의 나무 그늘에 걸터앉아 같이 먹었다.

눈앞에서 어느 집인지 아버지랑 아들이 캐치볼을 하고 있었다. 아들은 3학년 정도로 보였다. 아버지가 즐거운 표정으로 상대해주고 있었다. 남자아이들은 저렇게 아버지랑 공을 던지면서 노는 거구나. 문득 그런 생각이 들어 물어보았다.

"유헤이네 반 남자애들은 다 야구 글러브 가지고 있니?"

"가지고 있는 애들도 있지."

"사토루하고 준도 있어?"

유헤이랑 친한 아이들 이름이었다.

"둘 다 있어."

아니, 정말이야? 그럼 너도 사달라고 엄마에게 말하지.

"그럼 다음에 우리도 야구 글러브 사러 갈까?"

"그러든지." 별로 흥미가 없는 대답이었다.

"왜? 안 가지고 싶어?"

"그야…… 있으면 좋기는 하겠지만……."

어딘지 시원치 않은 대답이다. 혹시 아버지가 없다는 사실 때문에 엄마 눈치를 보고 있는 것일까?

"엄만 사야지. 오랜만에 캐치볼 해보고 싶네."

"엄마 할 수 있어?"

"그럼. 엄마는 못하는 게 없거든."

얼떨결에 말해버렸다. 물론 경험 같은 것은 없었다. 당장 누군가의 지도를 받아야지.

그날 밤에는 거꾸로 오르기에 성공한 기념으로 햄버거를 만들었다. 치즈랑 달걀 프라이까지 얹은 특별한 햄버그스테이크 였다. 둘이서만 먹는 것이라 그다지 요란하지는 않았지만 그래도 모자가 단둘이 즐겁게 식사를 했다.

"유헤이, 야스다 아줌마가 해주는 밥은 맛있니?"

"응, 맛있어."

"엄마가 만드는 거랑 어느 쪽이 더 맛있어?"

약간 곤란한 질문을 해보았다.

"둘 다."

유헤이는 눈길을 마주치지 않고 대답했다.

저녁을 다 먹은 다음 홋카이도에 있는 친정에 전화를 걸었다. 일주일에 한 번씩은 외손자 목소리를 듣게 해주겠다고 약속했던 것이다.

유헤이가 오늘 거꾸로 오르기에 성공했다고 전했다. 전화 건너편으로 손자가 예뻐서 어쩔 줄 모르는 모습이 어렵지 않게 상상되었다. 다카코도 건강하게 잘 있다고 말씀드렸다.

"뭐라도 힘든 일이 있으면 언제든 전화해라."

어머니는 매번 이 말을 되풀이했다. 부모님 세대는 자식을 집에 두고 어미가 밖에서 일한다는 것을 상상할 수 없는 모양이다. 그냥 이쪽으로 돌아오지 그러니? 하고 예전에는 몇 번이고 말하곤 했다.

아이를 데리고 친정으로 돌아가겠다는 생각은 한 번도 해본 적이 없었다. 시골에서 편모로 지내면 훨씬 더 부자유스러울 것 같았고, 아무리 친부모라도 남의 간섭을 받고 싶지 않았다. 한번은 아버지랑 다툰 적이 있었다. 애가 있는 남자하고의 재혼을 아버지가 마음대로 진행시키려 했던 것이다. 재혼이라니 말도 안 된다. 다카코도 유헤이도 지금 이 상태로 충분히 행복하다.

전화를 끝내고 났더니 굳어 있던 어깨의 힘이 풀어졌다. 솔직히 말하자면 매주 전화하는 것도 좀 부담된다.

목욕은 유혜이랑 같이했다. 휴일의 다카코는 송두리째 아들 유혜이의 몫이다.

"캐치볼이요? 그야 남자니까 못할 건 없지만······."

야마시타가 이상해하면서 다카코의 물음에 대답했다.

"그럼 점심 먹고 쉬는 시간에 시간 좀 내줘. 스포츠용품 가게에서 글러브를 사서 어디 공터에 가서 연습 좀 하자고."

다카코는 아들하고 캐치볼을 하고 싶다고 사정을 설명했다. 자기에게는 캐치볼을 해본 경험이 없다는 말도 덧붙였다. "알았어요" 하고 야마시타는 키득키득 웃으며 흔쾌히 승낙해주었다.

"야마시타 씨는 어렸을 때 아버지랑 캐치볼 하면서 논 적 있어?"

"있죠."

"아무래도 캐치볼은 아버지랑 아들의 유대감을 다지는 놀이인가 보지?"

"뭐가 그렇게 거창해요." 야마시타가 웃었다.

"저 같은 경우는 솔직히 말하자면 하나도 고맙지 않았어요. 아버지는 생각날 때마다 캐치볼 하자고 하는데, 뭐랄까, 일단 의무는 다한다는 느낌이었거든요. 그래서 저도 싫지만 어쩔수 없이 아버지에게 맞추고 있었어요. 사실 초등학생 정도만 되어도 부모하고 놀고 싶은 나이는 아니잖아요.”

“그거야 아버지가 항상 계시니까 그렇지. 우리 유헤이하고는 입장이 다르단 말이야.”

“솔직히 요즘 무슨 신앙처럼 가족을 떠받드는 분위기인데 전 그게 영 어색해요. 아이들은 가만히 내버려두어도 자기들끼리 크는데 말이에요.”

“그렇게 무책임한 말 하지 마. 야마시타 씨도 아빠가 되어보면 그 마음 다 이해할 거야.”

하기야 야마시타의 의견도 일리 있다고 생각했다. 다카코도 어렸을 때 부모하고 놀고 싶다고 생각한 적은 없었으니까.

점심시간에 본사 빌딩 뒤쪽에 있는 손님용 주차공간에서 캐치볼 연습을 했다. 재미 삼아서 아사미도 따라나왔다. 우선은 야마시타의 가슴을 향해 가볍게 던져보았다.

“전형적인 여성식 던지기네요. 허리를 중심축으로 하고 팔을 휘둘러서 던져야죠.”

아사미가 그렇게 지적하며 시범을 보였다. 공이 똑바로 앞으로 나갔다. 앞으로는 코치라고 불러야지.

흉내를 내서 던졌다. 아까보다는 나았지만 컨트롤이 전혀 안 되었다. 더구나 어깨까지 뻐근해졌다.

“팔꿈치를 더 써야죠. 유헤이를 상대로 공을 세게 던질 필요는 없으니까 그냥 다트를 던지는 요령으로 하면 돼요.”

어쩌면 이렇게 정확하게 지적을 해줄까? 아사미에게는 밥을 사야겠다.

둘 다 글러브를 끼고 공을 주고받는 연습도 해보았지만 자꾸만 글러브 모서리에 맞아서 공을 제대로 잡을 수가 없었다. 스스로도 자세가 어정쩡한 것을 느낄 수 있었다.

"너무 일찍 잡으려고 해요. 공을 끝까지 잘 봐야죠."

"알았어요, 코치."

15분가량 계속했지만 좀처럼 공이 잡히지 않았다.

"이건 정말 연습밖에 없겠네요."

아사미가 팔짱을 끼면서 말했다. 맞는 말이다. 한두 번 연습한다고 될 정도로 스포츠는 만만하지 않다. 두 사람에게는 내일도 같이 연습해달라고 부탁해놓았다.

캠페인용 홈페이지 건은 형세가 더욱 불리해졌다. 사이토리카코가 예산을 획득할 수 있다는 내부 수락을 정말로 받아온 것이다.

"이제 영업부 쪽에서만 승낙해주시면 구체적인 작업에 들어갈 수 있을 것 같은데요."

사이토 리카코는 이겼다는 표정으로 말하더니 다카코의 머리 모양을 보고는 "좋네요, 그 헤어스타일. 손질하기 편할 것 같은데요" 하며 미소를 지었다.

"내가 워낙 게을러서 그렇죠. 하하하."

덩달아 웃으면서도 표정이 어색했다.

웃겨. 난 애 키우느라고 지금 멋 부릴 여유가 없단 말이야. 그런 말이 목구멍까지 치밀어올랐다.

이대로 가다가는 주도권을 빼앗겨버린다. 그뿐만 아니라 콘텐츠를 모조리 양보해야 할 지경에 이를지도 모른다. 자기가 만든 기획인데 그건 너무하지 않은가.

예상했던 대로 보고를 받은 영업국장은 펄펄 뛰면서 화를 냈다. "상관없으니까 이쪽에서 그냥 시작해버려" 하고 사와다 부장을 통해 말을 전해왔다. 하지만 사와다 부장은 생각보다 냉정하고 침착했다.

"국장님은 내가 알아서 할 테니까 될 수 있는 대로 좋게 좋게 일을 진행하도록 해."

평소에는 그렇게 기가 센 양반이 갑자기 온건파가 된 것마냥 말했다.

"무슨 일 있으세요? 평소 때 부장님 같지 않네요."

"아니, 생각해보니까 아무 생각 없이 GO 사인을 내보냈는데 이 기획이 실제로 움직이기 시작하면 자네가 상당히 바빠지겠더라고."

사와다가 뱅뱅 돌리며 말했다.

"그야 제가 바라던 바죠. 그걸 위해서 영업으로 돌아온 거잖아요."

"이시노 과장에게 들었는데 요즘에는 일을 집으로 가지고 가서 한다면서? 그럴 때는 나중에라도 귀띔을 하도록 해. 야근수당 정도는 내가 처리해줄 테니까."

사와다는 턱을 긁적이면서 겸연쩍은 표정을 지었다.

"아니, 정말 왜 그러시는데요? 제가 바쁘면 안 되는 일이라도 있어요?"

"아니, 뭐 안 될 것까지는 없지만 그래도 자네는 애엄마고……. 유헤이도 신경을 써줘야 할 텐데……."

다카코가 눈살을 찌푸렸다.

"혹시 제 아이 걱정을 해주시는 거예요?"

"남편이 있어서 교대로 애를 보는 거면 상관이 없지만 히라이 씨는 혼자서 애를 키우는 엄마잖아."

놀랐다. 사와다 부장이 아직도 그런 생각을 하고 있었다니.

"그건 어디까지나 개인적인 문제잖아요."

다카코는 침착한 눈빛으로 말했다.

"그렇기는 해도 무시할 수는 없지."

"혹시 과장님이나 야마시타 씨가 묘하게 신경을 쓰는 것도 부장님이 시키신 일이에요?"

"시켰다고 할 것까지야 없고. 그래도 뭐 배려해주라는 말은 했지."

역시 그랬군. 다카코는 깊은 한숨을 쉬었다.

"그런 건 배려가 아니라 눈치 보는 거예요. 그냥 다른 사람들처럼 생각해주세요. 괜한 동정을 받고 싶은 생각은 없어요."

"거봐, 자네는 그런 식으로 너무 꼿꼿해서 걱정이란 말이야."

사와다 부장은 자꾸 다카코를 다독이려 했다. 결국은 관리직에 있는 아저씨들도 혼자 사는 엄마가 아이를 집에 두고 밖에서 일한다는 사실에 위화감을 느끼는 모양이다. 그러니까 일보다는 동정하는 마음이 앞서버리는 것이다.

대기업일수록 이런 식인지도 모른다. 전통이 있고 가족주의가 강한 회사일수록……. 다카코의 가슴속에 안타까움이 치밀어올랐다. 자기를 소중히 생각해주는 것은 고맙지만 그래도 동등하게 생각하고 평가해주었으면 좋겠다.

점심을 사면서 아사미에게 물어보았더니 생각했던 대로 과내의 남자들은 다카코에 대해 어느 정도 멀리하면서 눈치를 보는 부분이 있다고 말해주었다.

"과장님 같은 경우는 부장님 눈치를 보고 있는 건지도 모르지만요."

아사미가 파스타를 먹으면서 웃고 있었다.

"아무래도 내가 혼자 아이를 키운다는 점이 신경 쓰이는 건가?"

"글쎄요. 평소에는 별로 의식하지 않는데요."

"솔직히 말해줘."

"으음." 아사미가 생각에 잠겼다. "오후 6시가 지나면 아아, 도우미 아줌마에게 시간당 천팔백 엔씩 나가겠구나 하고 생각한 적은 있지만……" 하고 말하며 입을 작게 오므렸다.

다카코는 문득 생각나는 점이 있었다.

"그러고 보니까 내가 온 다음부터 과 사람들끼리 퇴근 후에 술 마시러 가는 일이 전혀 없었잖아. 혹시 내 눈치가 보여서 그런 거야?"

"아이, 그런 건 아니에요. 우리 과는 원래 술 마시러 자주 가는 편이 아니었어요."

아사미가 웃으면서 부인했다. 하지만 어색했다. 거짓말이라고 생각했다. 이시노 과장이나 야마시타가 술을 좋아하는 것은 옛날부터 알고 있었다.

"그래? 그럼 오늘 밤에 다 같이 한잔하러 가자." 다카코가 명랑한 소리로 말했다. "날씨도 좋은데 생맥주 한잔 주욱 마시고 싶은 기분이거든."

"저야 좋지요."

"그럼 가자. 나도 스트레스 해소하고 싶단 말이야." 당장에라도 마시고 싶어졌다.

아사미가 조용히 미소를 짓더니 새삼스러운 말투로 말했다. "히라이 씨는 정말 대단한 것 같아요. 육아라는 명분을 내세우지 않으니까."

"육아라는 명분을 내세우다니?"

"그게, 회사에서는 여자 사원이 육아를 내세우면 보통 주위 사람들은 아무 말도 못 하게 되잖아요. 특히 애가 없는 여자 사원들은 대개 입도 벙긋 못하는 분위기가 있거든요."

"설마……." 다카코가 쓴웃음을 지었다.

"아니, 정말이에요. 전 아직 나이가 어려서 실감이 나지는 않지만 30대인데 독신인 여사원들은 다들 괜히 열등감을 느낀다고 하거든요. 애엄마에게는 결코 못 당한다고……."

"그런가?"

"그렇다니까요. 그러니 히라이 씨는 정말 대단한 거예요."

다카코는 애매하게 웃고 말았지만 같은 여자로서 무슨 말을 하는지 충분히 알고 있었다. 여자는 육아만 내세우면 주위 사람들이 꼼짝 못한다는 사실을 알고 있다. 독신 시절에 그런 꼴 보기 싫은 여자들을 많이 봐왔다. 그래서 자기는 그런 짓을 절대로 하고 싶지 않았다.

"나도 나중에 애를 낳게 될까?"

아사미가 먼 곳을 바라보며 중얼거렸다.

자기도 옛날에 같은 생각을 한 적이 있었기 때문에 다카코는 갑자기 지나간 세월을 느꼈다.

보름 만에 마신 알코올은 다카코를 기분 좋게 취하게 만들었다. 이시노 과장도 기분이 좋았다. 자기 입으로 가자는 말은 못해도 다카코가 먼저 꺼내면 마음껏 마실 수 있어서 그런 모양이었다.

"이봐요, 과장님. 요즘 제 눈치 보고 살죠?"

취한 김에 옆구리를 찌르는 말을 했다. 이시노 과장은 "아냐, 아냐" 하고 웃으면서 손을 내젓고 있었다.

2차는 노래방으로 갔다. 이것도 다카코가 앞장섰다. 고래고래 소리를 지르는 노래를 부르고 났더니 뭔가 속에 있던 것을 토해내고 난 기분이 들었다.

"잘한다, 장한 어머니!"

야마시타가 성원을 보내주었다.

그렇게 해서 날짜가 바뀔 무렵에 집으로 돌아갔더니 유헤이가 열이 나고 있었다. 침대에 힘없이 축 늘어져 있었다. 취기가 한순간에 사라졌다.

"왜 휴대전화로 연락을 안 하신 거예요?"

야스다 씨에게 속삭이는 목소리로 항의했다.

"그게, 유헤이가 '엄마에게는 말하지 말라'고 자꾸 그래서요."

야스다 씨가 난처해하는 표정으로 말했다.

"그런 말을 곧이곧대로 들으시면 어떡해요……."

306

"하지만 진지한 표정으로 '지금 전화하면 아줌마하고 다시는 말 안 할 거야'라고 하도 그래서……."

다카코는 가슴이 죄어오는 것 같았다. 유헤이는 일하고 있는 엄마를 불러들이면 안 된다고 생각했던 것이다. 그런데 그 시간에 자기는 술을 마시고 노래방에서 놀고 있었다.

"일단 소아과로 데리고 가서 주사를 맞히기는 했어요. 의사 선생님은 그냥 감기니까 금세 좋아질 거고 열도 내릴 거라고 그러더라고요. 진짜로 열은 많이 내렸어요. 그래서 나도 좀 두고 봐도 될 것 같아서……."

유헤이는 잠들어 있었지만 숨소리가 거칠었고 힘들어 보였다.

"유헤이가 엄마 생각을 얼마나 끔찍하게 하는지 몰라요. 엄마는 지금 회사에서 일하고 있으니까 방해하면 안 된다면서……."

"그랬어요."

야스다 씨에게는 고맙다고 말하고 서둘러 돌려보냈다. 침대 옆에 앉아서 이마에 올려진 물수건을 갈아주었다. 유헤이의 손을 잡고 한참 동안 얼굴을 바라보고 있었다.

방해하면 안 된다고. 어쩌면 이렇게 기특할 수 있을까. 기쁜 마음도 있지만 충격이 더 컸다. 엄마 눈치를 그렇게까지 보게 하고 싶지 않다. 어린애답게 빨리 오라고 떼를 쓰는 편이 엄마로서는 훨씬 마음이 가벼울 것 같았다.

내가 다른 사람들한테 눈치를 많이 보게 하고 있구나. 다카코는 마음이 가라앉았다. 애를 혼자 키우는 엄마들은 하나같이 이렇게 주변 사람들의 도움을 받으며 매일 생활하고 있는 것일까? 사회적인 약자란 말인가?

혼자서 한숨을 쉬었다. 침대 모서리에 얼굴을 묻고 계속 그 자세로 있었다.

*

캠페인용 홈페이지 건은 이제 막바지라고 할 수 있었다. 판매국장이 새로운 예산을 승인했고, 관계 악화를 피하고 싶은 측근이 영업국장을 찾아와 부탁을 했는지, 어느새 뒤쪽으로는 거의 조정이 되어버렸던 것이다. 이제 다카코만 고개를 끄덕이면 그 기획은 송두리째 판매부로 넘어가게 된다. 더구나 입안자인 다카코가 지시를 받는 입장이 되어버린다.

"이건 영역 침범 아닌가요?"

다카코는 분개했다. 이런 일이 그냥 통하면 사내에서 서로 일을 빼앗는 꼴이 된다.

"싫으면 그만둬도 괜찮아." 이시노 과장이 달래면서 말했다.

308

"다른 사람이 맡아도 되고, 아예 판매부가 다 알아서 하라고 해도 돼."

"그런 문제가 아니라 가로챘다는 것이 용서가 안 된다는 거죠."

"하지만 회사 내의 사정은 딜러들이나 유저들한테는 관계가 없는 거잖아요."

야마시타까지 이해가 된다는 듯이 말했다.

"이거 완전히 배신자네!"

다카코는 째려보면서 야마시타의 팔을 찔렀다.

회의에서는 어느새 사이토 리카코가 리더 역을 맡고 있었다. 자기가 작성한 기획서를 나눠주고는 마음대로 이야기를 진행시켜갔다. 더욱 화가 났던 것은 토대가 된 다카코의 기획이 마치 자기 아이디어인 양 적혀 있었던 점이다. 보나 마나 판매부 안에서는 사이토 리카코의 공로로 되어 있을 것이다.

"히라이 씨, 어떨까요? 처음보다 훨씬 규모가 큰 프로젝트가 되어버렸는데 이 정도 선에서 양해해주실 수 없을까요?"

정중한 척 미소를 지으며 물었다. 눈에는 화려한 아이라인이 그려져 있었다. 아이고, 화장하는 데 얼마든지 시간을 들일 수 있는 사람은 참 좋~겠네. 마음속으로 비꼬았다.

"하지만 취지가 신형차 캠페인에서 벗어난다는 점이 아무래도 마음에 걸리는데요."

저항은 시도해보았다. 이것이 마지막이 될지도 모르지만.

"그건 다른 거라고 생각하죠. 원래 그쪽 캠페인은 예산 300만 엔으로 시작한 게릴라적인 것이었으니까 대세에는 영향이 없을 거라고 생각합니다."

매번 그렇지만 이번에도 열이 확 올랐다. 그게 무슨 소리인가? 한정된 예산이었기 때문에 더욱 머리를 쓰고 지혜를 짜낸 것 아닌가.

판매부 남자 사원들이 서로 눈짓을 하고 있었다. 여자들 싸움을 재미있어하고 있는 모습으로 보였다.

"양해해주실 수 없을까요, 히라이 씨?"

소름이 돋을 것 같은 부드러운 목소리로 말했다.

"……알겠습니다. 위쪽에서도 얘기가 된 것으로 알고 있으니까요."

다카코는 포기했다. 버둥거리며 저항해봐야 소용이 없다. 헛수고로 끝났지만 일은 원래 그런 것이다.

사이토 리카코는 허풍스럽게 좋아하더니 악수하자고 손을 내밀었다. 그래, 커리어우먼답네. 할 수 없이 악수에 응했다. 손을 보았더니 손톱에 액세서리가 붙어 있었다. 가사노동하고는 거리가 먼 세상에서 사는 사람일 것이다.

"그럼 당장 작업에 들어가죠. 기술적인 부분은 업자에게 맡기겠지만 콘텐츠는 가능한 한 대리점에 의존하지 말고 우리가 만들도록 했으면 좋겠어요."

사이토 리카코는 주로 판매부 사원들을 보고 떠들었다. 자기네들끼리 좋아라 하고 있었다. 다카코나 영업부 사람들은 완전히 뒤에 남겨져 버린 꼴이었다.

"그리고 이번 일요일에 간토關東 지역의 딜러가 골프 친목회를 연다고 하니까 그쪽에 얼굴을 내밀고 간사 분들에게 설명했으면 합니다. 사전에 서류로 많이 오가서 실제로는 OK가 난 셈이지만, 그래도 얼굴을 익힌다는 점에서……. 히라이 씨도 참석해주실 수 있나요?"

다카코 쪽을 향하며 물었다.

"일요일에요?"

곤란했다. 유헤이가 다니는 초등학교의 학부형 참관일이었다. 그 뒤에는 교정에서 같이 캐치볼을 하기로 약속했다.

"지배인급이 되면 휴일이 더 좋다고 하거든요. 히라이 씨는 골프 치실 줄 알죠?"

"아니요, 해본 적 없는데요."

"네에~? 해본 적 없어요?"

사이토 리카코가 사람을 아주 깔보는 듯한 말투로 말했다.

"그럼 시작해보세요. 이번 기회에."

"아니, 골프는 좀……." 다카코가 우물거렸다.

"괜찮아요, 쉬워요. 골프를 칠 수 있으면 상담이나 접대도 훨씬 편해지고요."

"히라이 씨, 시작해봐요. 내가 가르쳐줄 테니까" 하고 판매부 남자 사원이 말했다.

"아, 이놈은 딴마음 있어서 하는 소리니까 넘어가면 안 돼요." 다른 남자 사원이 놀렸다.

완전히 판매부 페이스가 되어버렸다.

"무슨 일이건 도전해봐야죠."

사이토 리카코가 살짝 웃으며 말했다.

도대체 왜 이런 여자에게 내가 설교를 들어야 한단 말인가. 크게 숨을 쉬었다.

"죄송합니다. 일요일에는 아들이 다니는 초등학교 학부형 참관에 가야 하거든요."

다카코가 미소를 지으며 말했다. 자리가 순식간에 조용해졌다. 말해버렸다……. 마음 한구석에 그런 말이 떠올랐다.

"아니, 히라이 씨. 정말 애가 있어요?" 남자 사원이 눈을 휘둥그렇게 뜨며 물었다. "독신이라고 생각했는데."

"나도, 나도." 여기저기서 시끌벅적해졌다.

"독신이죠." 다카코는 턱을 앞으로 살짝 내밀었다.

"하지만 이혼녀예요. 그리고 애엄마고요. 이상해요?"

"아, 아니, 그런 게 아니라……."

남자들이 순식간에 기가 죽으면서 눈을 내리깔았다.

312

"미안해요. 개인적인 가정사정은 이유가 안 된다는 걸 알지만……."

다카코는 일부러 겸손해하면서 말했다. 속으로는 '왜, 어쩔래?'였다. 시야 가장자리에 사이토 리카코가 비쳤다. 딱딱한 표정을 짓고 있었다.

"그런 거면 됐어요. 어휴, 이거 무리하게 해서 죄송하네요." 남자들이 태도를 바꿨다. 느닷없이 우호적인 분위기가 되었다. "그랬구나, 히라이 씨가 애엄마였구나." 쑥스러워하는 사람까지 있었다.

"아드님은 지금 몇 살이에요?"

"초등학교 1학년이에요."

"그 나이면 아직 혼자서 집을 보기는 힘들겠네요. 그럼, 부모님이랑 같이 사시는 건가요?"

갑자기 존댓말까지 쓰는 것이 정말 우스웠다.

"아니, 저희 친정은 홋카이도라서 그냥 아들이랑 둘이서 살고 있어요."

상냥하게 대답해주었다. 남자들이 놀라는 표정을 보였다. 판매부는 출장이 잦기 때문에 애가 있는 여사원은 거의 없는 모양이었다. 더구나 사내에서 손꼽히는 남성적인 부서다. 그때부터 질문시간이 시작되었다. 방과 후에 아이는 어떻게 하고 있느냐, 야근이 있을 때는 어떻게 하느냐, 도우미 아줌마는 돈이 얼마나 드느냐 등등. 다카코가 꼼꼼하게 대답해주면 그때마다 남자들은 감탄의 소리를 내었다. 반대로 사이토 리카코는 입을 꾹 다물고 있었다.

"지난번에 회의하느라고 밤 10시까지 남아 계시게 했는데, 그런지도 모르고 정말 죄송하게 되었습니다."

남자 중의 하나가 말했다.

"네가 쓸데없는 농담 따먹기를 하느라고 시간을 끌어서 그랬잖아."

진지한 표정으로 서로 추궁하기까지 했다.

"신경 쓰지 마세요. 육아는 육아고 일은 일이니까."

다카코는 여유 있는 미소를 지으며 대답했다. 사이토 리카코 쪽을 보았다.

"그래서 이번 일요일도 가고 싶은 마음은 굴뚝같은데 아이하고 한 약속을 어겼다가는 큰일이 나서요……."

"괜찮아요, 괜찮아요." 남자들이 옆에서 대답했다.

"아이하고 한 약속이 제일 중요하죠."

"사실 그날은 엄마랑 아들이 처음으로 캐치볼을 하기로 한 날이기도 하거든요."

다카코가 장난스럽게 말하며 웃었다. 어딘가 계산된 말투였다.

"우와~. 캐치볼이요?"

"히라이 씨는 지금 특별훈련 중이에요." 야마시타가 끼어들었다. "점심시간마다 회사 뒤쪽 주차장에서 캐치볼 연습을 하고 있지요."

"그런 일이 있으면 저희에게 말씀해주셔야죠. 이봐 사토, 너 고등학교 때 야구부에 있었다고 했지?"

"맡겨만 주세요." 제일 젊은 남자 사원이 자기 가슴을 두드렸다. "필요하시다면 아드님 코치를 제가 할까요?"

"야, 초등학생 상대로 시트노크 천 개씩 날리려고?"

다들 같이 웃었다. 다카코를 이렇게 남들이 떠받들어주는 것은 신입사원 시절 이후로 처음이었다. 애를 키우고 있다는 것만으로 남자들은 이렇게까지 후대해준단 말인가. 솔직히 말하자면 뜻밖이었다.

일요일에 골프장에 나가는 건 당연히 면제되었다. 뿐만 아니라 앞으로 회의 등은 오후 6시까지는 모두 끝낸다는 것까지 남자 사원들이 같이 합의했다. 보호받고 있다는 느낌이 들었다. 그동안 사이토 리카코는 관심 밖으로 밀려나 있었다. 명랑한 표정으로 응, 응, 하고 이야기에 고개를 끄덕이고는 있었지만 동요하는 기색이 역력했다.

"아이를 낳으면 우선순위가 순식간에 바뀌어버리거든요. 자기 물건 같은 건 아무래도 상관이 없어지고, 헤어스타일이니 화장도 우선은 간편한 것이 최고가 되고, 돈을 쓸 때도 내가 이걸 안 사면 아들 교육비에 얼마를 더 들일 수 있다는 생각을 나도 모르게 한다니까요. 사이토 씨는 참 좋겠어요. 마음대로 돈을 쓸 수가 있어서."

마지막에 강렬하게 비꼬는 말로 못을 박아주었다. 사이토 리카코의 얼굴이 딱딱하게 굳어져 버렸다.

다카코는 그제서야 속이 조금 후련해졌다. 흥. 거봐라, 나를 그렇게 무시하니까 당하는 거지.

밤이 되자 자기혐오의 감정이 생겨났다. 해버렸어……. 유헤이랑 같이 목욕하면서 입속으로 중얼거리고 있었다. 아사미가 말하던 '명분 내세우기'를 자기도 해버린 것이다.

그야 남자들은 신경을 써줄 것이다. 특히 육아를 아내에게만 맡기고 있는 사람들은 양심에 찔리는 구석이 있어서 더욱 그럴지 모른다. 그리고 독신인 사이토 리카코도 그렇다. 싱글라이프를 즐기고 있는 것처럼 보이지만 마음속에 초조감도 있을 것이다. 결혼은 그렇다 쳐도 출산에는 연령제한이 있다. 남의 마음속까지 짐작하는 것은 좀 교만하고 무례한 일이겠지만 그래도 그 점에 대한 스트레스를 받지 않을 리가 없다.

다카코는 한숨을 쉬었다. 비겁한 수단을 써버렸어. 특히 마지막에 한 말은 너무했다…….

"엄마, 무슨 생각해?"

잠수함 장난감으로 놀고 있던 유헤이가 물었다.

316

"아니, 아무 생각도 안 하는데?"

"이번 학부형 참관 날에 올 수 있어?"

"물론이지. 당연히 가야지."

웃는 얼굴을 만들면서 대답했다. 유헤이가 초등학교에 올라간 다음에야 처음으로 알았다. '학부형'이라는 말이 차별용어라는 비난을 받고 있다는 사실을.

너무 예민하게 반응한다, 말 한마디 가지고 너무 따진다고 다른 사람들은 생각할지 모르지만 모자가정인 다카코에게는 그렇게 비판해주는 사람들이 고마웠다. 약한 사람들은 사소한 일로 상처를 입는다. 약자 보호를 소리 높여 외칠 생각은 없지만 그래도 그런 사실을 알아차려 주는 것은 고맙다. 배려란 작은 친절을 가리키는 말이다.

다시 한 번 한숨을 쉬었다. 아무래도 오늘 일은 자신이 잘못한 것이다. 꼴 보기 싫은 여자의 전형적인 모습이었다.

"캐치볼 안 해도 돼." 유헤이가 불쑥 말했다.

"왜 그래? 엄마랑 캐치볼 하는 거 싫어?"

"아니. 그런 건 아니지만."

"그럼 왜?"

"연습을 너무 해서 어깨가 아프다며? 야스다 아줌마가 그랬어."

그랬구나. 야스다 씨에게 징징거렸던 것이 아이에게 전달되어버렸구나.

"야스다 아줌마가, 유헤이네 엄마는 참 열심히 사신다고 하면서 칭찬했어."

"후후. 그럼, 엄마가 얼마나 열심히 사는데."

"그럼 나도 열심히 살게."

유헤이의 말에 다카코는 눈시울이 뜨거워졌다. 허겁지겁 목욕물을 손으로 떠서 얼굴을 적셨다.

"유헤이는 너무 열심히 살지 않아도 돼."

"어째서?"

"감기에 걸려도 말을 안 하잖아. 그런 건 열심히 참지 않아도 돼."

"그럼 엄마도 그렇게 열심히 하지 않아도 돼. 여자는 원래 캐치볼을 하지 않는다고 사토루랑 준네 엄마가 그랬단 말이야."

"뭐 어때. 그래도 해보자. 엄마는 유헤이가 좋아서 열심히 연습했단 말이야."

"그럼 나도 해줄게."

어른같이 말하는 유헤이를 향해 손으로 펌프를 만들어서 물을 끼얹었다. "와하하." 그랬더니 갑자기 다시 어린애가 되어서 서로 물을 끼얹으며 장난을 쳤다.

"아니, 이 녀석이." 일어서서 막 첨벙거렸다. 난투극이 벌어졌다. 우울했던 기분이 반쯤 나아졌다.

다음 날, 영업2과에 사이토 리카코가 나타났다. 깍듯해진 말투로 할 얘기가 있다고 했다. 비어 있는 응접실에 들어가 마주 앉았다. 헛기침을 한 번 하더니 사이토 리카코가 입을 열었다.

"그 홈페이지에 관한 건데요, 저희가 옆에서 가로챈 것처럼 되어버렸는데, 이런 말씀까지 드리면 너무 뻔뻔스러운 것 같지만, 아예 전부 저희 판매 쪽에 맡겨주시면 안 될까요?"

말투에 가시는 박혀 있지 않았다. 그냥 저자세였다.

"왜 그러세요? 그쪽에서 하는 편이 효율적이라서?"

"그런 게 아니라……. 이대로 진행하면 출장이 많은 일이 될 테고, 물론 그래도 히라이 씨에게 출장을 부탁드리지는 않겠지만, 그렇게 되면 후방 지원만 하시게 되니까 왠지 너무 죄송해질 것 같아서……."

"제가 출장 가면 안 돼요?"

"하지만 아드님이 있잖아요. 더구나 혼자서 키우고 계시다면서요."

다카코는 말없이 창밖으로 시선을 돌렸다. 배려도 있을지 모르지만 반 이상은 멀리하려는 속셈일 것이다. 앞으로 일하는 자리에서 육아에 대한 이야기 같은 건 듣고 싶지 않아서 이

워킹맘 · 319

러는 것이다. 자기가 사이토 리카코라도 같은 생각을 했을 것이다.

"알겠습니다. 그렇게 하죠. 서로 다른 부서끼리 왔다 갔다 하면서 일을 진행시키는 것도 비효율적일 테고요." 다카코는 조용히 말했다.

"죄송합니다. 물론 예산에 관해서도 독립시킬 생각입니다."

사이토 리카코는 안도하는 모습이었다. 그리고는 허겁지겁 나가려고 했다.

"아, 사이토 씨." 다카코가 불러세웠다. "어제 일은 미안했어요." 진지한 표정으로 말하며 머리를 숙였다.

"어제 일이라뇨?"

사이토 리카코가 그 자리에 서서 돌아보았다.

"회사 일에 가정사정 같은 걸 개입시켜서요."

진심으로 말했다. 어제의 자기 태도에 대해서는 진짜로 반성하고 있었다.

"사실 아이는 전혀 관계가 없지요. 그렇게 말하는 건 반칙이잖아요."

"아니, 이쪽이 뻔뻔했죠. 난 정말 독신인 줄로만 알았으니까."

"독신 맞아요. 이혼녀 딱지가 붙어 있어서 그렇지."

"그런가? 그러네." 사이토 리카코가 작게 웃었다.

"애를 키우고 있으면 말이죠, 가끔씩 내가 무슨 큰일을 하고 있다는 오만한 기분이 들 때가 있어요. 유모차를 밀면서 근처를 왔다 갔다 하는 주부들이 그렇잖아요. 남들의 보호를 받는 것이 당연하다는 얼굴을 하는 사람들이 얼마나 많은데요."

"푸후훗, 아하하."

사이토 리카코가 자기도 모르게 웃음이 나왔는지 소리 내어 웃었다. 처음으로 귀엽게 보였다.

"그런 게 싫어서 나는 절대로 그러지 말아야겠다고 생각했어요. 하지만 어제 해버렸지요."

"큰일 맞잖아요. 밖에서 돈 벌고, 집에서는 애 키우고. 대단하다고 생각해요. 나 같은 사람은 이 나이 되도록 집에 가면 나 혼자만 챙기면 되는데."

"아무튼 반성하고 있어요. 어제는 그 뒤에 약간 우울해졌어요."

"난 더 우울했는데요."

장난스럽게 턱을 내밀며 말했다.

"응, 그야, 알 만하네요."

서로 얼굴을 마주 보았다. 신기하게 말이 필요 없었고, 둘이서 같이 그냥 웃었다.

사람은 제각기 다르다. 남이 행복한지 어떤지를 나의 잣대로 재겠다는 자체가 불손한 짓이다.

"그럼, 언제 기회가 있으면 또 봐요."

사이토 리카코가 뒤로 돌았다.

"응, 그럼요."

깔끔하게 헤어졌다. 마음속에 시원한 바람이 불었다. 경쾌한 풍경 소리가 울리는 듯한 느낌이었다.

이야기하길 잘했다. 입장은 달라도 여자끼리는 서로를 잘 알 수 있다. 자기가 그녀의 입장이었을 수도 있고, 그녀가 자기 입장에 섰을 수도 있다. 그렇게 생각하면 너그러워진다.

창밖에는 초여름 태양이 반짝이고 있었다. 일어서서 크게 기지개를 켰다. 문득 집이 있는 쪽을 바라보았다.

사랑하는 아들은 지금쯤 학교에서 제대로 공부하고 있을까? 울거나 하고 있지는 않을까?

열심히 해라. 엄마도 열심히 살 테니까.

점심시간에는 또 연습해야지. 캐치볼로 데뷔하는 날이 이번 주말로 다가왔으니까.

걸 (원제: ガール)

1판 1쇄 2014년 7월 20일

지 은 이 오쿠다 히데오
옮 긴 이 임희선

발 행 인 주정관
발 행 처 북스토리(주)
주   소 경기도 부천시 원미구 상3동 529-2 한국만화영상진흥원 311호
대표전화 032-325-5281
팩시밀리 032-323-5283
출판등록 1999년 8월 18일 (제22-1610호)
홈페이지 www.ebookstory.co.kr
이 메 일 bookstory@naver.com

ISBN 979-11-5564-022-7 04830
        979-11-5564-020-3 (세트)

이 도서의 국립중앙도서관 출판시도서목록(CIP)은 서지정보유통지원시스템 홈페이지(http://
seoji.nl.go.kr)와 국가자료공동목록시스템(http://www.nl.go.kr/kolisnet)에서 이용하실 수
있습니다. (CIP제어번호 : CIP2014017349)